KB044344

품는 여자

품는 여자

기리노 나쓰오 지음
김혜영 옮김

문학사상

■ **일러두기**
한국어판 역주는 본문 안에 고딕 서체의 작은 글자로 처리하였으며 별도의 표기
는 생략합니다.

차례

제1장

1972년 9월
마작과 재즈, 그리고 남자들

1

9월도 중순이 다 되어 가고 있으니 2학기 수업이 하나둘 시작되고 있을 터였다. 미우라 나오코는 '수업을 들으러 간다'는 거짓말을 하고 집을 나섰다. 주오 선 전철을 타고 가다 기치조지 역에서 내렸다.

역 앞의 버스가 다니는 큰길을 가로질러 후지야를 끼고 하모니카요코초의 어둑어둑한 좁은 골목으로 들어갔다. 생선가게 앞을 빠져나갈 때는 컨버스 농구화가 젖지 않게 까치발로 걸어야 했다. 호스로 자주 물을 뿌리는지 콘크리트 바닥에 물이 흥건하게 고여 있기 때문이다.

그래도 생선가게 옆을 지나는 건, 한 칸 안으로 들어가면 관상어 가게가 있기 때문이었다. 가게 앞에는 물옥잠이 동동 떠 있는 플라스틱 양동이와 남생이가 들어 있는 대야 따위가 놓여 있어서 늘 아이들이 옹기종기 모여 있었다. 나오코가 질겁

하는 건 빨간 실보무라지 같은 지렁이가 무더기로 꿈틀거리고 있는 수조였다.

생선가게 남자가 나오코에게 뭐라고 외치며 꽁치 접시를 가리켰다. 아가씨처럼 싱싱해, 라고 말한 것 같았다. 이어서 누군가가 성적인 농담을 했고 남자들이 일제히 시끄럽게 웃었다.

눈길도 주지 않고 지나친 것은, 죽은 생선의 비린내 때문이 아니었다. 젊은 여자를 희롱하지 않고는 못 배기는 남자들이 싫었다. 이 길은 이제 지나가지 않겠다고 생각했다.

생선가게를 조금 지나면 카운터석만 있는 선술집이 대여섯 채 늘어서 있었다. 어느 집이나 입구에 갈대발을 덮어놓고 그 위에 사슬을 둘둘 말아 맹꽁이자물쇠를 단단히 걸어놓았다.

대낮부터 연 가게도 있었지만, 백발의 주인장이 고기와 채소를 바삐 꼬치에 꿰고 있는 걸로 보아 영업은 하지 않는 것 같았다.

이 부근의 가게에 드나드는 단골을 조심하라고 나오코에게 알려준 사람은 작년 10·21 데모에서 만난 다른 대학 여학생이었다.

"뭐? 기치조지? 거기 역 앞에 암시장 같은 골목 있잖아. 거기 선술집에서 술 한잔하고 있을 때였는데, 거기 단골처럼 보이는 중년남자가 공동화장실까지 따라오는 거야. 하마터면 강간당할 뻔했어. 질이 안 좋은 사람들이 있으니까 조심해."

그 여학생의 이야기는 사실일 것이다. 남자들과 뒤섞여 술이나 마시는 여자는 남자를 원하고 있는 것이라고 아무렇지도 않게 말하는 남자들이 있다. 강간당해도 여자가 분명 쾌감을 느낄 거라고, 여자도 아니면서 잘 안다는 듯 말하는 남자도 많지 않은가.

나오코는 그런 생각에 혼자 속으로 화를 내면서 다닥다닥 붙은 잡다한 가게 앞을 지나쳤다. 된장가게, 장아찌가게, 튀김가게, 정육점, 만두가게, 전통과자점, 수공예용품점, 어묵가게.

그 앞으로 난 더 좁은 골목에는 작은 꽃집까지 있었다. 그러나 형형색색의 코스모스 다발은 하나같이 하얀 종이에 싸여 있어 불길한 느낌을 주었다.

막다른 골목 끝에는 파친코가게가 있는데, 그 앞을 지날 때는 꼭 안을 들여다보곤 했다. 아는 얼굴이 있을지도 몰라서. 유리 자동문 너머로 안쪽을 들여다봤지만, 어느 줄에도 아는 얼굴은 없었다.

그러고 나서 한 번도 들어가 본 적 없는 쇠락한 영화관 '스칼라 극장'을 끼고 돌았다. 영화관 앞은 작은 광장인데 메밀국수집, 라멘집 '상해', 재즈카페 'COOL' 등이 광장을 둘러싸듯 늘어서 있었다.

영화관 2층에는 '스칼라'라는 하얀 간판이 붙어 있고, 옆쪽으로 눈에 띄지 않는 계단이 있다. 영화관이 운영하는 마작 가게다. 이 가게는 어느 동아리에도 소속되어 있지 않은 나오코와 다지마 고로 무리의 현대사연구회, 줄여서 '현연'이라고 부르는 무리의 아지트였다.

나오코는 '스칼라'에 가기 전에 건너편에 있는 라멘집 '상해'도 꼭 들여다본다. 가끔 친구들이 여기서 라멘을 먹고 있을 때가 있기 때문이다. 하지만 오늘은 가게 주인만 혼자서 멍한 표정으로 작은 텔레비전을 보고 있었다. 배우를 해도 될 만큼 멀끔한 이목구비의 노주인은 중국 사람이라는 소문이 돌았다.

나오코는 '스칼라'의 계단을 발자국 소리를 내며 올라가, 가게 안에 있는 시계를 보고 시간을 확인했다. 오후 2시 반. 프랑스어 수업이 시작되는 시간이다. 유급은 되지 않았지만, 교양 과목은 대부분 학점을 못 딴 상태였다. 그래서 3학년이 됐는데도 프랑스어 수업을 듣고 있었다.

나오코가 올 들어 수업에 들어간 것은 손에 꼽을 정도였다. 학기 초라고 해도 웬만해선 쉬는 법이 없는 강사의 수업이라 휴강은 기대하기 어려웠다. 이렇게 수업을 빼먹어서 어쩌지 하는 걱정이 스멀스멀 피어오르기도 했지만, 학점을 따지 못해 낙제를 당하더라도 그건 그때 가서 생각할 일이었다. 아무튼 지금은 성적도, 대학도, 그 어떤 것도 어찌 되든 상관없었다.

나오코는 하루하루를 그저 하는 일 없이 보내는 데 힘쓰고 있었다. 어차피 앞으로 세상에 나가 평생 일해야 한다면, 지금은 이렇게 아무 일 안 하며 시간을 보내버리겠다는 자포자기의 심정이었다.

'스칼라'는 뱀장어처럼 기름한 공간에 마작 탁자 5개가 엇갈리듯 간신히 놓여 있는 작은 마작 가게다. 옛날에는 찻집이었는지 문만큼은 세련된 유리문이다.

유리문을 열고 들어가니 제일 구석 탁자에 손님이 있었다. 그쪽에만 담배 연기가 자욱하고, 네 사람 모두 자기 패를 뚫어져라 보고 있어 얼굴은 잘 보이지 않았다.

그중 한 명이 얼굴을 들어 가게로 들어온 나오코 쪽을 쳐다보았다. 문학부의 나카모토 유지다. 머리를 올백으로 넘기고 콧수염을 기르고 있다. 나카모토는 분트공산주의자동맹. 1958년에 결성된 일본의 신좌익 당파 소속으로, 고교야구로 유명한 간사이 고등학교 출신이다. 언제였던가, 다 같이 술을 마신 자리에서 야구부에 전해진다는 음탕한 노래를 들려준 적이 있다.

나카모토의 가미차왼쪽에 있는 사람을 가리키는 마작용어는 이름은 모르지만 얼굴은 아는 정도다. 다른 두 사람은 처음 보는 얼굴이었다. 나카모토가 패에 시선을 둔 채 말을 걸었다.

"나오코, 어쩐 일이야?"

그렇게 친하지도 않으면서 '나오코'라고 이름만 부르는 것에 위화감을 느꼈다. 나오코는 그 당혹감을 능숙하게 감추지 못하고 쓴웃음을 지었다.

　나카모토는 옆에 여자친구를 대동하고 있었다. 몇 번인가 본 적 있는 나카모토의 여자는 흰 피부에 미인이다. 백칠십 센티미터가 넘는 나카모토와 비슷할 정도로 키가 크고, 체격도 남자 못지않았다. 프로레슬러 같다며 빈정거리는 남자들도 있었지만 나오코는 그녀가 싫지 않았다.

　오늘은 베이지와 흰색이 섞인 쿠레주 룩Courrèges look 느낌의 치마를 입고, 예쁘장하게 화장을 했다. 옆으로 가르마를 탄 머리도 염색한 건지 부드러운 갈색이다. 나이는 스물인 나오코와 비슷할지 몰라도 훨씬 어른스러워 보였다.

　"누구 없나 싶어서."

　나카모토는 나오코의 중얼거림을 무시하고 가져온 패를 여자에게 보이며 웃었다.

　"왔다, 왔어."

　여자는 마작을 모르는 듯 모호하게 고개를 기울이고 있었다. 나카모토는 사랑스럽다는 듯 여자의 흰 뺨을 한 번 어루만진 후, 방심할 수 없다는 눈빛으로 강_{버린 패를 모아두는 곳}을 바라보았다. 여자가 기분 좋은 듯 웃고는 몸을 기댔다. 둘 사이가 친하다는 것을 나카모토가 친구들에게 과시하고 있으니까, 여자도 거기에 협력하는 것처럼 보였다.

　이윽고 도이멘_{맞은편에 앉은 사람}이 버린 패를 나카모토가 가리키더니, 패를 넘어뜨렸다. 나오코는 호기심이 일어 나카모토의 손을 들여다보았다. 갑작스런 삼색. 그것도 머리가 도라마작은 머리 1개와 몸통 4개를 만드는 게임. 여기서 삼색은 점수를 2판 딸 수 있는 삼색동순, 도라는 보너스패를 말함다.

"탕핑 삼색 도라도라니까, 하네만탕핑은 각각 1판을 딸 수 있는 탕야오와 핑후의 줄임말. 도라도라는 도라가 2개라는 뜻. 하네만은 점수 계산에서 6~7판일 때를 말하며 점수로는 12,000점임이네."

나카모토가 뼈마디가 눈에 띄는 남성스러운 손가락을 꺾으며 헤아렸다. 시모차오른쪽에 앉은 사람가 도라를 뒤집으며 소란을 피웠다.

"뒷도라리치를 건 상태에서 났을 때 뒤집을 수 있는 보너스패가 붙었잖아. 리치일정 패가 하나만 더 들어오면 날 수 있는 상태에서 선언하는 것. 1판짜리 걸어놨으니까 바이만 8~10판이지."

"멍청아, 리치 걸었는데 이런 게 나오겠냐. 그냥 가도 충분해."

나카모토가 일갈하고, 쏘인 남자자기가 버린 패로 상대가 났을 때 쏘였다고 표현함로부터 받은 점수봉을 난폭하게 서랍에 집어넣었다.

나카모토가 만족스러운 듯 고개를 들고서 나오코를 돌아보았다. 나오코는 덩달아 고개를 든 여자와 처음으로 눈이 마주쳤다. 눈인사를 했지만 여자는 자연스럽게 고개를 돌렸다.

"나오코, 다카시가 'COOL'에서 기다린대."

나카모토가 그제야 알려주었다.

"아, 그래. 고마워."

딸그락딸그락 패를 뒤섞는 소리를 들으면서 나오코는 문을 열고 나와 계단을 내려갔다.

초가을 공기는 어디서 흘러오는지 목서 향과 뒤섞여 마늘 냄새가 났다. 몹시 한가해 보이는 메밀국수집 배달부가 나무 찜통에 까는 발을 씻어 창가에 늘어놓고 있었다.

나오코는 바로 옆에 자리한 'COOL'로 향하면서 나카모토를 떠올렸다. 나카모토는 절대 여자와는 마작을 치지 않았다. 그리고 마작 같은 남자들의 놀이를 하지 않는 여자를 좋아했다. 또한 그런 여자를 귀여워하는 모습을 친구들에게 과시했다.

'나도 나카모토처럼 행동한다면 어떨까. 여자들하고만 마작을 하면서 좋아하는 남자를 옆에 끼고 여자들에게 과시하는 것이다.' 이런 생각이 들었지만 탁자에 둘러앉을 만큼 마작을 하는 여자가 모일 리 없었다. 나오코는 한심한 생각이다 싶어 어깨를 으쓱했다.

'COOL'에 가까워질수록 재즈 소리가 들려와 자연스레 어깨에 힘이 들어갔다. 나오코는 같은 수업을 듣는 미야와키 이즈미가 역 남쪽에 있는 'CHET'이라는 재즈카페에서 아르바이트를 하고 있어서 가끔 이즈미를 볼 겸 'CHET'에 들르기도 했다.

재즈를 싫어하는 건 아니지만 재즈카페에서 그 강렬한 소리에 몸을 맡길 때면 가끔 폭력적으로 느껴지곤 했다. 나오코가 그런 말을 하면 이즈미는 "그 맛에 가는 거지" 하고 웃었다.

'COOL'의 까맣고 두꺼운 유리문에 전신이 비쳤다. 나오코는 늘 변함없는 자신의 모습을 바라보았다. 빨간색과 남색이 섞인 스트라이프 티셔츠에 슬림한 랭글러 청바지를 입었다. 까만색 하이컷 컨버스를 신고, 카키색 캔버스 가방을 옆으로 멘 채 가운데 가르마를 한 긴 머리를 하고 있었다.

나오코는 나카모토의 여자가 세련된 드레스를 입고 있던 것을 떠올렸다. 그녀는 학생일까. 아니면 직장인일까. 나카모토와 어디서 어떻게 만난 걸까.

오늘은 왠지 나카모토가 자꾸 신경 쓰였다. 나카모토에게 반한 것도 아니면서, 그가 같이 노는 무리에 자신을 끼워주지도 않고 또 자신과 사귀지도 않을 것이라 생각하자 나오코는 왠지 짜증이 났다.

나카모토의 남자다움이 싫은 것도 아니면서 거슬리는 건 어찌된 영문일까. 나카모토는 고로 패거리에는 없는 성적 매력이 있었다. 그 말은 곧 나카모토의 여자도 나오코에게 없는 걸 갖고 있다는 말 아닐까. 패배감 같은 부정적인 감정이 치솟아 나오코는 자신을 주체하지 못했다.

나오코는 'COOL'의 문을 열자마자 쏟아지는 시끄러운 소리에 짜부라질 것 같아 멈칫했다. 늘 있던 일이라 진정하고 자세를 가다듬었다.

입구 오른편의 부스 앞에 서 있던 젊은 웨이터가 안쪽을 가리켰다. 까만 안경을 쓴 그는 몸이 호리호리해서 가게의 검은 앞치마가 잘 어울렸다. 고로에게서 미대생인 것 같다는 소리를 들었다. 'COOL'은 모노톤의 인테리어부터 일하는 점원들까지 모든 게 멋있었다.

몇몇 손님이 팔짱을 끼고 턱을 가슴에 파묻은 듯한 자세로 재즈에 몰입해 있었다. 이 분위기가 불편하다는 생각을 하면서 나오코는 연주 중인 레코드 재킷을 뒤집어보았다. Donald Byrd. 모르는 이름이다.

재즈 애호가인 이즈미가 있었다면 하드 밥이다 뭐다 하면서 설명해줄 테지만, 관심 없는 나오코는 리듬이 경쾌하면서 좋은 곡이면 그걸로 충분했다. 수도승처럼 재즈를 주워듣고 온갖 지식을 늘어놓는 남자는 딱 질색이다.

다카시는 큼직한 JBL 스피커 앞에서 그 요란한 소리에도 아랑곳하지 않고 태연하게 책을 읽고 있었다. 키도 크고 덩치도 큰 데다 뚱뚱하기까지 한 그는 까만 피부에 검은 곱슬머리가 귀를 덮고 있었다. 항상 갈색 선글라스를 쓰고 있어서 하와이나 어디 동남아시아 남자처럼 보였다. 그러나 말투는 건방지고 어린애 같았다.

파란색 버튼다운 셔츠는 곱게 자란 사람처럼 말끔하게 다려져 있었다. 다카시의 아버지는 방송국 중역인가 그랬고 고텐야마의 저택에 살고 있었다. 다카시와 닮은 구석이라고는 찾아볼 수 없는 아름다운 누나가 있다고 들은 적이 있지만, 전부 뜬소문이었다.

"다카시!"

옆에 앉아 귓전에 대고 고함을 쳤다. 그렇게 하지 않으면 들리지 않았다. 껍데기가 벗겨진 스피커가 다르르 진동하고 있었다.

다카시가 돌아보더니 나오코를 알아보고는 책을 덮었다. 일부러 표지를 보이게 두는 건 어려워 보이는 책을 읽고 있다고 어필하는 것이리라. 《구조인류학》이라는 제목이 보였다. 나오코는 코웃음을 쳤지만, 다카시는 눈치 채지 못했다.

웨이터가 물과 메뉴를 들고 와 눈앞에서 펼쳐보였다. 나오코는 아이스커피를 가리켰다. 웨이터가 끄덕이고 사라진 뒤 다카시에게 말을 걸었다.

"'스칼라'에 나카모토가 있더라, 여자랑 같이."

"아아, 그 미용사라는."

다카시가 소리쳤다.

"미용사구나. 어쩐지 멋쟁이다 싶었어."

"노처녀잖아."

"여자 나이가 무슨 상관이야."

고함으로 되받고서 나오코는 가방에서 세븐스타를 꺼냈다. 다카시가 가게 성냥으로 하이라이트에 불을 붙였다. 나오코는 그에게서 성냥을 빌려 담배에 불을 붙였다. 한 모금 들이마셨을 때 아이스커피가 나왔다. 계산서에 신청곡 카드가 딸려 있지만, 따로 신청할 만큼 곡을 알지 못했다.

"마일스 데이비스 신청해."

다카시의 고압적인 말투가 싫어서 일부러 안 들리는 척을 했다.

"왜 여기에서 기다리는 거야. 마작하기 전에 돈 다 날아가잖아."

나오코는 다카시를 나무랐다. 재즈카페의 커피 값은 일반 카페의 두 배가 넘었다. 나오코는 용돈이 부족해지면 엄마 지갑에서 몰래 훔쳐왔지만, 오늘 아침에는 그것마저 들켜 꾸지람을 들었다.

"너는 마작을 잘 못하니까 봉으로 이용당하고 있는 거야."

"그런 거 아냐."

"눈치 못 챈 거야? 그러니까 너를 끼워주지" 하고 다카시가 비웃었다. 인정할 수 없는 말에 부아가 났지만 나오코는 억울함을 참으며 말했다.

"아아, 돈 있으면 좋겠다. 아르바이트라도 할까."

"여자는 쉽잖아."

"왜?"

"팔면 되잖아."

"저질."

"뭐래. 안 들린다."

재즈카페에서 이야기하고 있으면 다른 손님들이 싫어했다. 아니나 다를까, 하얀 와이셔츠 차림의 진지해 보이는 남자가 둘을 째려보고 있었다. 나오코는 입을 다물고 재즈에 몰입하는 척했다. 연주는 오스카 피터슨으로 바뀌었다. 다카시도 다시 책을 펼쳤다.

어두침침한 가게에서 굉음에 휩싸여 연주를 듣고 있으면, 실제 연주의 몇 배가 되는 소리에 희롱당하는 느낌이 들었다. 나오코는 강제로 굴복당하는 것 같은 기분이 들어 괴로워졌다. 그건 무언가와 비슷했다. 뭘까, 하고 생각하고 있는데 억센 손이 어깨를 탁 쳤다.

"야, 가자."

어느샌가 옆에 조지가 서 있었다. 청바지에 라틴밴드가 입을 법한 흰 셔츠를 입고 있었다. 예의 그 웨이터가 조지를 위해 물과 메뉴를 들고 왔지만, 필요 없다며 큼직한 손으로 내저었다.

"다 모였어?"

조지가 온 것을 알아챈 다카시가 물었다. 하지만 조지는 다카시의 질문에는 대답도 하지 않고, 입구 쪽으로 후다닥 혼자 가버렸다. 호출만 하러 온 모양이었다.

계산을 하기 위해 지갑을 꺼내고 있는데, 조지가 웨이터에게 사과하는 소리가 들렸다.

"형님, 미안해. 마작 멤버만 데리러 온 거야."

확실히 일찌감치 사회 물을 먹다 보니 어른 흉내를 내는 느낌이 있었다. 그나저나 조지가 이 시간에 기치조지에 있다니, 무슨 일일까. 나오코는 뒤따라 나온 다카시의 얼굴을 쳐다봤지만, 다카시는 아무것도 모르는 눈치였다.

조지는 고로의 친구로 두 사람은 고향인 미타카의 중학교 동창이었다. 세무사의 아들인 고로는 대학부속 고등학교 시험을 쳤지만, 조지는 중졸로 선반공이 되었다.

조지는 백팔십 센티미터 이상 되는 훤칠한 키에다 몸에 걸치는 물건도 죄다 값나가는 것들이었다. 마작에 강하고 돈도 턱턱 내는 남자다움이 있었다. 게다가 누구보다도 어른스럽고 머리가 좋아서 동아리와 한때 전공투 운동전국학생공동투쟁회의의 약자로, 도쿄대를 중심으로 시작된 1960~70년대 학생운동을 했던 대학생들 사이에 인기가 좋았다. 나카모토도 조지와 자주 마작을 했다.

같이 어울린 지 1년이 넘었는데, 최근 들어서는 대낮에 자주 모습을 드러냈다. 어쩌면 '될 대로 되라' 식의 나오코 무리의 분위기에 전염돼서 일을 그만둬버린 건지도 몰랐다. 돈이 없는 것 같다는 소문도 돌았다. 걱정은 되면서도 본인이 말하지 않는 이상 물어볼 수는 없었다.

셋이서 우르르 '스칼라'로 돌아왔다. 나카모토 일행은 게임에 열중하고 있었다. 분위기가 한창 달아오른 듯 누구도 얼굴을 들 생각을 하지 않았다. 담배 연기만 안개처럼 탁자에 자욱이 깔려 있었다. 나카모토의 여자는 아직 옆에 앉아 있었지만, 지루한 듯 하품을 삼키고 있었다.

"한 사람만 더 있으면 되겠네. 어떻게 할래, 고로한테 전화해볼까?"

나오코가 말하자, 조지가 자신만만하게 말했다.

"기다리면 오겠지."

비어 있는 탁자에 엎어져 있는 패를 젖히면서 조지는 모빠이손의 감각만으로 어떤 패인지 읽어내는 것를 시작했다. 선반 일을 하다 여기저기 상처가 난 큰 손이 노련하게 움직여, 한 장 한 장 패를 젖히고는 다시 쌓아갔다. 4만, 동, 6만, 9만. 나오코는 맞힐 수 없을 것만 같은 패를 전부 맞혀갔다.

"끝이 안 나는데 3인 마작이라도 할까?" 하고 다카시가 말을 꺼냈을 때였다. 문이 열리더니 고로와 신보리가 불쑥 나타났다. 조지의 얼굴을 보고 고로가 복잡한 표정을 짓는 것을 나오코는 놓치지 않았다.

"동아리방에 갔더니, 아무도 없더라고."

고로가 다카시에게 말했다. 고로는 까만 셔츠에 까만 청바지를 입고 있었다. 마른 몸에 눈매가 매섭다. 블루스를 좋아하고, 마작을 좋아하고, 자기애가 강하다. 언제나 손이 젖어 있어서 고로가 쥐고 난 패는 미끈미끈해져서 찝찝했다.

"동아리방 같은 데 가지 말고, 바로 '스칼라'로 와."

본인은 아무렇지도 않게 말했겠지만 화난 것처럼 들리는 게 다카시 말투의 특징이었다.

"자, 그럼 2등이 빠지는 걸로 하고."

조지가 바로 자리를 정할 준비를 하자 다 같이 가위바위보를 했다. 보기 좋게 진 나오코는 나카모토의 여자처럼 고로의 뒤에 앉아 마작을 보게 되었다.

신보리가 선_{해당 판을 이끌어가는 사람}이 되어, 나머지 사람들에게 천 점 당 얼마를 걸지 배당률을 확인했다. 과묵해서 종잡을 수 없는 인상을 풍기지만, 마작은 조지에 이은 실력자였다.

"천 점에 얼마로 할까?"

조지는 심기가 불편한지 묵묵히 패만 섞고 있었다. 수중에 돈이 없는 건가 싶었지만, 물론 입 밖에는 내지 않았다. 돈이 없는 인간은 마작을 해서는 안 되므로.

"50엔이면 되지 않아?" 하고 다카시가 제안했다.

2만 5천 점을 가지고 시작하니, 하코텐_{점수가 0점 이하가 되는 것}일 때

게임을 끝내면 천 2백 50엔 가량이 걸린 게임이었다. 10엔에서 시작된 배당률은 최근 들어 급격하게 높아졌다. 자릿세를 포함하면 학생 치고는 거금이 움직이는 셈이었다.

나오코는 고로에게 말했다.

"나, 한 시간 정도 나갔다 올게."

"어디 가는데?"

"오늘이 화요일이니까 'CHET'에 가서 이즈미 얼굴이라도 보고 오려고."

미야와키 이즈미는 월요일부터 수요일까지 사흘간 'CHET'에서 아르바이트를 했다. 바쁘지 않을 땐 가게 밖에서 담배 몇 개비라도 피울 시간은 있는 듯했다.

"빨리 갔다 와."

고로는 공정하다. 타이밍이 나쁘면 게임에 들어오지 못할까 봐 걱정해주는 것이리라.

"알았어."

나오코는 고로의 어깨를 탁 두드리고는 일어섰다. 문득 돌아보니, 어느샌가 나카모토의 여자가 사라지고 없었다. 나카모토는 자기가 물고 있는 담배에서 피어오르는 연기에 눈살을 찌푸리고 있었다. 연달아 지고 있는지 부루퉁해 있었고, 나오코가 있다는 것도 눈치 채지 못했다.

계단을 막 내려가려는데, 마침 계단을 올라오려는 나카모토의 여자와 맞닥뜨렸다. 종이봉투를 들고 있었다. 지루해서 쇼핑이라도 다녀오는 모양이었다.

비좁은 계단에서 나오코의 모습을 본 그 여자는 나오코를 배려해서 올라오지 않고 아래에서 기다리고 있었다.

"고마워." 나오코는 먼저 빠르게 내려가 여자에게 인사를 했다.

여자는 생긋 웃었다. 마작 가게에 돌아가고 싶지 않은지 주위를 둘러보며 바로 계단을 올라가려고 하지 않았다.

"마작, 직접 하지 않고 보기만 하는 건 지루하지 않아?"

나오코의 질문에 순순히 고개를 끄덕였다.

"길어지면 좀 그래. 계속 앉아 있으려니 엉덩이가 쑤시기도 하고."

"직접 할 생각은 없고?"

"없어. 나카모토 씨가 싫어하기도 하고."

뒷짐 진 손에 봉투를 들고 기다란 목을 기울였다. 그게 습관인 모양이었다.

"오늘은 쉬는 날?"

"응. 날씨도 좋은데, 이런 거나 하고 있으니 아까워 죽겠어."

쭈뼛거리며 웃었다. 키가 큰 게 부끄러운지 구부정한 자세를 취했다.

"어, 그러고 보니 이야기하는 거는 처음이지?"

"그러네" 하고 멋쩍은 듯 대답했다.

"나는 미우라 나오코야."

나오코가 먼저 이름을 밝히자 여자도 머리칼을 만지며 인사를 했다.

"나는 가와하라 준코야. 미용사 일을 하고 있어."

화요일이라 휴일인 모양이다.

"아하, 미용사구나. 그 머리도 직접 한 거야?"

준코는 머리에 손을 갖다 댔다.

"아니, 이건 후배가 해줬어."

"우와, 좋겠다."

"아냐, 나를 데리고 실험하는 거라 가끔 실패하기도 해."

자연스레 얘기가 이어졌다. 준코가 마작 가게에 돌아가고 싶지 않은 듯 뒤를 돌아보기에 나오코가 의중을 떠보았다.

"잠깐 산책할래? 지금 남쪽 출구에 있는 재즈카페에서 아르바이트하는 친구 보러 가는데."

"좋아."

둘이서 버스가 다니는 큰길로 나왔다. 준코는 사진관에 전시된 사진을 흐뭇하게 바라보더니 투덜댔다.

"나, 오늘 이노카시라 공원 같은 데 가는 줄 알고 기대하고 왔거든. 그런데 나카모토 씨가 마작한다는 소리에 김빠졌어."

"그렇구나. 미용실은 어디야?"

"오쿠보."

"나카모토랑은 어디서 만났어?"

"신주쿠에서. 차 한잔하자고 하더라고."

"아아, 헌팅당했구나. 나카모토랑 사귄 지는 얼마나 됐어?"

마치 심문하는 것 같았지만 질문을 멈출 수 없었다. 조지 이외에 학생이 아닌 또래를 만난 건 오랜만이었다.

"이제 3개월 정도 되나" 하고 고개를 갸웃하더니 갑자기 친근한 말투로 말했다. "저기, 나, 미우라 씨가 당당하게 마작 가게에 들어오는 거 보고 깜짝 놀랐어."

"왜?"

"아니, 여자가 마작한다니까 놀랐지."

"집에서 하는 사람들 있을 거야."

"하지만 집에서잖아. 마작 가게에서 하다니 대단하다 싶었어." 준코는 단어를 고르면서도 말을 멈추지 않았다. "또 놀란 건 학생인데 다들 시간도 있고 돈도 있다는 거야. 나 그것도 깜짝 놀랐어. 마작 가게에서 돈 걸고 이겼다 졌다 하다 보면 몇천 엔은 금방이잖아. 아무도 일하지 않는다는 건 부모가 보내준 생활비나 그런 돈일 텐데. 팔자 좋다는 생각은 좀 했어."

나오코는 잠시 주저하다 솔직하게 대답했다.

"그럴지도 몰라. 하지만 나는 학교 다닐 때 말고는 앞으로 시간이 없으니까, 지금 잘 놀아야겠다고 생각하거든."

"그건 집에 여유가 있으니까 그렇지. 내가 볼 땐 다들 순진한 것 같더라."

엄마의 따끔한 잔소리를 떠올리고는 입을 다물었다. 나오코는 왠지 모를 열등감을 느꼈다.

"아, 미안. 내가 괜한 소리를 했네."

준코가 황급히 손을 저었다. 헤어스프레이 냄새가 났다.

"괜찮아. 사실인데 뭐."

"그냥 나카모토 씨도 그렇고 좀 순진하다고 생각할 때가 있어. 나는 간만에 휴일인데 불려 와서 보니 마작이나 하고 있잖아. 이제 가버릴까 망설이던 찰나에 나오코 씨랑 만난 거야."

준코가 장난스러운 눈빛으로 나오코를 쳐다보았다.

"그럼 그냥 가. 준코 씨 휴일이잖아. 굳이 마작 보고 있을 필요가 있나. 영화라도 보러 가면 좋잖아."

"그러게. 그럼 그럴까."

마침 역 앞에 다다랐다. 준코는 망설이는 듯 잠시 몸을 흔들었지만, 이윽고 결단을 내렸는지 역을 돌아보며 말했다.

"그럼 나 신주쿠로 갈게. 미안하지만 나카모토 씨한테 말 좀 전해줄래?"

"뭐라고?"

"일이 있어서 간다고."

거절할 새도 없이 준코는 역으로 달려가 버렸다.

나오코는 자신이 그 말을 전하면 나카모토는 어떤 반응을 보일까 하고 생각했다. 혹은 전하지 않는다면 또 어떨까도 생각했다.

뜻밖의 무거운 짐을 받아든 것 같아 나오코는 작게 한숨을 내뱉었다.

2

나오코는 역 북쪽 출구로 나와 동쪽으로 건너갔다. 기치조지역과 이쓰카이치 가도를 관통하는 도로의 동쪽 일대는 카바레나 안마방, 러브호텔, 수상쩍은 바, 선술집, 고깃집, 정식집 등이 펼쳐져 있는 거대한 환락가였다.

그곳은 남자들이 흘리는 온갖 액체 냄새가 떠도는 듯해서, 주부나 여학생들은 좀처럼 가까이 가지 않았다.

이미 골목 모퉁이에는 호객꾼이 서서, 지나가는 남자들을 매의 눈으로 훑기 시작했다. 나오코는 그 골목으로 들어가는 게 싫었다. 대신 주오 선을 따라 생긴 새로운 길을 니시오기쿠보 방향으로 한눈팔지 않고 걸었다.

"엉덩이 엄청 큰데."

어느샌가 사내 둘이 들으라는 듯 나오코의 뒷모습을 평가하며 따라왔다. 무시하고 계속 걸었지만, 야비한 시선이 청바지의 엉덩이에 꽂혀 있는 느낌이 들어 불쾌했다.

"얼굴은 어떨까나."

"언니, 여기 좀 봐."

지분거리면서 사내들이 빠른 걸음으로 앞질러 갔다. 아니나 다를까, 살짝 앞에서 멈춰서더니 과장스럽게 뒤돌아 나오코의 얼굴을 빤히 쳐다보았다. 둘 다 낮부터 술을 마셨는지 얼굴이 벌겠다.

풀이 죽은 흰색 반소매 와이셔츠에 뒤틀린 싸구려 넥타이. 이십대나 삼십대. 한 사람은 후줄근한 갈색 가죽가방을 들고 있으니 직장인이리라. 둘 다 알코올보다는 이 거리의 공기에 도취되어 있는 것 같았다.

가방을 들지 않은 쪽이 나오코의 얼굴을 보면서 툭 내뱉었다.

"뭐야, 폭탄이잖아?"

나머지 한 사람은 잠자코 히쭉거리고 있었다.

"폭탄 주제에 튕기기는, 대답도 안 하고 말이야."

모르는 체하며 계속 걸어갔지만, 마음속은 분노로 떨리고 있었다.

"이봐, 저기 언니."

나오코를 폭탄이라고 부르던 사내가 옆으로 조금씩 다가왔다. 싸구려 포마드 냄새가 코를 찔렀다. 무시하고 걸어가자, 옆에 나란히 붙어 계속해서 말을 걸었다.

"어디 가냐고, 응?"

지나치다 싶었는지 옆에 있던 사람이 사내의 팔을 붙잡았다.

"가자. 바쁘다잖아."

"바쁘기는, 한가해 보이는데. 응? 어디 가는데? 카바레에서 아르바이트해? 어느 가게야? 우리가 가줄게. 이렇게까지 말하는데 튕기면서 대답도 안 하네."

갑자기 팔을 붙들기에 나오코는 뿌리치고 'CHET'이 있는 골목으로 도망쳤다. 'CHET'은 러브호텔과 작은 술집들이 모여 있는 환락가의 동쪽 변두리에 자리 잡고 있었다.

이 근방의 가게는 한밤중부터 시작해 해 뜰 무렵까지 영업하는 곳이 대부분이라, 아직 잠들어 있는 듯 가라앉은 분위기였다. 사내들이 골목까지 따라왔다면 구해줄 이가 아무도 없었을 것이다.

나오코는 찻집 '후모토' 옆, 3층짜리 나지막한 상가 계단을 뛰어올라갔다. 층계참에서 몸을 밖으로 빼 골목을 내려다보니 사내들은 벌써 포기했는지 모습이 보이지 않았다. 마음이 놓이면서도 술 취한 사람을 상대로 동요하는 자신에게 부아가 났다.

'CHET'은 2층 구석진 곳에 있다. 보랏빛의 두터운 유리문 앞에 손글씨로 'CHET'이라고 쓴 작은 간판이 소심하게 나와 있다.

문틈으로 담배 연기와 재즈가 새어 나오고 있었다. 그런 점은 'COOL'과 비슷했지만 'COOL'이 세련된 검은 유리문인데 반해, 'CHET'은 흡사 변두리 바와 같은 짙은 보라색 유리문이었다. 그래서 그런지 두 곳은 분위기가 전혀 달랐다.

이즈미가 없으면 어쩌나, 하고 들어가기를 주저하고 있는데, 안쪽에서 문이 슥 열렸다. 그 순간 요란한 음악소리가 흘러나왔다.

"나오코."

미야와키 이즈미가 나타나 나오코를 향해 웃었다. 문 너머로 보고 있다가 손님이 나오코라는 걸 알고 나온 것이리라. 그 덕분에 가게 주인이나 남자종업원과는 마주치지 않았다.

"재즈 들으러 왔어?"

이즈미는 잽싸게 유리문을 빠져나와 물었다.

"아니, 너 만나러 왔지. 슬슬 교대 시간 아닌가 해서."

"오늘은 오후 타임 애가 늦게 온대서, 앞으로 2시간은 더 있어야 해. 그래도 잠깐은 괜찮을 거 같아, 한 10분 정도."

손목시계를 차지 않은 이즈미는 내키지 않는 듯한 표정으로 가게를 돌아보았다. 나오코도 어정쩡하게 그쪽으로 시선을 돌렸다. 나오코 또한 시계를 차고 있지 않았던 것이다.

오늘 이즈미는 로페의 까만 미니스커트에, 보라색 긴소매 티셔츠를 입고 있다. 'CHET'의 가게 주인이 아르바이트할 때는 스커트를 입으라고 해서 일부러 산 것이다. 로페의 스커트는 허리선이 낮은 스타일이라 길이가 33센티미터밖에 되지 않았다. 같이 사러 갔던 터라 정확히 기억하고 있었다.

이즈미는 가슴이 크고 굴곡 있는 몸매라 미니스커트나 몸에 딱 붙는 티셔츠는 너무 육감적으로 보여 그다지 어울리지 않았다. 각진 얼굴은 귀염성이 있는데 눈매는 사나웠다. 어쩐지 전체적으로 균형이 맞지 않는 인상이라 이즈미가 뚫어지게 쳐다보면 무섭게 느껴질 때가 있었다.

"왜, 무슨 일 있어?"

이즈미는 스커트 주머니에서 롱피스를 꺼내 한 개비를 물었다. 가게 성냥으로 불을 붙이고는 성냥개비를 콘크리트 바닥에 버렸다.

"나중에 주울 거야."

나오코도 자기 가방에서 세븐스타를 꺼내 불을 빌려 붙였다. 둘이서 담배를 빨아들였다가 연기를 골목을 향해 내뿜었다.

"아아, 맛있다." 이즈미가 한마디 했다.

"오늘 말이야, 저기서 직장인 같은 놈들이 시비를 걸었어."

나오코가 연기를 내뱉으며 털어놓았다.

"아아, 그래서 그런가."

이즈미가 이해가 된다는 듯 끄덕였다.

"왜, 나 뭐 이상했어?"

"응, 얼굴색이 안 좋더라고."

이즈미는 시즈오카 시 출신으로 재수를 한 탓에 나오코보다 한 살이 많았다. 지방에 있다가 혼자 나와 살고 있어서 그런지 아니면 한 살 위라 그런지 이즈미는 나오코보다 훨씬 어른스럽고 침착했다.

"팔을 이렇게 붙들더라니까." 나오코는 과장스러운 몸짓으로 흉내 내면서 성을 냈다. "게다가 폭탄 소리까지 들었어."

"너무하네. 자기들은 무슨 소릴 해도 용서가 된다고 생각하나 봐."

"술 취해 있긴 했어."

"술 취했다고 용서해주다니 물러터진 사회야."

"맞아. 아무리 시원찮은 남자도 여자한테는 큰소리치잖아. 여자가 자기 발밑에 있다고 생각하니까 그런 거야. 우리보다 못한 놈들이 쌔고 쌨는데."

나오코가 열을 올리자 이즈미가 끄덕였다.

"진짜 그래. 나도 아르바이트 마치고 집에 갈 때 달라붙는 사람들 있어."

"무섭지 않아?"

"처음엔 무서웠는데, 이제 익숙해졌어." 이즈미는 시원스레 답했다. "그보다 나오코, 접시 돌리는 애 알아? 소네라고 하는데."

접시 돌리는 애란 DJ부스에서 레코드를 트는 아르바이트생을 말했다. 재즈 지식도 필요하고 레코드를 다루니까 조심성도 필요해서 꽤 까다로운 일인 듯했다. 그 아르바이트생을 접시 돌리는 애라고 부르는 것은 이즈미에게서 처음 들었다.

"모르겠는데, 어떤 사람이더라?"

"머리가 길고 좀 음침해."

이즈미가 남자 머리 길이를 손으로 표현했을 때, PP&MPeter, Paul and Mary의 메리처럼 꾸민 이즈미의 머리카락에서 순간 가게 냄새가 났다. 담배와 눅눅한 카펫 같은 쾨쾨한 냄새. 가게에 있으면 냄새가 머리카락에 배어든다. 이 얘기를 하면 분명 이즈미는 질색할 것이다.

문득 가와하라 준코의 헤어스프레이에서 느껴지던 미용실 냄새와 끈덕지게 들러붙던 남자의 포마드 냄새가 떠올랐다. '내 머리에서는 어떤 냄새가 날까. 스칼라의 에어컨 냄새일까. 아니면 집에서 나는 낡은 집 냄새일까.' 이런 생각을 하면서 나오코는 긴 머리카락을 한 움큼 쥐어 냄새를 맡아보았다. 예상과 다르게 샴푸 냄새밖에 나지 않았다.

"그 소네가 말이야, 나한테 마음이 있는 것 같아서 좀 귀찮아."

이즈미는 불쾌한 듯 얼굴을 찌푸렸다. 이즈미에게 미움을 받다니, 얼마나 끽소리도 못하게 할지 상상되어 나오코는 소네라는 남자가 딱하게 느껴졌다.

"잠깐 보러 가볼까."

가게 쪽을 흘끗 쳐다보자 이즈미가 손으로 저지했다.

"있어 봐. 어차피 나올 거야."

여러 남자와 동시에 사귀는 이즈미는 교우관계가 넓고 깊었다. 이즈미에게 반한 남자는 험한 꼴을 당하게 되는데 어째서 그런 걸 모르는 걸까. 나오코는 소네라는 남자의 멱살을 쥐고 충고하고 싶었다.

이즈미가 예고한 대로 유리문이 쓱 열리더니 호리호리한 남자가 얼굴을 내밀었다. 하얀 셔츠에 청바지, 까만 앞치마를 두르고 있었다. 부끄러운 듯 시선을 회피하면서 이즈미에게 말했다.

"이즈미, 슬슬 부탁해요."

긴 머리카락이 얼굴 절반을 덮어 표정이 잘 보이지 않았다. 그러나 이즈미에게 손으로 신호를 보낼 때 머리카락 틈새로 아주 살짝 보인 작은 눈에는 불안과 기쁨이 모두 느껴졌다. 이즈미를 짝사랑하고 있다는 건 아무래도 진짜인 듯했다.

"아, 네. 미안해요. 금방 갈게요."

높은 목소리로 사과하면서도 이즈미는 재빠르게 두 개비째 담배에 불을 붙였다. 아직 들어갈 마음이 없는 모양이었다.

"저 사람, 게게게의 기타로미즈키 시게루의 만화이자 애니메이션 제목으로, 주인공

기타로는 한쪽 얼굴을 머리로 가리고 있음 **같아.**"

나오코의 말에 이즈미가 웃음을 터뜨렸다.

"그러게? 쟤 이제부터 기타로라고 부르자."

"기타로, 기타로, 바케비요괴 이름를 삼켜야지."

나오코가 메다마오야지기타로의 아버지. 눈알에 몸이 달렸음 흉내를 내자, 이즈미가 배꼽을 잡으며 웃었다. 그리고 눈가에 맺힌 눈물을 손등으로 훔치면서 물었다.

"나오코는 오늘 뭐 했어?"

"'스칼라'에 얼굴 비추고 마작을 하다가 나와서 시간 때웠어. 뒤에서 보는 것도 지루하고."

"흠, 그래."마작에 흥미가 없는 이즈미는 건성으로 맞장구를 쳤다.

나오코는 머뭇거리며 이즈미에게 물었다.

"저기 말이야, 너는 듣기 싫은 소리를 들으면 어떻게 해?"

"듣기 싫은 소리라니?"

나오코를 보는 이즈미의 눈빛이 평소의 서늘함에서 다정한 표정으로 바뀌었다.

"오늘 말이야, 다카시가 그러더라고. 내가 마작을 잘 못하니까 봉으로 이용당하는 거라고. 눈치 못 챘냐면서. 그러니까 나를 멤버에 끼워주는 거라고. 근데 있잖아, 나는 그건 아닌 것 같아. 다카시도 맨날 당하는데, 걔나 나나 오십보백보야. 내가 다카시한테서 3천 엔 딴 적도 있어. 근데 생각은 그렇게 하면서도 그 자리에서 바로 쏘아붙이지를 못 했어. 그게 억울해."

"너는 왜 거기서 바로 말을 못 한 것 같아?"

나오코는 몇 초간 생각한 후에 신중하게 단어를 골랐다.

"뭐랄까, 나는 타인의 악의에 기가 꺾여. 아아, 얘가 지금 나한테 상처를 주려고 이런 말을 하는구나, 그게 느껴지면 그 악의에 힘이 쫙 풀려서 말을 할 수가 없어. 어디 한번 해보자는 식으로 같이 입씨름하고 싶지는 않은데 시간이 지나면 억울해지는 거야. 이럴 때 어떻게 하면 좋을까."

"뭔지 알아, 그거."

이즈미가 통굽 샌들로 담배를 비벼 껐다. 콘크리트 바닥에 검은 재가 짓이겨졌다. 타다 만 성냥개비와 담배의 잔해.

"무슨 말인지 알겠어? 다행이다."

"응, 나도 그런 면이 없지는 않은 걸. 그렇지만 말이야, 역시 그 자리에서 말하고 싸워야 한다고 생각해."

"하지만 말이 안 나오는데 어떡해. 또 위화감 같은 것도 신경 쓰이고"

"그것도 이해해."

"그리고 요즘 들어 깨달은 게 있어."

"뭔데?"

"내가 여자니까 그쪽은 하고 싶은 말을 다 하는 거잖아. 남자끼리였으면 그런 실례되는 말은 하지 않을 것 같은데."

나오코는 이따금 여자들이 남자들과 전쟁을 하고 있는 게 아닌가 하는 생각이 들 때가 있었다. 그 말을 할까 말까 망설이고 있는데 이즈미가 단칼에 부정하고 나왔다.

"하지만 여자도 그런 무례한 타입 있잖아."

"그런가."

"남자든 여자든 악의조차 없는 놈들도 있어. 남 일은 전혀 신경도 안 쓰는 무신경한 놈들이랄까. 그러니까 역시 무신경에는 무신경이야."

"하지만 나는 그렇게 하면 내 기분이 안 좋아져서 싫더라고. 더럽혀진 기분이 든다고나 할까."

"무슨 말인지는 알겠는데 뭐라고 해야 좋을까."

속이 타는지 이즈미가 침을 삼켰을 때, 계단을 내려오는 소리가 났다. 이즈미가 흠칫하는 게 느껴졌다.

"땡땡이치면 안 되지."

흰 바탕에 갈색 줄무늬가 들어간 반소매 셔츠와 회색 바지, 검은색 가죽벨트, 갈색 가죽구두. 마치 초로의 직장인 같지만 아직 그 정도로 나이를 먹지는 않은 남자가 계단 중간에서 소리쳤다. 직장인과 다른 점이라면 투박한 금빛을 내는 큼직한 악기를 손에 들고 있다는 것이었다.

"죄송해요. 중간에 쉬지를 못 해서."

이즈미가 꾸벅 고개를 숙이자 남자는 어조를 바꾸지 않고 엄하게 말했다.

"꽁초 정리해놔."

"네, 죄송합니다."

남자는 나오코를 힐끗 쏘아보고 1층으로 내려갔다.

"방금 그 사람이 사장?"

"응, 저게 세이메이야, 구와하라 세이메이."

"손에 들고 있던 거, 알토 색소폰?"

"옥상에서 아트 페퍼Art Pepper 흉내 내면서 연습한 거야. 잘 불지도 못하면서."

이즈미가 웃으면서 말했다.

"사장님은 어떤 사람이야?"

"차별주의자."

이즈미는 툭 내뱉더니 크게 한숨을 토했다. 눈빛에는 다시 서늘함이 감돌았다. 이즈미를 짝사랑하는 기타로도 이렇게 기분이 나빠진 이즈미를 다루기는 힘들 것이다.

"그럼 이제 들어갈게. 또 보자."

더 이야기하고 싶었지만 발길을 돌린 이즈미는 뒤돌아보지 않고 보라색 문 안으로 사라졌다.

나오코는 이즈미를 보낸 후 두 사람이 버린 꽁초와 성냥개비를 티슈로 싸서 가방에 넣었다. 그러나 이즈미가 비벼 끌 때 어지간히도 힘을 줬는지 콘크리트 바닥을 검게 물들인 담배

자국은 지워지지 않았다.

땅거미가 지자 환락가에는 단숨에 빨간빛과 핑크빛 등에 불이 들어오기 시작했다. 골목의 모습도 돌변해서 어슬렁거리는 남자들이 늘어났다. 조심해서 돌아가야겠다고 생각하며 계단을 내려왔을 때, 나오코를 부르는 소리가 들렸다.

"어이, 거기 너."

'CHET'의 사장이 아직 알토 색소폰을 손에 든 채 어둠 속에 서 있었다. 나란히 서자 키는 그리 크지 않았다.

"아, 네."

꽁초나 땡땡이 친 걸로 한 소리 듣는가 싶어 경계했다.

"그쪽은 이즈미 친구야?"

나오코가 끄덕이자 서쪽 방향을 가리키며 물었다.

"S대 학생인가?"

"네."

구와하라의 얼굴에 떠오른 조소 비슷한 것을 감지하고 불쾌해졌다. 그래서 이즈미가 아까 그런 소리를 했나 하는 생각이 들었지만 이즈미는 그리 단순하지 않을 터였다.

"우리 가게에서 일하지 않을래?"

뜻밖의 제안에 놀랐다.

"아르바이트요? 시급은 얼만데요?"

"시급 3백 엔. 오전 타임이면 10시부터 5시. 오후 타임이면

5시부터 11시. 월요일이랑 화요일에 사람이 없어서 난감하거든."

부모님에게 받는 용돈도 한계가 있었다. 솔직히 아르바이트는 하고 싶었지만, 환락가에 있는 가게에서 시끄러운 재즈 소리에 파묻혀 일한다니 생각만으로도 우울해졌다.

"할 수는 있는데 ……"

"진짜? 다행이네."

나오코가 망설이며 말하는데도, 이제껏 심기가 불편해 보였던 구와하라는 그 말에 히쭉거리며 웃었다.

"잘됐어. 우리 가게는 귀여운 여자애만 고용하거든. 그럼 다음 주 월요일 10시에 와. 미니스커트 입고 오고. 없으면 어쩔 수 없는데. 이왕이면 하나 사. 아, 물론 자비로."

눈 깜짝할 새에 모든 게 후다닥 결정되어 나오코는 어안이 벙벙했다. 색소폰을 손에 든 채 다시 건물 계단을 오르던 구와하라가 돌아왔다.

"이름 묻는 걸 깜빡했네. 이름이 뭐야?"

"미우라 나오코예요."

"나오코 씨, 그럼 잘 부탁해."

이즈미에게 상담할 새도 없었다. 뭐, 어차피 구와하라가 이야기하겠지만.

그 길로 '스칼라'로 돌아왔다. 한 시간 반 정도 자리를 비웠는데 다섯 탁자가 전부 채워져 있었다. 동네 상인들인 듯한 그룹과 직장인 그룹. 나머지는 모두 남학생들이었다.

조지, 다카시, 고로, 신보리가 앉아 있는 탁자에 인원이 늘어아까는 없던 사람 둘이 원형 의자에 앉아 뒤에서 들여다보고 있었다. 나가세라는 반반하게 생긴 남자와 그의 여자 친구 히로코다. 히로코는 신주쿠의 식당집 딸로 나가세는 그곳에 데릴사위로 들어갔다는 소문이 있었다.

"나오코, 늦었네. 네가 없어서 그대로 다카시가 했어."

조지가 고개는 그대로 두고 눈만 치켜뜬 채 말했다.

"다카시가 2등이었던가?"

나오코는 아까 다카시가 자기를 가리켜 봉이니 뭐니 했던 말이 떠올라 원망 어린 눈초리로 다카시를 노려보았다. 그러나 다카시는 자기 패를 정리하느라 정신이 없어 나오코 쪽은 쳐다보지도 않았다. 다카시에게 악의가 있었다면 자기가 무슨 말을 했는지 기억하고 있을 테고 상대에게 입힌 상처를 확인하고 싶을 것이다.

이즈미 말처럼 악의도 없고 상대가 무슨 생각을 하든 상관없이 지껄이는 인간은 제가 한 말도 기억하지 못하는 법이다. 역시 다카시 같은 놈은 그 자리에서 맞받아치는 게 낫겠다고 마음을 고쳐먹었다.

"이즈미는 잘 지내?"

담배 연기가 눈에 들어가 따가운지 눈을 가느스름하게 뜨면서 고로가 물었다.

"응, 잘 지내더라. 너는 어때? 좀 이겼어?"

아무 말 없이 고로가 서랍을 열어 보여주었다. 점수봉이 잔뜩 들어 있었다.

"1등이야?"

"응, 1등."

고로는 대답하며 패를 가져왔다. 손끝으로 패를 확인하고는 강에 버렸다. 뒤로 가서 들여다보니, 백, 도라3에 텐파이_{하나만 더 나오면 패가 완성되는 상태}하고 있었다. 대기는 3면_{기다리는 패가 세 방향에 있다는 뜻}이었다. 나오코는 '다카시 쏘여라, 다카시 쏘여라' 하고 속으로 빌었다.

문이 열리고 '상해'의 주인장이 직접 철가방을 들고 왔다. 직장인 그룹의 보조테이블에 볶음밥과 모야시소바_{숙주가 들어간 걸쭉한 면요리}를 턱턱 올려놓고 갔다.

"나도 배고프다. 뭐 좀 먹을까?"

다카시가 모두를 향해 물었지만 아무도 대답이 없었다. 볶음밥을 입에 쑤셔 넣는 남자를 바라보면서 아무렇게나 1삭 패를 버린 다카시를 향해 고로가 패를 넘어뜨렸다.

"만간_{점수 계산에서 4~5판}이네, 만간. 백, 도라3."

"뭐야" 하고 투덜거리며 다카시가 칠칠치 못하게 흐트러져 있는 점수봉을 내밀자, 조지가 "2본장선은 그대로 두고 진행하는 2번째 판, 8천 6백" 하고, 위압감 있는 음성으로 주의를 주었다.

"고로, 잘했어."

고로의 어깨를 툭툭 치다 나오코는 맞은편에 앉은 신보리와 눈이 마주쳤다. 신보리는 늘 묵묵히 마작을 했다.

오늘 신보리는 운이 잘 따라주지 않는지 고개를 갸웃거리고 있었다. 나오코는 신보리에게 눈짓으로 물었다.

'오늘 어떻게 할래?'라고.

신보리는 별 관심 없다는 듯 시선을 떨어뜨렸다. 사실 나오코는 신보리의 아파트에서 몇 번 묵은 적이 있었다. 오늘도 신보리의 아파트에서 묵을 수 있으면 이대로 마작 가게에서 시간을 보내겠지만, 신보리에게 그럴 의향이 없다면 다음 판을 기다리고 있다 해도 어쩔 수 없었다. 어떻게 할까 생각하면서 나오코는 제일 구석 탁자를 바라보았다.

아직 나카모토 그룹이 마작을 하는 중이었다. 변함없이 뜨거운 열기에 휩싸여 다들 얼굴에 번들번들한 개기름이 껴 있었다.

나오코는 아까 가와하라 준코가 전해달라고 한 메시지가 떠올라 나카모토에게 다가갔다. 나카모토가 고개를 들었다.

"나오코구나, 무슨 일이야?"

나오코는 몸을 굽혀 귓가에 대고 속삭였다.

"준코 씨, 일이 있어서 먼저 간대. 아까 역에서 만났는데 그러더라."

나카모토가 연신 고개를 끄덕였다.

"나가서 안 들어오기에 그런가 보다 했어."

"준코 씨, 내일 일하는 날이지?"

나카모토와 친분이 있는 남자가 물어보는데도 나카모토는 묵묵부답이었다. 그렇게 둘이 붙어 치근덕거리는 모습을 자랑하더니 민망해진 걸까. 나오코는 남자라는 존재는 이래서 싫다고 생각했다.

고로 일행이 있는 탁자로 돌아가려는 나오코의 팔을 나카모토가 붙잡았다. 남자한테 팔을 붙들리는 건 오늘만 이걸로 두 번째라고 생각하며 고개를 들어 눈빛으로 물었다.

"잠깐만 대신 쳐 줄래? 나 통화 좀 하고 올 테니까."

준코에게 사과 전화를 하는 것이리라.

"근데 나 잘 못해."

"쏘여도 돼."

나오코는 나카모토와 교대해서 의자에 걸터앉았다. 떨리는 마음으로 자신의 패를 보았다. 핑후<small>양방향으로 패가 완성되는 경우</small>로 날 수 있을 것 같았다. 심장이 두근거리는 걸 억누르기 위해 담배에 불을 붙이고 담배꽁초로 가득 찬 재떨이에 성냥개비를 쑤셔 넣었다.

"뭐야, 거기서 치고 있는 거야?"

고로가 돌아보며 웃었다.

"대타야. 쏘여도 된다네."

"그럼, 쏘이든가." 다카시가 말했다.

나카모토의 멤버들은 갑자기 나오코가 들어온 탓에 긴장된 표정으로 자신의 패를 정리하고 있었다. 7번째 돌았을 때 텐파이했다.

리치를 걸지 않고 그대로 났다.

"핑후, 천 점."

"으아" 하고 쏘인 상대가 투덜댔고, 다 같이 딸그락딸그락 패를 섞는 찰나에 나카모토가 돌아왔다.

"나오코, 미안."

"일단 핑후로 났어."

"오, 잘했어, 고마워."

나카모토가 나오코의 머리를 어루만졌다.

'내가 사랑스럽지 않아?

가와하라 준코보다 사랑스럽지 않다고 생각하는 거야?

지금 나는 너를 사랑스럽다고 생각하고 있는데.'

문득 이런 생각이 든 나오코는 당황스러웠다. 탁자에서 일어나는데 신보리와 눈이 마주쳤다.

"이따 봐."

입모양으로 인사하고 신보리가 어렴풋이 끄덕이는 것을 확인했다. 나오코는 오늘 밤 쭉 '스칼라'에 있기로 결심했다.

다시 고로 뒤로 돌아가 패를 나눠 갖는 모습을 들여다보았다.

"이거 어떻게 안 될까나."

고로가 삼원패^{백, 발, 중 패}를 가리켰다. 백과 발이 또이츠^{같은 패가 2장 있는 상태}로 중이 딱 한 장 있었다.

"진짜네, 괜찮다."

"저기, 다음번엔 나도 해봐도 돼?"

히로코가 들뜬 목소리로 물었다.

"다음은 나야. 다카시한테 한 번 밀렸으니까."

나오코의 말에 히로코는 아무 말 않고 대신 나가세의 옆얼굴만 쳐다보고 있었다. 나오코는 그런 히로코를 아랑곳하지 않았다.

"밀리기는 무슨, 네가 어디 가서 없었잖아."

언짢은 듯 말하는 다카시에게 나오코가 맞받아쳤다.

"너는 봉이니까 계속 있던지."

조지가 참지 못하고 어깨를 들썩이며 웃었다.

3

윙윙, 귀에 거슬리는 소리가 점점 다가왔다. 나오코는 반쯤 졸면서 소음의 정체가 무엇인지를 생각해내려고 애썼다.

'저것은 진공청소기다. 한 칸씩 계단의 먼지를 빨아들이며 올라오는 소리가 틀림없다. 기계가 계단에 부딪히는 소리. 타닥타닥 슬리퍼를 신은 가벼운 발걸음.'

그러나 엄마가 청소한다고 하기에는 너무 거칠었다. 나오코의 엄마는 잔소리는 심하지만 소음을 싫어했다. 분명 꿈일 거라고 생각했다. 나오코는 손으로 양쪽 귀를 틀어막고 다시 잠을 청하려고 했다. 어젯밤 늦게까지 술을 마신 탓에 아직 알코올 기운이 남아 있었다.

시간이 얼마나 흘렀을까. 불현듯 귓가에서 여자 목소리가 들렸다.

"어머머. 깜짝이야."

나오코는 반사적으로 눈을 떴다. 처음 보는 중년 여성이 나오코를 내려다보고 있었다.

부자연스럽게 새까만 머리카락 탓에 이마 쪽에 한 움큼 모여 있는 흰머리가 유난히 눈에 띄었다. 은색의 수수한 메탈프레임 안경에다 집 안인데도 새빨간 립스틱을 바르고 있었다.

그녀가 격분하고 있다는 건 그 날카로운 눈빛으로도 충분히 전해졌다.

'아니, 내 방에서 자고 있던 게 아니었나. 아니면 아직도 꿈속인가. 뭐가 뭔지 알 수가 없네.' 나오코는 필사적으로 정신을 차리려고 애썼다.

"당신 누구예요? 어떻게 들어온 거야?"

닦아세우는 소리에 허둥대다 나오코는 완전히 잠이 깼다. 양 팔꿈치를 짚고 일어나려고 했지만 혼란스러워 어떻게 해야 좋을지 알 수 없었다.

"아무 말 없이 내 방에 들어가지 말라고."

옆에서 고함치는 남자 목소리가 들려오자 나오코는 순간 어젯밤 일이 떠올랐다. 취해서 고로네 집에 들어왔던 것이다. 눈앞의 중년 여성은 고로의 어머니가 분명했다.

가족에게 들키기 않도록 신발을 들고 올라오라는 소리에 컨버스를 들고 몰래 고로의 방에 들어왔던 기억이 났다.

나오코는 몸을 옴츠리면서 이불을 가슴께까지 끌어올렸다. 티셔츠 한 장에 아래는 속옷만 입고 있었다. 알몸이 아니었던 것이 불행 중 다행이었다.

"무슨 소리를 하는 거야. 맨날 청소기 돌릴 때는 네 방에 들어오잖니. 그리고 말을 하기는 무슨, 자고 있었잖아."

어머니가 잔뜩 골을 내면서 응수했다.

"시끄러워. 나가."

고로가 어린애처럼 눈을 비비면서 어머니에게 항의했다.

"고로, 여자애나 끌어들이고 너 지금 제정신이니? 아버지한테 다 말할 거니까 그런 줄 알아."

"맘대로 해."

어머니는 나오코를 힐끗 흘겨보고는 크게 한숨을 내쉬었다.

"어디서 온 앤지는 모르겠지만, 너도 결혼 전이잖아. 이러고 다녀도 되니? 부끄러운 줄 알아라. 난 진짜 너희 부모님 얼굴이 보고 싶구나."

요란하게 방문을 열고 나갈 때도 독설을 잊지 않았다.

"우리 집은 러브호텔이 아니란다. 빨리 집으로 돌아가렴."

"아, 진짜!"

고로가 진절머리 난다는 듯 소리를 높였다. 그러더니 입이 찢어져라 하품을 했다.

"너희 어머니 대단하시다. 늘 저러셔?"

고로는 까치집이 된 머리를 매만지면서 언짢은 듯 대답했다.

"여자 같은 거 끌어들인 적이 없어서 몰라. 엄마도 그냥 놀란 거겠지."

다정한 고로는 어머니의 마음도 헤아리는 사람이었다.

"맙소사."

나오코는 침대 위에서 몸을 일으켜 책상다리를 하고 앉았다. 고로의 어머니에게 꾸중을 들었다는 사실이 충격이었다. 분명 남자 집에 자러 왔다가 그 집 부모에게 들키는 건 체면 구기는 일이다. 하지만 그렇다고 그렇게까지 나쁜 짓을 한 걸까. 스무 살도 넘었는데 '부모님 얼굴이 보고 싶다'는 소리를 듣다니.

"미안. 신경 쓰지 마."

기가 죽은 나오코를 생각해 역시나 고로는 사과를 했다. 그리고 상반신만 돌려 머리맡에 있는 트랜지스터라디오를 켰다. 마침 〈아이 필 프리〉가 끝나는 참이었다.

"크림영국의 록 그룹이잖아." 기분 좋은 듯 고로가 중얼거렸다. "우연히 튼 라디오에서 좋아하는 곡 나오면 기분 째지지."

방금 일어난 일은 벌써 잊어버린 모양이었다.

"그렇지." 나오코는 마음에도 없는 대답을 한 뒤, 어깨를 주무르면서 귀찮은 듯 말했다. "아아, 왠지 정신이 안 드네. 머리도 띵하고 최악이다."

고로의 대꾸가 없어 심통이 난 나오코는 세븐스타 담배 한 개비를 꺼내 물었다. 고로도 구깃구깃하게 찌부러진 하이라이트 담뱃갑을 들여다보더니 담배 한 개비를 꺼냈다. 담배는 많이 구부러져 있었다. 구부러진 담배를 물면 얼간이 같아 보였다.

나오코는 무심결에 웃으며 물었다.

"고로, 너는 숙취 없어?"

"속이 좀 불편하네."

"나는 컨디션 최악이야."

고로가 담배에 불을 붙이면서 투덜댔다.

"나오코는 말이야, 너무 많이 마셔. 고주망태가 돼서 선 로드

상점가 이름에 주차해놓은 차를 죄다 걷어차고 다닌 거 기억해? 야쿠자라도 오는 거 아닌가 하고 정신이 없었어. 너 취하면 진짜 고약해진다니까."

"미안, 기억이 안 나."

사과는 했지만 어젯밤부터 계속 마음속에 남아 있는 찜찜함 때문에 나오코는 어젯밤의 주사 같은 것은 아무래도 상관없었다.

"그런데 너도 마셨잖아. 꽤 취했으면서."

나오코는 작은 목소리로 항의했다.

"그렇긴 하지. 하지만 나는 주사가 없잖아?"

"그렇긴 하지." 나오코는 떨떠름하게 동의하며 말했다 "그러니까 나는 다르다는 거네."

고로는 나오코의 말은 듣지도 않고 말을 이었다.

"다카시네서 브랜디 마시니까 취기가 한 번에 오더라. 그건 그렇고, 다카시네 아버지 다카시하고 판박이던데. 비슷하게 뚱뚱하고 비슷하게 잘난 체하고, 부자지간이구나 싶더라니까."

고로는 벌러덩하고 누워 천장을 바라본 채로 구부러진 담배를 빨았다. 어제 일이 생각나는지 웃고 있었다.

웃고 있는 고로와는 달리 나오코는 투덜거렸다.

"어제는 다카시네 아버지한테 혼나고, 오늘은 너희 어머니한테 혼나고, 짜증나."

다카시네 아버지가 술을 한잔 걸치고 귀가한 후 심기가 불편해진 것은 분명 나오코와 히로코라는 두 여대생이 한자리에서 떠들고 있었기 때문이었다. 그게 남학생들만의 술자리였다면 다른 반응을 보였을 것이다.

"너희들 언제까지 여기 있을 거야. 상식이라곤 찾아볼 수 없구나. 우리 집은 술집이 아니야. 어서 돌아가."

우리 집은 러브호텔이 아니다.

우리 집은 술집이 아니다.

공통점을 찾았더니 웃음이 나왔다. 기분이 한결 가벼워졌다. 모든 일을 웃어넘기며 살아가고 싶지만 생각처럼 쉽지 않다. 여자는 왜 남자에 비해 괜히 싫은 소리를 하나 더 듣고 마는 걸까. 똑같은 학생 신분에 똑같은 학비를 내고 있는데 나오코는 손해를 보고 있는 듯한 느낌을 지울 수 없었다.

어젯밤은 '스칼라'에서 마작을 한 후 나가세와 히로코 커플, 그리고 다카시와 고로까지 오키나와 국수집인 '진베이'에 갔다. 군만두에 맥주를 마시고 마무리로 오키나와 국수를 먹었다.

그러고는 부족한 감이 들어 신축한 지 얼마 안 된 다카시네 저택에 우르르 들어가, 다카시의 아버지가 응접실 유리선반에 진열해놓은 레미 마르탱과 조니워커 블랙라벨을 싹 비운 것이다.

다섯 살 많은 다카시네 누나가 환영해주면서 게살 샐러드와 지쿠와큐리^{구멍 뚫린 어묵에 오이를 꽂은 요리} 따위의 안주를 만들어준 것도 더 들뜨게 한 원인이었다.

그러다 한밤중에 돌아온 다카시의 아버지에게 호되게 혼나고 다카시네 집을 나온 게 오전 1시가 넘은 시간이었다. 만취한 네 사람이 인적이 끊긴 선 로드를 뭐라 뭐라 소리치면서 뛰어다녔다. 나오코가 차를 걷어차고 다닌 건 다카시의 아버지가 한 말에 부아가 끓어올랐기 때문일 것이다.

나가세와 히로코는 히가시후시미에 있는 나가세의 아파트로 걸어서 돌아가고, 취해서 제대로 걷지도 못하는 나오코는 고로의 어깨를 빌려가며 미타미에 있는 고로네 집에 묵은 것이다.

어째서 그다지 친하지도 않은 히로코 일행과 진탕 술을 마시게 된 걸까. 나오코는 담배를 피우면서 '스칼라'에서의 일을 되짚어 보았다.

9시 넘어서까지 2등이 빠지는 식으로 교대하면서 마작을 치고 있다가 슬슬 지루해져서 돌아가려던 참이었다. 평소라면 별다른 문제도 없이 자릿세를 치르고 나왔을 텐데, 어제는 조지와 신보리 사이에 한바탕 말썽이 있었다.

어젯밤은 신보리의 단독 승리였다. 게임에 진 나머지 사람들이 신보리에게 천 엔짜리를 몇 장인가 건넸다. 그 와중에 웬일로 조지가 끼여 있었는데, 내기에서 진 값인 4천 몇 백 엔뿐만 아니라 자릿세도 내지 않고 돌아가려고 했다.

"조지, 잠깐만."

지폐를 세고 있던 신보리가 불러 세웠다. 신보리는 청바지 뒷주머니에 내기에서 딴 돈을 쩔러 넣더니 조지 앞으로 성큼성큼 다가섰다. 신보리도 키가 커서 두 사람은 서로 노려보는 형국이 되었다.

"외상."

조지가 성난 얼굴로 시선을 회피했다.

"어? 조지, 자릿세도 없어? 그럼 조지 자릿세는 누가 낼 거야?"

천진난만하게 말한 사람은 히로코다. 나가세가 "조용히 있어" 하고 히로코의 블라우스 소매를 잡아끌었다. 나가세는 어찌 됐든 남자끼리의 체면을 신경 쓰는 사람이었다.

"그러니까 처음부터 말했으면 좋았잖아. 오늘은 자릿세도 없다고. 만약 지면 자릿세도 빌릴 거라고."

신보리의 말은 지당했다. 최근 조지는 푼돈만 쥐고 나타나는 일이 잦았다. 물론 웬만하면 지지 않으니까 그걸로 충분했다. 오늘도 어설픈 학생을 상대로 이길 작정으로 온 게 분명했다.

이기면 자릿세도 라멘 값도 낼 수 있었다. 더욱이 자존심이

센 조지 성향으로 보아 처음부터 돈이 없다고 자진 신고할 리 만무했다.

"그러니까 외상으로 해달라고."

조지가 왜 이해하지 못하느냐는 얼굴로 고함쳤다.

"내가 안 빌려준다고 하면 어쩔 건데?"

나오코는 신보리의 집요함에 두 손을 들었다.

신보리는 학교에 거의 나오지 않는 학생 중 하나로, 학교 밖 친구들과 록밴드를 하고 있었다. 음악으로 밥벌이를 하고 싶은 건지 나오코가 아파트에 놀러가도 아무 말 없이 헤드폰으로 음악만 듣고 있을 때가 많았다. 평소에는 말이 없는 신보리가 오늘 따라 저렇게 열을 올리는 데는 이유가 있음직했다.

신보리가 리켄배커rickenbacker라는 수입 기타를 사기 위해 아르바이트를 하고 있다는 건 알고 있었다. 새 제품은 엄두도 안 나니 중고를 사고 싶다던가 하는 말도 했다. 나오코는 악기에 관심이 없으니 침대에서 그런 얘기를 들어도 자세한 것은 기억하지 못했다.

조지는 사과도 없이 인상을 쓴 채, 지지 않겠다는 듯 꼼짝 않고 서 있었다. 라틴밴드가 입을 법한 소맷부리가 넓은 하얀 셔츠는 자세히 보면 소맷자락에 때가 타 지저분했다.

"얼마 전에도 그랬잖아."

신보리가 지긋지긋하다는 듯 말했다.

"언제?" 하고 조지가 물었다.

"까먹었어? 2주 전쯤인가 그랬잖아. 그때도 내가 이겼어. 너는 돈을 안 냈고. 그리고 그 전주前週도 떼먹었어. 그때 이긴 건 고로였고. 고로는 네 친구니까 아무 말 안 할 수도 있지만, 나는 아니야. 명백하게 규칙 위반이잖아."

"꼭 갚겠다고 했잖아."

조지는 늘 말이 짧다. 아랫입술을 깨물고 억울한 듯 시선을 내리깔고 있었다.

"그래 놓고 안 갚고 있잖아, 조지."

신보리가 살짝 구부정한 어깨를 오른손으로 긁으면서 말했다. 잿빛 티셔츠의 어깨선에 고등학교를 졸업한 이후로 한 번도 자른 적 없다는 장발이 드리워져 있었다.

"내가 돈이 아까워서 그러는 게 아냐. 사과하라는 것도 아니고. 애초에 돈이 없으면 마작할 권리가 없다는 얘기야. 원칙을 따지자는 게 아니라 나라면 안 할 거라는 것뿐이야."

그때 "워워" 하고 혀를 차면서 끼어든 건 이미 게임을 끝내고 친구들과 맥주를 마시면서 잡담을 나누고 있던 나카모토였다.

"신보리, 오늘은 조지가 이길 생각으로 온 거니까 용서해줘. 뭐 어때 그럴 때도 있는 거지."

나카모토가 콧수염 주위를 비비면서 말했다.

"나도 알아. 항상 조지가 이기는 거. 잘하니까. 하지만 못 이기는 날도 있잖아. 그럴 때는 뭔가 대책을 생각해두라는 말이야."

"알아."

나카모토가 신보리의 단단한 가슴팍을 손으로 툭툭 쳤다. 그리고 조지 쪽을 돌아보았다.

"조지도 알 거야."

조지는 아무 말 없이 끄덕였다. 그러고서 "미안" 하고 한마디 하더니 나가버렸다. 문이 큰 소리를 내며 닫혔다.

아직 분이 가라앉지 않은 건 불만을 터뜨린 신보리였다.

"뭐가 《마작방랑기》麻雀放浪記, 마작을 소재로 한 아사야 데쓰야의 소설야. 겐로쿠 쌓기사기수법 중 하나에 실패한 보야테쓰《마작방랑기》의 주인공 흉내 내지 말라고 그래. 가난뱅이가 한판 승부를 한다는 것도 소설 속 얘기겠지만. 조지는 말이야, 마작할 자격이 없어."

조지가 아사다 데쓰야의 《마작방랑기》를 바이블처럼 삼고, 몇 번이나 반복해서 읽고 있다는 건 유명한 이야기였다. 오늘도 조지의 뒷주머니에는 하도 펼쳐봐서 표지가 휜 문고본이 꽂혀 있을 것이다.

"나도 간다."

신보리는 자릿세로 천 엔짜리 2장을 내려놓고 뒤도 돌아보지 않고 나가버렸다.

순식간에 벌어진 일이다 보니 오늘 신보리네 아파트에 같이 가려고 했던 나오코는 홀로 남겨지고 말았다. 나오코는 어정쩡한 기분을 누구에게도 풀지 못하고 오도카니 서 있었다.

"나오코, 준코가 안부 전해달래."

나카모토가 나오자마자 나오코의 어깨를 두드리며 속삭였다. 위로가 섞여 있다고 느낀 것은 나오코와 신보리가 몰래 사귀고 있다는 것을 알고 있어서인지도 몰랐다.

"맥주라도 한잔하러 갈래?"

시무룩해진 나오코가 고로의 얼굴을 쳐다보았다. 집에 갈 때를 놓친 다카시와 히로코 커플도 함께 '진베이'로 우르르 몰려갔다.

'진베이'는 카운터석만 있는 오키나와 국수집이다. 거기서도 자연스레 조지가 화제로 떠올랐지만 고로는 잠자코 있었다.

"아니 나는 애초에 돈도 없는데 마작하러 올 생각을 한다는 게 이해가 안 돼."

히로코가 콧소리로 조잘댔다.

"요즘 자주 그랬지?" 하고 다카시가 덧붙였다. "마작도 약해졌고. 요전에도 나오코한테 한 방 먹었잖아. 리치 일발리치 선언 후 한 바퀴 도는 사이에 나는 경우로. 나오코, 그걸 뭐라 그랬지?"

"리치, 이페코똑같은 슌츠를 2개 만든 것. 슌츠는 연속된 숫자로 완성한 패."

"그게 다야?"

"우라도라리치 이후 오르면 도라표지패의 아래쪽에 있는 패도 도라표지패로 인정함도 붙었나 봐."

고로와 나가세는 묵묵히 교자를 먹고 있었다. 분명 두 사람도 조지에게 여러 번 돈을 꾸어 주었으리라고 나오코는 짐작했다.

"어제 말이야, 섹스했어? 우리."

나오코의 질문에 라디오를 집중해서 듣고 있던 고로가 "어?" 하고 놀란 듯 돌아보았다.

"우리가 그렇게 취해 있었는데 섹스했냐고 묻는 거야."

"기억 안 나?"

고로가 입술을 오므려 연기를 도넛 모양으로 만들어 보였다.

"하나도 기억 안 나."

나오코는 기억이 전혀 없었다. 고로를 따라 입을 오므려 연기를 뱉어보지만 폐활량이 달라서인지 도넛 모양이 예쁘게 나오지 않았다. 나오코가 만든 도넛은 원이 끊어져 있어서 금세 흐지부지해졌다.

"그렇다 이거지, 그럼 한 번 더 할까?"

고로가 의미심장하게 말했다.

"네 방, 문 안 잠기지? 그럼 싫어. 너희 어머니가 들어오면 어떡해."

고로가 침대에서 내려와 책상에서 바퀴 달린 의자를 끌고 와 문 앞에 두었다.

"짠, 문을 열면 자빠지는 거지."

"바보 같아" 하고 나오코는 고로의 어린애 같은 모습에 웃었다.

"나, 나오코랑 섹스하는 게 세 번째인가."

"그렇게나 했나?"

"이걸로 네 번째인가."

고로가 나오코의 입술에 키스했다. 어설프기 짝이 없는 키스라 조금도 달아오르지 않았다. 나오코는 그대로 드러누워 고로가 책상서랍에서 콘돔을 꺼내 끼우고 위로 올라오는 걸 보고 있었다. 그렇게 삽입은 했지만 아무 느낌 없이 함께 몸만 들썩이는 정도였다. 나오코는 고로가 절정에 달하기를 기다렸다.

"나, 나오코가 좋아."

"나도 좋아."

둘 다 예의상 하는 말처럼 진심이 느껴지지 않았다. 둘은 열렬히 사랑하는 상대가 나타나면 서로를 거들떠보지도 않을 것 같았다.

그런가 하면 신보리는 멋지지만 제멋대로였다. 음악을 하는 남자치고 제대로 된 놈이 없다는 말이 맞았다.

마작을 하고 난 후 신보리의 제안에 니시오기쿠보에 있는 아파트에 놀러간 게 교제의 시작이었다. 하지만 신보리는 섹스가 끝나면 빨리 집에 돌아갔으면 하는 기색을 노골적으로 드러냈다.

나오코는 그럴 때마다 짜증이 나서 집으로 가버렸지만, 시간이 지나면 신보리와 자고 싶어지는 이유를 알 수 없었다. 신보리와 자면 다른 세계가 펼쳐질지도 모른다는 환상이라도 있는 걸까.

고로와 함께 있으면 편안했다. 설레는 맛은 없어도 여자 친구처럼 끊임없이 아무 이야기나 주절댈 수 있었다.

"목마르다. 오줌도 누고 싶고."

신보리에게는 이런 말을 쉽게 던질 수 없었다. 신보리를 만날 때 나오코는 허세를 부리며 어제의 다카시처럼 어려워 보이는 책을 가방에 넣고 뷰러로 슬쩍 속눈썹을 올리고 갔다. 공들여 머리를 감고 깜찍한 속옷도 걸쳤다.

"잠깐만. 나도 배고프니까 동태를 살펴보고 올게."

고로가 침대에서 내려와 잽싸게 청바지를 입고 머리부터 티셔츠를 뒤집어썼다. 문 앞에 둔 의자를 드르륵 밀어놓고 문을 열고 아래층을 내려다보았다.

나오코는 고로의 방을 별 생각 없이 둘러보았다. 천장까지 닿는 붙박이 책장은 깔끔하게 정리되어 있었다. 미시마 유키오, 요시모토 다카아키, 하니야 유타카, 오에 겐자부로, 도스토옙스키,

시부사와 다쓰히코, 사진집, 시집, 만화 등이 가지런히 꽂혀 있었다.

"고로, 이거 다 읽은 거야?"

"응, 읽었지."

"누구 좋아해?"

"미시마."

미시마 유키오는 2년 전 11월, 이치가야의 자위대에서 자결했다. 충격적인 사건이었지만, 나오코는 올봄에 세상에 드러난 연합적군 사건연합적군이 같은 당원들을 린치한 산악기지 사건과 아사마 산장에 더 힘이 빠졌다. 나오코는 여자가 패배한 것 같은 기분이 들었다. 그 이후로는 어떤 일에도 의욕이 없고 무기력해졌다.

"나오코는?"

"응, 미시마도 좋은데."

"좋은데?"

"남자잖아."

"남자면 안 돼?" 고로가 어처구니가 없다는 듯 웃었다. "좋은 작가는 다 남자잖아."

"그렇지만 뭔가 달라. 딱 와 닿는 게 없어."

"그래?" 하고 고로가 어깨를 으쓱하며 방을 나갔다.

나오코는 책상 위에 놓여 있던 《망가액션》후타바샤에서 발행한 만화잡지을 집어 펼쳤다. 가미무라 가즈오의 《동거시대》에 나오는 지로와 교코. 어째서 두 사람은 항상 눈물을 흘리는 걸까. 잠깐 생각하다 잡지를 덮었다.

"어머니는 나가신 것 같아."

고로가 보리차가 든 물병과 주먹밥이 담긴 접시를 들고 왔다. 고로의 어머니는 일부러 주먹밥을 만들어놓고 자리를 피한 것 같았다. 나오코와 마주치기 싫었던 것이리라.

"어머니 솜씨 좋으시네."

고로는 살짝 불편한 표정을 지었지만 아무 말도 하지 않았다.

"그럼 화장실 좀 쓸게."

2층에 있는 화장실로 안내받았다. 아버지의 세무사 사무실에서 근무하며 세무사 준비를 하고 있다는 네 살 차이 나는 형의 방과 중학교 3학년인 남동생 방이 나란히 있었다. 형은 이미 아버지와 함께 출근했고 남동생은 근처 공립중학교에 간 모양이었다. 집 안은 육수를 내는 듯한 냄새가 감돌았다.

나오코는 고로와 함께 주먹밥을 먹었다. 전부 시큼한 매실 장아찌가 들어 있는 주먹밥이었다. 3개밖에 없는 건 나오코를 위해 만든 게 아니라는 뜻 같았지만 입 밖에 내지는 않았다.

"반씩 먹자."

고로가 남은 1개를 공평하게 나누려는 걸 제지하고 나오코는 하나만 먹었다. 간이 너무 강했다.

나오코는 세수만 하고 고로와 같이 집을 나섰다. 하늘은 맑았지만 조금 쌀쌀했다. 티셔츠 한 장으로는 추운 날씨였다. 집으로 돌아가야겠다는 생각이 들었다.

"오늘은 어떻게 할 거야?"

고로가 양손을 주머니에 찔러 넣은 채 나오코에게 물었다. 고로는 네이비색 셔츠에 까만 청바지를 입었다. 거기다 런던의 펑크밴드처럼 폭이 좁은 바지에 까만 부츠를 매치했다.

"집에 가서 옷 갈아입으려고."

"그 다음엔?"

"저녁 때 되면 생각할래."

"'스칼라'에 올 거야? 나오코 오면 갈래."

"아마 갈 거 같긴 한데 잘 모르겠어."

진지하게 대답하지 않는 나오코에게 실망한 듯했지만, 고로는 카페에라도 들르려는지 손에 든 문고본을 둥글게 말고는 손을 흔들었다.

기치조지 역에 도착한 나오코는 론론_{역과 연결된 쇼핑몰} 2층에 있는 서점에 들어갔다. 나오코는 서서 책이나 좀 읽다 집에 갈 생각이었다. 그때 문득 기척이 느껴져 고개를 들었다.

기타 케이스를 든 신보리가 통로를 걸어오는 게 보였다. 말을 걸려고 하는데 옆에 여자가 있는 걸 깨닫고 숨을 삼켰다.

가운데 가르마를 탄 생머리에 날씬한 여자였다. 청바지에 하늘하늘한 노란 블라우스를 입고 말발굽 같은 통굽 샌들을 신고 있었다. 그 여자는 무언가 언짢은 듯 두툼한 입술을 앙다물고 어두운 눈빛으로 먼 곳을 바라보고 있는 게 꼭 카르멘 마키^{일본의 록 가수} 같았다. '밴드 일을 하는 여자는 멋있어.' 이렇게 생각하며 나오코는 펼쳐져 있던 잡지로 얼굴을 가렸다.

제 **2**장

1972년 10월
자살 예고

1

　미우라 나오코가 'CHET'의 오후 타임에 들어갔을 때 손님
은 한 명밖에 없었다.

　몇 번 본 적이 있는 중년 남성이었다. 목까지 지퍼를 올린 회
색 점퍼 안으로 흰 셔츠에 검은 나비넥타이를 매고 있는 게 보
였다. 후줄근한 까만 바지에 까만 구두 차림이 이 일대에서 물
장사 쪽 일을 하는 남자 같았다.

　그는 늘 스피커 앞자리에서 팔짱을 끼고 고행자처럼 미간을
찌푸린 채 음악에 심취해 있었다. 그러다 이따금 담배를 물고
는 공허한 눈빛으로 물을 조금씩 마시곤 했다.

　소네에 따르면 남자는 근처 오사와리 바_{여자 가슴을 만질 수 있는 바}의
지배인이라고 했다. 가게 문 열기 직전에 'CHET'에 들러 재즈
를 듣고 출근하는 모양이었다.

　나오코는 남자의 신청곡이 마음에 들었다. 대부분이 마일스

데이비스였다. 오늘은 〈카인드 오브 블루〉의 A면이었다.

"좋다, 이거."

드립 커피의 필터를 씻고 있는 소네에게 나오코가 신이 나서 속삭였다.

"그렇긴 한데 사장님은 마일스도 콜트레인도 싫어해. 전에도 말이야……"

소네가 고개도 들지 않고 허물없이 대답했다. 목소리는 재미있는 듯 들떠 있지만 입가는 일그러져 있었다. 소네와 구와하라의 사이가 썩 좋지 않은 것이다.

가게 안에 울려 퍼지는 콜트레인의 짜랑짜랑한 테너 색소폰 소리에 묻혀 나오코는 소네의 말을 절반도 채 알아듣지 못했다.

"전에도, 뭐?"

나오코는 카운터 안으로 몸을 내밀며 물었다.

"아니, 마일스 같은 신청곡이 들어오면 일부러 신청곡 순서를 뒤로 빼서 거의 못 틀게 해."

신청곡은 한 곡만이 아니라 그 LP 레코드의 A면이나 B면 전체를 대상으로 한다. 한 면을 전부 들려주기 때문에 뒤로 밀리면 언제 차례가 올지 알 수 없다. 그 사이에 손님은 지쳐서 집에 가버리는 것이다.

"그러다 보면 차차 이 가게는 내 신청곡이 마음에 들지 않는

구나 하고 깨닫는 거지."

"와, 사장님 심술쟁이네. 그런 식으로 손님이 깨닫게 하다니."

소네는 동의한다는 양 빙긋 웃었다.

앞머리가 스르륵 눈 위로 내려와 있어서 어떤 표정을 하고 있는지 알기가 어려웠다. 그러나 눈빛은 날카롭고 영리해 보이기도 했다.

나오코는 미야와키 이즈미와 함께 소네를 뒤에서 몰래 '기타로'라고 부르고 있지만, 본인은 물론 그 사실을 몰랐다.

"왜 마일스나 콜트레인을 싫어하는 걸까. 멋있는데."

재즈를 잘 모르는 나오코는 고개를 갸웃거렸다. 나오코는 재즈에 관해 이것저것 이야기할 만한 지식이 없었다. 아니, 사실 이야기를 하고 싶지도 않았다. 그저 좋고 싫은 것 정도밖에 없었다.

"그러니까 저 사람은 사장님이 없을 때를 노리고 오는 거야."

소네는 마치 공범자처럼 목소리를 죽이고 남자 쪽을 쳐다보았다.

남자는 무아지경에 빠진 듯 눈을 감은 채 가느다란 두 다리로 박자를 맞추며 고개를 흔들고 있었다.

"나오코도 뭐 들을래?"

소네는 레코드 선반을 가리켰다. 수천 장은 될 법한 레코드가 빽빽하게 늘어서 있었다. 이 중 절반은 가게를 열기 전부터 구와하라가 갖고 있던 수집품이라고 했다.

"그럼 맬 왈드론의 〈레프트 얼론〉."

좋아하는 피아노곡을 요청했다. 사장인 구와하라가 와서 소네와 교대할 때까지 아직 시간이 있었다. 손님이 적으면 마음대로 좋아하는 곡을 들을 수 있었다.

소네가 레코드 선반에서 맬의 레코드를 꺼내 턴테이블에 올려놓았다.

마일스가 끝나고 맬이 시작된 동시에 남자가 자리에서 일어서더니 무표정한 얼굴로 돈을 지불했다.

"감사합니다."

나오코가 큰 소리로 인사했지만 남자는 아무 말 없이 거스름돈을 움켜쥐듯 집고는 보라색 문을 밀고 나갔다.

이제 가게에는 아무도 없었다. 나오코는 담배꽁초로 가득 찬 재떨이와 커피 잔을 치웠다.

"저기, 나오코는 이즈미하고 친해? 같은 대학이지?"

느닷없이 소네가 물었다. 너무 쑥스러워한 탓에 목소리가 꼭 화난 것처럼 들렸다.

"응, 친해. 제일 좋아하는 친구야. 애초에 여기 온 것도 이즈미가 인연인 걸."

"그렇구나" 하고 소네가 크게 끄덕였다.

"이즈미는 똑똑하고 당차고 엄청 멋있어."

"응, 인기 많을 것 같아."

"실제로도 그래."

"사귀는 사람 있으려나?"

소네가 주뼛거리며 물었다.

"그건 모르겠네" 하고 얼버무렸다. 쓸데없는 소리를 해서 괜히 문제를 일으키고 싶지는 않았다.

하지만 이렇게 타인의 매력을 순순히 긍정할 수 있는 것도 여자 친구 중에서는 이즈미뿐일지도 몰랐다. 또 나오코의 위화감을 이해하는 것도 이즈미뿐이었다. 이즈미를 만나서 또 여러 가지 얘기를 하고 싶었다.

"야! 누구야, 이딴 거 튼 사람."

벌컥 문이 열리더니 구와하라가 맬 왈드론의 레코드 재킷을 가리키며 고함을 쳤다. 언짢은 듯 인상을 팍 썼다.

"저예요. 죄송합니다."

나오코가 손을 들자 인상을 찌푸리면서 "뭐야, 하는 수 없지" 하고 웅얼거렸다.

카운터 안에서 소네가 까만 앞치마를 풀어 가지런히 접었다. 긴 머리를 쓸어 올리고, 긴장한 기색으로 구와하라를 기다렸다.

"오늘은 몇 명 왔어?"

구와하라는 인사도 하지 않고 신속하게 가게 안을 확인하면서 소네에게 물었다.

나오코는 오후 5시부터 출근이라 손님은 오사와리 바의 지배인밖에 만나지 못했다. 그래서 낮에는 대체 손님이 몇 명이나 'CHET'에 왔는지 몰랐다.

"15명 정도네요."

소네가 영수증을 하나하나 세며 대답했다. 흰 셔츠 사이로 목에 걸친 은빛 체인이 빛났다.

"적은데. 그리고 이즈미는 제시간에 왔어?"

구와하라는 이즈미의 근무태도를 나오코 앞에서 아무렇지 않게 확인했다. 당연한 수순인 양 나오코의 얼굴도 흘긋 노려보았다.

"제때 왔어요. 제가 왔을 때 벌써 가게 앞에서 기다리고 있었으니까요."

소네는 그런 구와하라가 넌더리난다는 듯 대답했다.

"그럼 다행이지만."

"저기, 저도 잘 맞춰서 왔어요."

나오코는 쓸데없는 말이라는 걸 알면서도 덧붙였다.

나오코는 구와하라라는 남자에게 신경이 곤두서 있었다. 자신의 신청곡을 폄하한 것뿐 아니라 누구보다도 재즈를 잘 안다는 듯한 그 자신감이 역겨웠다. 마치 이 자리를 지배하고 있다는 태도가 마음에 들지 않았다.

하지만 재즈란 그런 세계인 듯했다. 어마어마한 양의 레코드를 듣고, 어마어마한 수의 뮤지션을 숙지하고, 누가 언제 어디서 활동한 세션인지를 속속들이 꿰뚫고, 명반에 대해 이야기하는 세계. 그러한 지식을 풍부하게 지니고 있는 자가 이기고 보는 세계.

구와하라는 그 세계에서는 자신 소유의 재즈카페를 당당히 운영하는 승자인 셈이었다. 그가 어떤 취향을 갖고 어떻게 가게를 운영하든 이곳이 구와하라의 가게인 이상 아무도 불만을 제기할 수는 없었다. 그것이 나오코의 가슴을 답답하게 하는 원인인지도 몰랐다.

"너는 성실해 보이니까 제대로 왔겠지."

구와하라는 아무래도 좋다는 식으로 말하더니 갈색 카디건 소매를 걷었다. 안에는 울 체크 셔츠를 입고 있었다. 또한 회색 슬랙스에 뾰족한 갈색 구두를 신고 있었는데 전형적인 중년 남성 취향이었다.

"너는 이제 가봐도 돼."

구와하라가 가게에 둔 자기 앞치마를 허리에 두르며 옆에 선 소네에게 말했다.

"그럼 먼저 가겠습니다" 하고 소네가 인사했다.

소네가 나가기 전에 문이 열리고 구와하라와 비슷한 취향을 가진 손님이 속속 들어왔다. 얘기가 잘 통하는 구와하라가 오는 시간대에 맞춰서 오는 것이다.

그리고 다들 큰 목소리로 같은 얘기를 했다.

"누구야, 맬 같은 거 튼 사람?"

구와하라는 쓴웃음을 지으며 대답하지 않았다. 나오코는 바늘방석에 앉은 기분이 들어 무심결에 소네 쪽을 쳐다보았다. 소네도 난처한 표정을 짓고 있었다.

아무래도 오사와리 바의 지배인이 갑자기 나간 것도 나오코의 신청곡 탓인 듯했다.

그렇게나 듣기 싫은 레코드라면 가게에 두지 않으면 될 텐데, 하고 나오코는 생각했다. 그러나 그럼에도 불구하고 목록을 갖추고 보여주는 것이 재즈카페의 속성인 것이다. 그렇다 해도 특정 뮤지션을 그렇게까지 경멸하기도 하고 또 숭배하기도 하다니, 참으로 신비로운 세계였다.

나오코가 'CHET'에서 아르바이트를 시작한 지 한 달. 얼추 재즈카페의 문화가 보이기 시작했다.

"그럼 나는 이만."

소네가 나가자마자 퇴근길인 듯한 손님들이 들어와 작은 가게는 순식간에 만석이 되었다. 나오코는 잠깐 엉덩이 붙일 새도 없이 커피를 나르고 물을 다시 채우고 재떨이를 비우느라 정신없이 일했다.

문학부의 나카모토 유지가 홀연히 나타난 것은 밤 10시가 되기 조금 전이었다. 늘 추종자들에게 둘러싸여 있었는데 드물게 혼자였고 더군다나 조금 취해 있었다.

나오코는 나카모토가 재즈를 들으리라곤 전혀 예상하지 못했기 때문에 속으로 웬일인가 하면서 물을 내밀었다.

"맥주 주세요."

나카모토는 검은 비닐 소재의 좌석에 쓰러지듯 주저앉은 채 나오코의 얼굴은 보지도 않고 주문했다. 아무래도 나오코의 존재를 알아차리지 못한 모양이었다.

"안녕."

큰 소리로 말을 걸자 놀란 듯 고개를 들었다.

"나오코구나. 여기서 아르바이트해?"

나오코가 "응" 하고 은쟁반을 가슴께에 안고 끄덕였다. 나카모토가 뭐라고 말했지만 요란한 엘빈 존스의 드럼 솔로 소리에 들리지 않았다.

"지금 뭐라고 그랬어?"

나오코가 귓가에 손을 대고 묻자 신청곡 용지 뒤에 무언가를 써서 건넸다.

'몇 시에 끝나?'

"11시" 하면서 나오코는 손목시계의 바늘을 가리켰다. 나카모토는 알았다는 듯 손을 들었다. 나오코는 자신을 기다리는 건지도 모른다는 생각에 은근히 마음이 떨려왔다.

"맥주 달래요."

구와하라는 냉장고에서 중간짜리 병을 꺼내 힘 있게 뚜껑을 땄다. 나오코의 얼굴을 정면으로 쳐다보더니 물었다.

"저 녀석하고 아는 사이야?"

"같은 대학 다니는 친구예요."

"처음 보는 얼굴인데" 하고 중얼거리더니 수상하다는 듯 나오코를 본다. "여기서 만나기로 약속이라도 한 거야?"

"설마요. 우연이에요."

나오코는 웃으며 부정했지만 우연이라고 해도 나카모토가 왜 여기에 나타났을까 이상했다.

나카모토와 단둘이서 이야기하거나 술을 마신 적은 한 번도 없었다. 만약 영업 종료 후에 자기와 함께 어딘가로 갈 생각이라면 그는 무슨 얘기를 하려는 걸까. 여자 친구가 있으면서.

나오코는 이따금 나카모토를 훔쳐보았지만 여전히 차분한 눈빛으로 어두운 가게 안을 응시하면서 맥주를 마시고 있었다.

가게가 닫을 시간이 되어 손님들은 돈을 내고 다들 집으로 돌아갔다. 나오코가 다른 손님과 이야기를 나누는 사이에 나카모토는 모습을 감췄다. 밖에서 기다리고 있는 건지 어떻게 된 건지 신경이 쓰였다.

"이제 들어가도 돼."

폐점 후의 가게 정리와 청소는 구와하라가 맡고 있었다. 아르바이트생은 손님과 마찬가지로 폐점과 동시에 퇴근할 수 있었다.

"먼저 들어가겠습니다."

나오코가 고개를 숙이자 구와하라가 종잇조각을 흔들며 웃고 있었다.

"어이, 조심히 들어가."

뭔가 하고 보니 나카모토가 '몇 시에 끝나?'라고 쓴 신청곡 용지였다.

유리문을 열고 상가빌딩의 층계참으로 나갔다. 눈앞에 기치조지 환락가의 형형색색 네온이 비에 번져 보였다. 나카모토는 없었다.

나오코는 낙담한 자신의 모습을 인정하고 싶지 않아 혼잣말을 했다.

"비가 오잖아, 큰일이네."

그러자 계단 아래에서 소리가 났다.

"나오코."

나카모토가 처마 밑에서 담배를 피우고 있었다. 올백으로 곱게 넘긴 머리카락이 사르륵 뺨으로 내려와 어린애처럼 보였다.

"아, 있었구나. 기다렸어?"

나오코는 들뜬 목소리로 대답하며 계단을 뛰어 내려갔다.

"아니" 하고 웃으면서 고개를 저었다.

나카모토는 나오코가 비를 맞지 않도록 코듀로이 재킷을 벗어 머리 위에서 받쳐주었다. 담배와 포마드 냄새가 났다.

"고마워."

"한잔 안 할래?"

둘이서 골목길 안쪽에 있는 선술집으로 뛰어 들어갔다. 옛날 느낌 나는 뿌연 유리문으로 둘러싸인 가게에는 아무도 없었다.

뺨을 핑크빛으로 칠한 노파가 의외로 귀여운 목소리를 냈다.

"어서 와요."

그리고 나오코의 얼굴을 빤히 관찰했다. '아무것도 모르는 학생 주제에 이 동네에 오는 거 아니다' 하고 역정을 내고 있는지도 몰랐다. 환락가에 오면 여자들의 그런 시선을 자주 마주해서 당황스러울 때가 많았다.

빗발이 거세져 기온이 급격하게 떨어졌다. 블라우스 위에 얇은 카디건만 걸친 나오코는 추워서 떨고 있었다.

"아쓰칸 2홉_{아쓰칸은 50도 전후로 데운 술. 1홉은 180밀리리터}이요." 나오코의 떨림을 기민하게 감지한 나카모토가 주문을 하고서 나오코에게 다정하게 속삭였다. "아쓰칸 괜찮아?"

"좋아" 하고 나오코가 대답했다.

나카모토가 돌아앉아 기분 좋은 듯 나오코의 얼굴을 바라보았다.

"나오코가 'CHET'에서 아르바이트할 줄은 몰랐네."

"한 달 전부터야. 나도 네가 재즈를 좋아할 줄은 몰랐어."

담배를 물자 나카모토가 성냥불을 붙여줬다. 담배에 불이 붙자 손끝으로 튕기듯 성냥불을 껐다. 성냥 타는 냄새가 계속해서 코 안에 감돌았다.

"어쩐지, 요즘 '스칼라'에 안 온다 했어."

"그랬나? 그렇지도 않을 텐데? 아르바이트는 일주일에 두 번뿐인 걸." 나오코는 김이 나는 커다란 주전자를 보면서 생각을 더듬어 보았다. "근데 확실히 요새 안 가긴 했다."

최근 몇 주간은 '스칼라'의 면면들과도 만나지 않았다.

고로와 자서 그런 건 아니었다. 신보리가 여자와 걸어가는 걸 목격했기 때문도 아니었다. 의외로 조지의 궁색한 모습을 보고 싶지 않아서였다.

"다들 여전히 마작하고 지내지?"

"응, 근데 조지는 요즘 못 본 지 좀 됐어."

나카모토가 큼직한 술잔에 뜨거운 술을 부어주기에 가볍게 건배하는 시늉을 했다.

"나오코랑 단둘이서 술 마시는 거 처음이네."

"참말로잉."

간사이 사투리를 흉내 내자 나카모토가 웃었다.

"억양 틀렸어."

"조지는 어떻게 지내나 몰라. 대낮부터 기치조지를 어슬렁거리던데, 돈도 없는 거 같고, 일은 그만둔 건가."

"학생들이랑 놀다 보니까 어디 나사 하나 빠진 거겠지."

"나사가 빠져?"

나오코는 나카모토의 옆얼굴을 쳐다보았다.

"그 녀석, 중학교 졸업한 뒤로 쭉 일했잖아. 우리랑 같이 있다 보니 뭔가 성실하게 일하는 게 바보같이 느껴진 거 아닐까. 고로도 같은 얘기를 하더라고."

"고로, 조지가 걱정되나 보네."

"동창이니까. 자기가 끌어들였다는 데에 대한 책임감도 있겠지."

손님이 오지 않아 따분했는지, 여주인이 선반 위에 있는 휴대용 텔레비전을 틀었다. 스포츠뉴스를 가만히 들여다보고 있더니 실망한 기색으로 나카모토 쪽을 보았다.

"뭐야, 오늘은 안 하나보네."

"뭐가요?"

"일본시리즈. 나 자이언츠 팬이거든."

자이언츠를 싫어하는 듯한 나카모토가 불쾌한 양 텔레비전을 힐끔 쳐다보았다.

"오늘은 이동일이니까요."

프로야구에 관심이 없는 나오코는 누구에게랄 것 없이 물었다.

"올해는 자이언츠랑 어디지?"

"한큐_{현재의 오릭스 버펄로스}. 이제 안 될 것 같지만" 하고 간사이 출신인 나카모토가 어깨를 으쓱하며 술을 따랐다.

"그런가, 화요일이니까."

여주인이 말하고는 지루한 듯 텔레비전을 껐다. 화요일이라는 단어에 나오코는 나카모토에게 물었다.

"맞다, 준코 씨는 잘 지내? 요즘 안 보이네."

나카모토는 좀처럼 대답을 하지 않고 잠자코 텔레비전 주위를 바라보고 있었다. 자세히 보니 휴대용 텔레비전은 아래에 있는 풍로에 그을렸는지 기름때가 배어 있었다.

"가게가 바쁜가."

"글쎄, 잘 모르겠네."

갑자기 나카모토가 기어들어가는 목소리로 웅얼거리기에 나오코는 놀라서 되물었다.

"모른다니, 무슨 말이야?"

"갑자기 사라졌어. 전화해도 안 받아서 준코네 집에 갔더니 다른 사람 이름이 붙어 있더라고. 가게에 전화했더니 벌써 그만뒀다고 하고."

"너한테 연락도 없이 사라졌단 말이야?"

"그래."

"왜?"

"그러니까, 나오코." 나카모토가 나오코의 어깨를 두드리며 쓴웃음을 지었다. "준코가 도망간 거야. 이런 말까지 하고 쪽팔리네."

나오코는 기치조지 역에서 가와하라 준코와 헤어졌을 때를 떠올렸다.

'나카모토 씨도 그렇고 좀 순진하다고 생각할 때가 있어. 나는 간만에 휴일인데 불려 와서 보니 마작이나 하고 있잖아.'

나오코는 그때 이렇게 대꾸했다. '그럼 그냥 가.'

"그거 그날 이후에 그런 거야? 네가 마작하다가 준코 씨 내버려둔 날?"

"응, 그때 전화했을 때는 아무렇지도 않았는데 말이야. 내가 그렇게 심한 짓을 한 건가?"

"글쎄. 그렇지만 준코 씨는 간만에 쉬는 날인데 아깝다는 식으로 얘기하기는 했어."

나오코는 솔직하게 말했다.

"일하니까, 학생인 내가 만만해 보이겠지."

문득 정신 차려보니 둘이서 꽤 많이 마시고 있었다. 2홉들이 도쿠리는 벌써 다 비웠고 새로 추가한 한 병도 거의 바닥을 드러내고 있었다. 나오코는 볼이 뜨거웠다.

"이제 갈까."

나카모토가 일어서기에 나오코는 흔들흔들하는 높은 의자에서 내려왔다. 다리가 휘청거리자 나카모토가 부축해주었다.

아쓰칸을 4홉 마셨는데 천 엔도 되지 않았다. 계산은 나카모토가 했다.

"나오코, 비 좀 피했다 가자."

나카모토가 코앞에 있는 러브호텔을 가리켰다.

아, 'CHET'에서 나카모토를 봤을 때부터 나오코는 이렇게 될 것 같은 예감이 들었다. 여섯 시간이나 소음에 노출됐다가 뜨거운 술을 마시니 머리가 몽롱했다. 하지만 정신 차려야 했다.

"근데, 넌 준코 씨랑 이제 막 헤어졌잖아."

"그래서 싫어? 나오코는 내가 싫은가?"

나카모토가 자신 있는 듯 나오코의 머리를 단단한 가슴께로 끌어안았다. 나오코는 거부할 수 없었다. 새로운 요리의 맛을 알고 싶어지는 것처럼 나카모토를 알고 싶어 견딜 수 없었다. 분명 남자도 마찬가지리라.

신보리. 고로. 나카모토. 그리고 이제는 조지나 다카시와도 잘지 모를 자신. 대체 남자란 존재에게 뭘 원하고 있는 걸까. 나오코는 알 수 없는 자신의 마음이 무서웠다.

나오코는 샤워를 하고 나카모토가 기다리는 침대로 향했다.

나카모토는 어두운 표정으로 담배를 피우고 있었다.

"이리 와."

나카모토 옆으로 미끄러져 들어가자 나카모토는 고로와는
비교도 안 될 정도로 능숙하게 껴안고 키스했다. 나오코의 머
리칼에 얼굴을 묻은 나카모토가 웃었다.

"나오코, 머리에서 담배 냄새 난다."

이즈미와 마찬가지로 자신의 머리에서도 담배와 습기 냄새
가 난다니 나오코는 기분이 나빠졌다.

"준코 씨는 헤어스프레이 냄새가 나던데."

무신경한 말이었다. 그러나 나카모토는 태연하게 나오코의
머리칼을 쥐고 드러누웠다.

"나는 담배 냄새가 더 좋아."

나카모토라면 빠져들어도 좋겠다는 생각이 들었다. 섹스도
잘하고 여자를 어리광 부리게 할 줄도 알았다.

나갈 준비를 하고 있자, 샤워를 하고 돌아온 나카모토가 등
뒤에서 껴안으며 귓가에 대고 속삭였다.

"나오코, 오늘 일은 아무한테도 말하지 말자."

"알겠는데, 왜?"

나카모토는 양손으로 나오코의 가슴을 부드럽게 주무르면
서 말했다.

"너, 신보리랑 사귀고 있지? 나, 신보리랑은 친구잖아."

아니, 신보리랑은 사귄다고 할 정도는 아니야, 라고 말하려고 했으나 그 전에 의문이 들었다. 아무도 모른다고 생각했는데, 나카모토는 어떻게 알고 있는 걸까.

"그거, 신보리가 말했어?"

"어" 하고 아무렇지 않게 나카모토가 끄덕였다. "너랑 사귄다고 그러던데."

남자들끼리 그런 얘기를 나눌 줄은 몰랐다. 특히 신보리는 과묵한 남자라고 생각했던 만큼 충격이 컸다.

"신보리, 보기랑은 다르네."

러브호텔의 얇디얇은 배스 타월Bath Towel을 통해 나카모토가 또 흥분하는 게 느껴졌다. 나카모토의 손이 나오코의 옷을 벗기려고 했다. 가만히 몸을 맡기자 나카모토는 나오코를 침대에 눕히고 올라탔다.

"나오코, 남자는 제법 수다스러우니까 조심해."

"너도 말할 거야?" 하고 돌아보며 물었다.

"설마. 그러니까 나오코한테 말하지 말자고 하잖아."

어느샌가 거미줄에 걸린 곤충 같은 느낌이 들었다. 아무것도 모르는 채 폭신폭신한 침대라고 믿고 잠들어 있다가 거기서 빠져나가지 못하고 머지않아 잡아먹히는 가련한 벌레. 절대로 그렇게 되지는 않으리라 다짐하며 나오코는 입술을 악물었다.

2

    미야와키 이즈미의 아파트는 미타카다이 역에서 걸어서 5분 거리에 있었다. 아파트는 고지대의 고압선 철탑 거의 바로 밑에 세워져 있었는데, 낡은 건물에다 4가구밖에 되지 않았다. 하늘을 덮고 있는 고압선도 음울해 보였다.

    그래도 아파트 주위에 나무와 꽃이 많이 심어져 있어서 이즈미는 마음에 든다고 했다.

    나오코는 간단한 선물이 담긴 종이봉투를 들고 2층에 있는 이즈미네 집을 올려다보았다. 저녁 8시가 지난 시간. 갑자기 찾아온 터라 집을 비운 건 아닐까 걱정했지만 마리메꼬 Marimekko풍의 커튼 틈새로 형광등 불빛이 새어나오는 것을 보고 안도했다.

    철제로 된 외부계단을 올라가려고 발을 디딘 순간, 이즈미의 집에서 젊은 남자가 나오는 장면을 목격했다. 남자는 어깨에 닿을 정도로 긴 머리였는데, 검은 스웨터 밖으로 셔츠 깃을 내고 청바지를 입고 있었다. 하얀 얼굴에는 턱수염이 자라 있었다. 외모는 깔끔했지만 스니커즈 운동화 뒤축을 꾸겨 신고 있는 건 별로였다.

    "그럼 갈게."

    남자가 손을 들었다.

"잠깐만!"

이즈미의 다급한 목소리가 들리고 팔이 쑥 튀어나왔다. 남자를 잡으려는 것이다. 그러나 남자는 몸을 돌려 밖으로 나왔다.

"건강하게 잘 지내."

"무슨 잘난 척이야."

이즈미가 소리를 지르며 스웨터를 붙잡았지만 남자는 몸을 홱 돌려 뿌리치고는 계단을 뛰어 내려왔다. 나오코는 순간적으로 계단 그늘에 몸을 숨겼다. 남자는 나오코를 보지 못하고 뛰어가 버렸다. 스쳐 지나가는 순간 쳐다본 낯선 남자는 웃고 있었다.

"다카오, 기다려."

이즈미가 남자를 쫓아 집에서 뛰어나왔다. 문이 쾅 닫혔다. 이즈미가 거친 발소리를 내며 계단을 뛰어 내려왔다. 남자는 역과 반대 방향으로 달려갔고 금세 모습이 보이지 않았다.

이즈미는 포기했는지 계단 난간에 기대 작게 한숨을 내쉬었다. 마음이 진정되지 않는 듯 "야, 이 나쁜 새끼야" 하고 욕을 해댔다.

그러면서도 쫓아갈 것 같은 낌새가 보여 나오코는 저도 모르게 말을 걸고 말았다.

"이즈미."

이즈미는 깜짝 놀란 듯 가슴을 쓸어내렸다.

"어마, 깜짝이야, 나오코구나. 불쑥 나타나서 놀랐잖아."

"미안. 내가 도착했을 때 마침 그 사람이 계단을 내려와서 나도 당황했어. 싸우기라도 한 거야?"

후후, 하고 이즈미는 대답 대신 땅을 보며 웃었다. 덩달아 아래를 보니 이즈미는 맨발인 상태였다.

"미치겠다, 진짜."

"무슨 일이야?"

"아무튼 올라와. 얘기해줄게."

이즈미가 따라오라는 신호를 보냈다. 나오코는 아까와는 딴판으로 살금살금 걷는 이즈미의 뒤를 따라 계단을 올랐다.

그때 별안간 이즈미의 바로 아랫집 문이 열리더니 학생인 듯한 젊은 남자가 얼굴을 내밀었다.

"당신 말이야, 남자랑 싸울 거면 밖에서 좀 하라고, 어?"

짜증 섞인 목소리였다.

"죄송합니다."

이즈미가 계단 틈새로 아래를 내려다보며 머리를 숙였다.

"이웃한테 민폐라고. 전에도 이 일로 주의를 줬잖아."

남자의 목소리가 점점 험해졌다.

"죄송해요."

"내가 경찰에 전화할까 생각했다니까. 그 정도로 시끄러운 소리였다고."

"네, 다시는 안 그럴게요. 죄송합니다. 정말 죄송합니다."

저자세로 거듭 사과하면서 이즈미는 현관문을 열어 나오코를 밀어 넣었다.

자그마한 집 안에는 담배 연기가 가득했다. 작은 상 위에 담배꽁초가 산더미처럼 쌓인 재떨이와 술집에서 얻은 잔 두 개가 있었고, 옆에는 됫병이 놓여 있었다. 술은 거의 바닥이었다.

"공기가 안 좋네."

이즈미는 수건으로 발바닥을 닦은 후 커튼과 다른 색의 커버가 씌워진 침대 위에 올라가 창문을 활짝 열었다. 집 문도 있는 힘껏 열어젖혔다.

금목서 향을 품은 10월의 청량한 밤공기가 들어와 상쾌해졌다. 바로 근처에서 열차 소리가 났다.

환기를 시키고 있는 사이 두 사람은 아무 말 없이 있다가 우연히 눈이 마주쳤다. 이즈미는 어깨를 으쓱하며 웃었다.

뭐 어때, 라고 대답이라도 하듯 나오코도 따라 웃고 종이봉투에서 산토리 올드 병을 꺼내 이즈미 앞에 쑥 내밀었다.

"우아, 올드잖아."

이즈미가 동그스름한 까만 병을 손에 들고 놀란 표정을 지었다.

"집에 있기에 몰래 가져왔어."

"잘했어."

학생이 마시는 위스키는 화이트나 니카, 끽해야 가쿠빈 정도
였다. 올드나 리저브 같은 건 손에 꼽을 정도밖에 마셔보지 못
했다.

"자."

이즈미가 포환던지기 흉내를 내며 올드 병을 던졌다. 나오코
는 두 손으로 받아들고 까만 병에 묻은 지문을 파카 자락으로
정성스레 닦았다.

"그건 그렇고, 이제 괜찮은 거야?"

나오코는 얄팍한 합판 현관문을 닫아 잠갔다. 아까 그 남자
얘기를 듣고 싶어서 마음이 급했다.

이즈미가 다시 침대로 올라가 창문을 닫았다.

"일단 마시자, 마시자고."

이즈미가 일본주가 들어 있었던 듯한 잔을 씻어와 장난감
같은 빨간색 냉장고에서 얼음틀을 꺼냈다. 모서리가 동그랗게
된 작은 얼음을 꺼내 두 잔에 똑같이 넣었다. 땅콩과자 봉지를
엎어 접시에 좌르르 수북하게 담았다. 파티의 시작이다.

"아까 놀랐지?"

"응, 그 사람 누구야?"

두 사람은 초라한 얼음을 넣은 온 더 락으로 건배했다.

"다카하시 다카오라고 해. 국립대 학생이고."

이즈미가 홀짝홀짝 마시면서 말했다.

"다카하시 다카오? 희한한 이름이네. 너랑 사귀는 사람이야?"

이즈미가 끄덕인 후 화장기 없는 매끈한 얼굴을 찡그렸다. 맨얼굴일 때의 이즈미는 어린애처럼 보였다.

"응, 사귀었다고 해도 대학교 1학년 때야. 입시학원에서 처음 만났어. 올해는 한 번도 만나지 않았고. 그러니까 끝난 사이나 마찬가지지. 걔가 좀 이상해졌었거든."

"뭐가?"

이즈미에게는 항상 사귀는 남자가 있었는데 심각한 연애 이야기는 들어본 적이 없었다. 비밀주의라기보다 진심으로 좋아하는 상대가 없는 것이리라.

"정치 놀음이지 뭐" 하고 이즈미는 나오코에게 냉정한 말투로 대답했다.

"어디 섹트sect인데?"

"분트. 적군 지지자."

"그럼 그 연합적군?"

2월에 아사마 산장 사건경찰의 수사망을 피해 산악 아지트에 숨어든 연합적군은 총괄이란 이름으로 내부 숙청을 자행했고, 거기서 탈출한 자들이 아사마 산장에서 인질극을 벌였음이 일어난 이후 산악 아지트에서 연합적군 동료들의 시체가 발견되었다.

"아니, 거긴 혁명좌파 연합체가 아니야. 다카오가 진짜 파괴

한 건 텔아비브래."

이즈미가 어두운 눈빛으로 바닥을 응시하면서 말했다. 다다
미 바닥은 볕에 그을리고 가구 다리로 깊게 파인 자국이 나 있
었다.

올해 5월 30일, 텔아비브 국제공항 터미널에서 일본적군파
인 오쿠다이라 쓰요시, 야스다 야스유키, 오카모토 고조 세 사
람이 무차별 총격을 가해 26명을 살해했다. 오쿠다이라와 야
스다는 그 자리에서 죽고 오카모토 고조만 붙잡혔다.

"다카오는 야스다랑 아는 사이였대. 야스다는 목숨을 걸고
싸웠는데 자기는 여기서 한가하게 살고 있다는 걸 생각하면
부끄러워서 어찌할 바를 모르겠다고 그러더라고."

이즈미가 담배에 불을 붙이고 나른하게 연기를 내뿜었다.

"그래서 팔레스타인에 간대?"

나오코는 이즈미에게 물어보며 저도 모르게 어깨를 으쓱했
다. 남자들은 저돌적으로 행동하면서 늘 세상의 왕도를 걷고
있었고, 나오코는 그런 남자들에게서 위화감을 느꼈다.

"아니, 아니." 이즈미는 쓴웃음을 짓고는 나오코의 눈을 보았
다. "이제 죽을 거니까 작별 인사하러 왔대. 살아 있는 것 자체
가 빚같이 느껴져서 못 견디겠다고. 거기다 대고 어떻게 할 수
가 없으니까 같이 술 마시면서 건배했어. 내가 진심이냐고 물
으니까 '당연히 진심이지' 하고 화를 내기에 큰일이다 싶었는

데 나도 욱해서, '그래, 죽어라 죽어, 맘대로 죽어'라고 말해줬지."

나오코는 저도 모르게 쓴웃음을 지었다. '그래, 죽어라 죽어, 맘대로 죽어'라니.

"그래서 쫓아간 거구나."

"그래. 역시나 후회되더라고. 하지만 이제 글렀지, 뭐. 너무 늦었어."

이즈미가 장난스럽게 눈을 부릅떴다.

"왜 늦었다고 생각하는 거야?"

"그냥. 내 말에 그 녀석이 삶에 대한 미련을 버렸구나, 그런 느낌이 들었어. 아니, 지금까지 신세 진 사람을 하나씩 찾아다니면서 이별의 술잔을 기울인다고 그러잖아. 그렇게 돌아다니다 보면 결심도 흔들리고 그럴 거 아냐. 그래서 내가 물어봤어. 그럼 나는 몇 번째로 만나러 온 거냐고. 그랬더니 '네가 마지막이야'라고 하는 거 아니겠어? 그래서 너 지금 진심이냐고 물어본 거지."

"그때 내가 맞닥뜨린 거구나."

나오코는 남자의 옆얼굴을 떠올렸다. 후련한 듯 웃고 있었다. '딱히 할 얘기도 없으니까 갈게'라고 말했을 때는 이즈미가 잡아주기를 바랐던 걸까.

"응, 네가 와줘서 다행이야. 안 그랬음 영 찜찜하잖아. 이런 건 진짜 혼자서는 감당이 안 되니까."

이즈미는 그 후 아무 말도 없이 위스키를 단숨에 들이켰다. 나오코는 땅콩과자를 그러쥐었다. 과자 표면이 축축해져 있었다.

"이즈미, 그 사람이 정말 죽을 거라 생각해?"

"응."

이즈미는 눈을 마주치지 않고 대답했다.

"죽고 싶은 사람을 말린다는 건 불가능한 걸까. 내 앞을 지나쳤을 때 그 사람 웃고 있었어."

"웃고 있었다고?"

나오코의 말에 이즈미가 충격을 받은 듯했다. 삽시간에 얼굴에 그늘이 졌다.

"응, 웃고 있었어. 후련한 것처럼 보였어."

"아, 그럼 각오하고 있는 게 낫겠네."

이즈미가 낮은 목소리로 말하고서 잔을 비웠다.

"그런데 말이야, 그 사람이 지금 죽지 않고 살아남으면, 몇십 년 후에 오늘 밤 일을 떠올리고, 아아, 내가 그때 바보 같은 생각을 했구나, 이즈미한테 민폐를 끼쳤네, 그렇게 생각할까?"

나오코의 말에 이즈미가 겨우 웃었다. 담배에 불을 붙이고 천장을 향해 연기를 내뿜었다. 하얀 연기가 한 줄기 올라갔다.

"나오코는 희한한 생각을 하네. 그런 나중 일은 아무도 생각하지 않을 텐데. 다들 지금밖에 없잖아."

"그런가. 그래서 나도 흘러가듯 사나 보다."

이즈미는 나오코의 얼굴을 힐끗 쳐다보았다.

"네가 흘러가듯 살고 있어? 어떤 점이?"

"난 말이야, 여러 남자랑 잤어. 왜 그랬을까? 나도 이유를 모르겠어. 신보리랑 몇 번이나 잤잖아. 그러고서 고로네서도 잤고. 어제는 'CHET'에 나카모토가 왔길래 나카모토 따라서 호텔에 갔어. 그 애들이 좋은가 하면, 딱히 그런 것도 아닌 것 같고, 그냥 싫지 않은 정도거든. 특히 고로랑은 완전히 친구니까 나도 기분이 이상하더라고."

나오코는 이즈미의 집에 와서 이야기하고 싶었던 것이 이야기였던 것 같았다. 간신히 핵심에 도달한 기분이 들었다.

"이상한 느낌?"

"뭔가 손해 보는 기분이랄까. 뭘 손해 보고 있는지는 모르겠지만."

"닳는다든가?"

"나, 레코드 아니거든?"

나오코의 농담에 갑자기 생각났다는 듯 이즈미가 일어서서 레코드 한 장을 턴테이블 위에 올렸다.

흑발의 여자 얼굴이 크게 실려 있는 레코드 재킷에는 'BALLADS&BURTON'이라고 쓰여 있었다. 이즈미는 바늘을 살짝 올리고 서둘러 음량을 줄였다. 낮은 목소리의 여자가 담담히 노래를 시작했다.

"손해 본다는 건 남자랑 잔 것 때문에?" 하고 이즈미가 이어서 물었다.

"그래. 그렇게 좋아하지도 않고 기분도 별로니까 괜한 짓을 한 것 같아 후회되잖아. 그래 놓고선 누가 가자면 따라가서 자 버리는 나는 뭘까."

"나도 그래". 이즈미가 동의했다. "뭐랄까, 여자는 남자가 자기를 원하고 있다는 것 자체에 취하나 봐."

"맞아. 남자가 원한다는 건 좋아한다는 거랑은 다른 건데 왜 착각하는 걸까."

나오코가 큰 소리로 동의하자, 이즈미가 "쉿" 하고 입술에 손을 얹더니 아래층을 가리켰다.

"미안."

정신이 들어 나오코는 손끝으로 온 더 락을 휘저었다. 얼음 틀로 만든 작은 얼음은 거의 다 녹아서 원래 모양을 잃어버렸다.

"남자가 자기를 원하고 있다는 걸로 나라는 여자가 성립되는 듯한 착각을 일으키는 건가 봐. 아이덴티티의 확인인가."

나오코의 말에 이즈미가 끄덕였다.

"그거야. 진짜로 연애하는 게 아니니까 얼마든지 재미로 잘 수 있는 거지. 나도 고향 고등학교 시절부터 세면 얼추 열 명 정도랑은 잤어. 그럼 즐거웠는가 하면 그런 것도 아니야. 섹스란 게 긴장되는 거잖아. 상대가 서툴면 피곤해지고 상대가 능숙하면 뭔가 상처 받고. 대체 왜 그런 걸까."

"사랑이 없어서야. 러브 리스라고. 러브 리스, 이즈미."

나오코는 벌써 취하기 시작했다. 그 증거로, 위스키를 스트레이트로 마셔도 아무렇지 않았다. 잔에 술을 콸콸 따르고 침대에 걸터앉았다.

"아니, 올드를 이런 식으로 마셔 버리다니. 좀 남겨놔."

이즈미가 쓴웃음을 지으면서 일어섰다. 작은 개수대 앞에서 수돗물을 마시고 입가를 손등으로 훔쳤다.

"물이 차가워졌네."

"10월이잖아."

레코드가 다 돌아가 이미 바늘은 처음의 제자리로 가 있었다. B면으로 뒤집은 이즈미가 느닷없이 침대 위로 뛰어 올라왔다.

"나 있잖아, 너한테 말했는지 모르겠는데."

나오코의 몸이 반동으로 들썩했다.

"뭘?" 하고 나오코가 웃었다.

"다카오 말이야. 작년이었나, 재작년이었나, 나보고 '적군의 마누라가 될 생각 없느냐'고 말한 적 있다?"

"그게 뭐야!" 나오코는 어이가 없어 소리를 질렀다. "마누라라니!"

"적군에 있는 동료가 여자를 찾고 있으니까 관심 있으면 소개시켜 준다고 그러는 거야, 다카오가. 걔는 나랑 사귀고 있었으면서 조직을 위해서는 그런 뚜쟁이 역할도 하는 남자라니까. 그 녀석들 이렇게 맘대로 대할 수 있는 말단 조직원의 여자를 모아서 간부에게 바쳤던 거겠지. 남존여비도 정도껏 해야지."

"말은 세계 동시 혁명이니 계급투쟁이니 번지르르하게 하면서 여자는 차별하고 있는 거잖아. 남녀차별은 어떻게 보고 있는지 한번 묻고 싶다."

취기가 더해져 화가 난 나오코는 목소리를 높였다.

"내 말이. 다카오랑 사이가 틀어진 데는 그런 이유도 있었어."

"당연히 헤어져야지. 그딴 자식."

"그래서 '그래, 죽어라 죽어, 맘대로 죽어'라고 냉정하게 말해버린 거야, 나."

갑자기 문을 쾅쾅 두드리는 소리가 났다. 나오코는 가슴이 철렁해서 돌아보았다.

"야! 시끄럽다고."

아랫집 학생인 듯했다. 이즈미가 황급히 문 앞으로 달려가서 문을 닫은 채로 사과했다.

"죄송해요, 조심할게요."

"적당히 해. 안 그럼 경찰 부를 거야."

문을 쾅 발로 차는 소리가 들리더니 쿵쿵거리며 계단을 내려갔다.

"뭐야, 네가 몇 배는 더 시끄럽다."

나오코가 침대 위에서 고함치자 이즈미가 억울한 듯 투덜거렸다.

"저러는 것도 말이야, 상대가 여자니까 고자세로 나오는 것 같지 않아? 아니, 다카오가 있을 때는 꽤 큰 소리로 대화하고 둘이서 좀 언성을 높인 적도 있었는데 한 번도 안 올라왔어. 다카오가 나가자마자 불만 쏟아내는 거 봤지? 여자 둘만 있으니까 이렇게 위협하는 거야."

"아아, 진짜 싫다."

"나오코도 집 나와서 혼자 살아보면 알게 될 거야. 여자 혼자 산다는 건 이런 일의 연속이야."

이즈미가 언짢아하면서 말했다. 자취. 독립. 나오코는 그런 것도 못하는 자신이 한심하게 느껴졌다.

"그러게, 생각해볼게."

나오코는 그대로 침대에 엎드렸다. 이즈미의 머리카락 냄새가 났다. 'CHET'의 곰팡내나 담배 연기 냄새가 아니라 향기로운 샴푸 향이었다.

그렇게 잠이 든 모양이었다. 밤중에 몇 번인가 눈이 떠졌는데, 이즈미는 옆에서 깊은 잠에 빠져 있었다.

집 전화가 울려 잠이 깼다. 이즈미가 일어나서 전화를 받았다.

"네, 맞아요. 혹시 괜찮으시면 그쪽에서 처분해주실 수 있을까요? 아, 그래요. 갈 수 있으면 가겠습니다."

메모를 하는 것 같았다. 일어나서 손목시계를 보니 오전 9시가 넘어 있었다. 집 안에는 알코올과 찌든 담배 냄새가 섞인 시큼한 냄새가 감돌고 있었다.

"감사합니다."

전화를 끊은 후 이즈미는 잠시 어두침침한 곳에서 메모를 바라보고 있는 듯했다.

"커튼 열까?"

나오코가 말을 걸자 이즈미가 깜짝 놀란 듯 나오코 쪽을 쳐다보았다.

"내가 깨웠어?"

"괜찮아, 무슨 일이야?"

나오코는 커튼을 열었다. 으슬으슬한 한기가 온몸으로 느껴졌다. 밖은 잔뜩 흐린 날이었다. 송전선 위에 까마귀가 앉아 있는 게 보였다.

"다카오, 역시 죽었다네."

이즈미가 잠긴 목소리로 대답했다. 텅 빈 롱피스 담뱃갑을 뒤지며 열심히 담배를 찾고 있었다. 나오코는 왠지 불안했다.

"담배, 거기 있어. 내 가방 안에."

"고마워."

평소와 달리 느긋하게 말하는 이즈미가 나오코의 세븐스타 담배 한 개비를 꺼내 입에 물었다. 그 담뱃갑을 나오코에게 던지기에 나오코도 담배를 꺼냈다. 이즈미가 성냥을 그어 자기 담배에 먼저 불을 붙이고 나오코에게 건넸다. 나오코가 담배에 불을 붙인 다음에도 이즈미는 성냥개비가 타들어가는 것을 가만히 바라보고 있었다.

"화상 입어."

나오코가 입으로 훅 불어 불을 껐다. 성냥은 'CHET'의 것이었다. 쳇 베이커인 듯한 트럼펫을 부는 남자의 실루엣이 그려져 있었다.

"땡큐."

진이 빠진 듯한 모습으로 담배를 피우고 있기에 나오코는 말을 걸지 않고 바깥을 바라보았다. 이노카시라 선 철도 건널목에서 땡땡땡땡 경고음이 들려왔다.

"방금 그 전화, 다카오네 아버지한테서 온 거였어. 다카오가 세이부 이케부쿠로 선 첫차에 뛰어들었대. 새벽에 경찰에서 전화가 와서 부랴부랴 달려갔는데 다카오가 내 앞으로 쓴 유서를 갖고 있었다네. 그래서 가지러 오지 않겠느냐고. 부모님도 읽고 싶지만, 개인적인 편지니 함부로 열고 싶지 않다고, 그래서 와주면 좋겠다고. 나, 가고 싶지 않은 거 정상이지? 나오코라도 싫겠지?"

"그거 경찰서로 오라는 건가?"

"응."

"그럼 경찰은 읽었겠네."

"그렇겠지? 부모님은 몰라. 그래서 검시가 끝나면 데리고 돌아간데. 본가는 요코하마에 있는 시골이거든. 나는 안 갈 거야. 가봤자 내가 마지막으로 만났다는 걸 알면 꼬치꼬치 캐묻기만 할 거 아냐. 일일이 말하고 싶지 않아."

"그야 그렇지."

"'그래, 죽어라 죽어, 맘대로 죽어'라고 말했잖아, 내가."

이즈미가 쓴웃음을 짓고 입에 담배를 문 채 일어났다. 나오코가 잠든 후에 갈아입었는지 처음 보는 면 잠옷 차림이었다. 빨간 물방물무늬가 귀여웠다.

"그래서 유서를 그쪽에서 처분해달라고 했더니 고인이 전하고 싶어 했던 거라고 하면서 싫어하더라고. 분명 열어서 읽어보겠지. 으, 싫다. 가지러 가는 것도 싫고, 누가 읽는 것도 싫고. 어떻게 해야 좋을까."

"그럼 내가 갖고 와줄까? 너, 읽고 싶지?"

"읽고 싶지 않아." 이즈미가 고개를 저었다. "절대 안 읽을 거야. 일단 나랑은 헤어진 사람이고 나한테 딱히 할 말이 없다고 한 것도 그쪽이라고."

"그렇지" 하고 나오코는 끄덕였다.

"그럼, 어떻게 하면 좋겠어?"

"오늘 아르바이트 오전 타임인데 대신 가줄 수 있어?"

"그럴게. 이즈미는 뭐 할 거야?"

"집에서 술이나 마시지 뭐."

이즈미는 담배를 끄고 침대에 기어들어갔다.

"같이 마셔."

"그럼 이따가 와."

"알았어" 하고 중얼거렸다. 이즈미는 분명 계단 아래에서 쫓아갈까 말까 망설이던 순간을 곱씹고 있을 것 같았다. 나오코는 '내가 거기서 말을 걸지 않았다면 이즈미는 맨발로 쫓아갔을까. 그리고 다카오는 어둠 속에서 기다리고 있었을까' 하는 생각이 들었다.

"나, 일단 나갈 건데 괜찮겠어?"

"괜찮아."

이즈미가 눈을 감고 대답했다.

3

'CHET'의 오전 타임은 아침 10시부터였다. 이즈미 대신 나가겠다고 말은 했지만 세수도 안 하고 이즈미의 아파트를 나왔다는 걸 깨달았다. 취해서 그대로 잤기 때문에 옷도 쭈글쭈글했다. 아무리 그래도 이 상태로는 아르바이트에 갈 수 없었다. 할 수 없이 일단 집에 가기로 했다.

나오코의 집은 외할아버지 대부터 이쓰카이치 가도 변에 있는 술 소매점을 운영하고 있었다. 술 외에 된장이나 간장, 조미료 따위도 팔아서 집에는 된장과 간장 냄새가 배어 있었다.

중학생 때는 그 냄새가 자기 몸에도 찌들어 있는 게 아닌가 하고 열등감에 시달리기도 했다. 나오코가 집을 나오고 싶은 데는 그런 이유도 작용했다.

또 다른 이유는 집이 가게인 탓에 외할머니나 부모님과 늘 같은 공간에 있으면서 잔소리를 들어야 한다는 점이었다. 외할아버지는 5년 전에 돌아가셨지만 정정하신 외할머니는 아직도 계산대를 지키고 있었다. 아빠는 배달을 했고 엄마는 가사 전반을 맡고 있었다.

그래서 아무리 외롭고 아랫집 남자에게 '시끄럽다'고 한 소리를 듣더라도 자취라는 걸 해 보고 싶었다.

나오코는 아빠가 경트럭을 몰고 배달하러 가는 것을 전신주 뒤에서 지켜보았다. 그런 다음 뒷문을 통해서 몰래 안으로 들어갔다.

이 시간이면 외할머니는 가게 청소를 하고 있기 때문에 발각될 염려는 없었다. 엄마는 집 어디에서 무엇을 하고 있는지 모르지만 얼굴만 마주치지 않으면 잔소리는 피할 수 있을 것이다.

나오코는 발소리를 죽여 침침한 계단을 올라 2층에 있는 방으로 들어갔다. 타탄체크 무늬의 미니스커트와 검정색 터틀넥 스웨터로 갈아입었다.

아무래도 엄마는 1층에 있는 욕조 청소를 하고 있는 모양이었다. 2층 화장실 세면대에서 급히 세수를 한 다음 살금살금 아래층으로 내려가 집 전화로 'CHET'에 연락했다. 마침 오전 10시. 성실한 소네라면 와 있을 시간이었다.

"네, 'CHET'입니다."

소네가 퉁명한 목소리로 전화를 받았다. 평소 같으면 재즈 소리로 쿵쿵거릴 텐데 잠잠했다.

"저기, 미우라인데요, 안녕하세요" 하고 목소리를 낮춰 말했다.

"어, 나오코? 안녕, 근데 어쩐 일이야?"

어지간히 뜻밖이었는지 소네가 살짝 당황했다.

"아까 이즈미한테 연락이 왔는데요, 감기 걸려서 저보고 대신 나가달라고 부탁하더라고요. 그런데 그 얘기를 방금 들어서 바로 나간다고 해도 1시간은 늦을 것 같아요. 죄송합니다."

미리 생각해둔 거짓말을 늘어놓았다.

소네는 잠깐 생각하더니 못마땅한 듯이 말했다.

"어쩔 수 없긴 하지만, 당일에 이렇게 말하면 여러모로 곤란하잖아."

"죄송해요. 그런데 열이 심한가 보더라고요."

둘러댔지만 그에 대한 답은 듣지도 못하고 갑자기 전화가 끊겼다. 나오코는 당황해서 수화기에 대고 툴툴거렸다..

"뭐야, 이 무례함은."

"어이, 나오코."

뒤에서 부르는 소리가 났다. 돌아보지 않아도 누군지 알 수 있었다. 작은오빠인 가즈키였다.

큰오빠는 대학 때부터 오사카에서 살았고, 졸업 후에도 오사카에 있는 제조회사에 취직했다. 그런 까닭에 나오코는 3살 위인 가즈키와 더 사이가 좋았다.

"우아, 웬일이래."

마른 몸을 카키색 야상으로 감싼 가즈키는 나오코와 마찬가지로 뒷문으로 들어온 듯했다.

"어이, 오랜만."

"오빠, 지금까지 어디 있었던 거야?"

가즈키는 와세다의 가쿠마루파<small>신좌익 당파 중 하나인 '일본 혁명적 공산주의자 동맹의 혁명적 마르크스주의파'의 통칭</small>로, 체포 이력도 있었다. 원래대로라면 진즉에 졸업했을 나이이지만 활동가로서 대학에 적을 두고 있었다. 그런 가즈키는 부모님의 골칫거리였다.

가즈키는 대체 어디서 무얼 하고 있는지 집에는 거의 들어오지 않았고, 들어와도 금세 또 나가버렸다.

나오코도 두 달 만에 본 것이었다. 머리는 가슴까지 올 정도로 자랐고, 많이 야위어 보였다. 그래서 그런지 눈빛이 전보다 훨씬 날카로워져 있었다. 누가 봐도 예사롭지 않은 풍모였다.

"여기저기. 친구네나 건너건너 아는 사람네 얹혀 있기도 하고, 학교 같은 데도 있고, 이곳저곳 떠돌아다녔지 뭐."

"엄마랑 만날지도 몰라. 욕실 청소 중이거든."

엄마가 작은오빠를 보면 잔소리를 퍼부을 게 불을 보듯 뻔했다. 아수라장이 될까 걱정한 나오코가 욕실 쪽을 가리키자, 가즈키가 태연하게 고개를 저었다.

"아냐, 엄마는 지금 밖에서 이웃사람이랑 얘기하고 있어."

어쩐지 욕실이 잠잠했다.

"아, 배고프다. 뭐 없나?"

가즈키는 냉장고 문을 불쑥 열었다. 코카콜라 병을 쥐고 재빠르게 병따개로 뚜껑을 따서는 선 채로 마시다가 손을 내밀었다.

"저기, 나오코, 돈 좀 꿔줘."

"별로 없는데."

"천 엔이면 돼. 부탁해" 하고 가즈키가 비는 시늉을 했다.

나오코는 지갑에서 천 엔짜리 두 장을 꺼내 건넸다. 'CHET'
에서 아르바이트를 하게 된 뒤로는 '스칼라'에도 가지 않아 여
유가 있었다.

"살았다. 땡큐."

가즈키는 꾀죄죄한 청바지 주머니에 소중하게 지폐를 찔러
넣었다.

"오빠 무사히 살아 있었네. 다행이야."

나오코는 진심으로 말했다. 와세다대는 우치게바내부 폭력이란 뜻
으로, 학생운동 파벌 간의 린치나 같은 파벌 내에서의 숙청 등을 말함가 심해져서, 가즈키
는 집에도 아지트에도 돌아오지 못하고 도망쳐 다니는 모양이
었다.

가즈키는 그 말에는 대답하지 않고 콜라를 다 마시고서 보
온상태인 전기밥솥의 뚜껑을 벌컥 열었다.

"나오코, 이걸로 주먹밥 만들어줘."

"나 아르바이트 가야 해서 시간 없어. 미안."

"알았어. 그럼 내가 하지, 뭐."

가즈키는 식기가 놓여 있는 선반에서 고등학교 때 쓰던 양
은 도시락 통을 찾아와 씻지도 않고 흰밥을 냅다 꽉꽉 눌러 담
기 시작했다.

"반찬은 어떻게 할 거야?"

나오코가 보다 못해 냉장고를 열어 찾아보았다. 김 조림과

매실 장아찌를 발견하고 흰밥 위에 얹어주었다.

"으아, 프티 부르주아 같지만 돈가스 먹고 싶다. 제길, 동물성 단백질 종류가 하나도 없다니 말이 되나. 노인들만 있는 살림은 풀떼기밖에 없다니까."

가즈키는 그렇게 투덜투덜 볼멘소리를 하면서도 미련이 남은 듯 냉장고 안을 뒤지고 있었다. 서랍에서 큼직한 햄 덩이를 발견하고는 통째로 재킷 안주머니에 쑤셔 넣었다.

"나오코, 너 〈어둠의 표적〉 봤어?"

여유가 생겼는지 가즈키가 느닷없이 그런 질문을 던졌다.

"아니."

"너 진짜 문화 쪽으로는 젬병이구나. 한번 봐봐, 대단한 작품이니까. 수잔 조지가 죽여주더라."

가즈키는 그렇게 자기 할 말만 하더니 뒷문 바닥에서 하이컷 컨버스를 신기 시작했다. 황백색 농구화는 여기저기 흙탕물이 튀어 더러웠다.

가즈키도 언젠가는 주카쿠파<small>신좌익 당파 중 하나로, 혁명적 공산주의자 동맹 전국위원회의 통칭</small>에게 린치를 당해 끔찍한 시체가 되어 나타날지도 몰랐다. 70년 안보투쟁<small>미일안전보장조약에 반대해 일어난 대규모 시위. 60년과 70년 2번에 걸쳐 일어남</small>이 그대로 이어져 연합적군 사건이 일어났고, 그렇게 학생들 사이에 불어 닥친 정치의 폭풍이 지나간 후로는 증오와 허탈감만이 감돌았다.

"오늘 아침에 아는 사람이 자살했어. 투신했다네."

다카하시 다카오는 딱히 지인은 아니었지만 나오코는 왠지 가즈키에게만은 알리고 싶었다. 그래서 그 가냘픈 등에 대고 말했다.

도시락 통을 안고 나가려던 가즈키가 뒤돌아보았다.

"그런 놈들 쌔고 쌨어. 너도 조심해."

"난 문화랑은 거리가 머니까 괜찮아."

"그건 문화 쪽 감수성이랑은 상관없어. 가만 있다가 불쑥 공허해지는 거야."

가즈키는 핼쑥해진 얼굴로 나오코를 보며 웃었다. 가즈키는 어쩐지 무언가 결여되어 있는 것 같아 보여 애처로웠다.

'가즈키에게는 무엇이 부족한 걸까.'

나오코는 설마 자신이 오빠에 대해 이런 생각을 할 줄은 꿈에도 몰랐다.

"오빠도 죽지 마."

죽이고 죽는다. 무심결에 불온한 말이 튀어나올 정도로 '당하면 그대로 갚아준다'는 식의 폭력의 사슬이 끊이지 않고 계속되는 건 그 목적을 잃어버렸기 때문일 것이다.

학생은 전면적으로 패배했다. 60년 안보투쟁도 그렇고, 70년 안보투쟁도 그렇다. 바꾸려는 마음이 있어도 미국을 추종하고 복종하는 상황은 전혀 변하지 않았다. 무력감만이 몸을 짓눌렀다. 짓밟히고 비웃음 당하는 억울함을 어른들은 결코 이해하지 못할 것이라고 나오코는 생각했다.

'그럼 지금 네가 할 수 있는 것은 무엇인가?' 그런 질문을 받는다면 나오코는 다카하시 다카오처럼 한심한 자신의 모습에 절망하고 쉽게 자살해버릴지도 모를 일이었다.

가게 쪽에서 외할머니와 엄마의 이야기 소리가 들렸다. 나오코는 두 사람의 대화가 산토리 올드 한 병이 모자라다고 말하는 것처럼 느껴졌다.

나오코도 서둘러 뒷문을 통해 밖으로 뛰어나갔다. 10월 말의 아침 공기는 냉랭했다. 걸칠 게 필요했지만 다시 가지러 갈 시간은 없었다. 엄마에게 잔소리를 듣는 것도 싫었다. 나오코는 맨살이 드러난 발에 닭살이 돋는 걸 느끼면서 기치조지로 향했다.

"안녕하세요. 늦어서 죄송합니다."

11시를 7분 넘기고 'CHET'의 보라색 유리문을 밀고 안으로 들어갔다.

재즈를 잘 모르는 나오코도 바로 아는 존 콜트레인의 테너 색소폰 소리가 귀에 꽂혔다. 〈어 러브 슈프림〉이었다.

사장인 구와하라가 싫어하는 콜트레인을 당당히 틀고 있는 걸 보면 소네의 심기가 상당히 불편한 모양이었다.

소네는 이어서 틀 레코드를 턴테이블에 올리는 참이었다. 그러나 나오코가 늦게 온 것이 마뜩잖은 듯 나오코 쪽은 보지도 않고 고개만 까딱하고 인사를 했다.

그 기분 나쁜 태도는 구와하라를 빼다 박은 것 같았다. 하지만 구와하라는 어른인 데다 사장이니까 그렇다 치고, 소네는 나오코와 같은 또래에다 같은 아르바이트생 신분일 뿐이다. 나오코도 부아가 나 점차 말수가 줄어들었다.

가게 안에는 남자 손님이 셋 있었다. 하나같이 침침한 조명에도 아랑곳하지 않고 문고본을 읽고 있었다. 익숙한 얼굴은 없었다. 모두 학생 같았다. 신청곡도 없어서 소네가 마음대로 트는 레코드에 모두 얌전히 귀를 기울이고 있었다.

정오 전에 세 손님이 돌아갔다. 그 후로는 손님들의 발길이 끊어지지는 않았지만 한 사람이 들어오면 한 사람이 나가고 하는 식이었다. 한가한 시간이 어색하지는 않았지만 나오코는 조금도 나아지지 않는 소네의 쌀쌀맞은 태도에 기가 죽었다.

도대체 뭐가 그렇게 못마땅한 걸까. 이유를 물을 새도 없이 오후 5시가 되어 오전 타임 아르바이트에서 해방되었다.

걱정이 돼서 공중전화로 이즈미에게 전화를 걸어보았다. 몇 번의 신호가 흐른 후 바로 이즈미가 전화를 받았다. 자고 있었는지 나른한 목소리였다.

"이즈미, 괜찮아? 술 마시고 있어?"

"술은 안 마셨어."

그 말은 약을 하고 있다는 뜻이리라.

"약이랑 같이 먹으면 안 돼."

"알아, 괜찮아. 아르바이트 대신 가달라고 해서 미안해."

"뭘. 몸은 좀 괜찮아졌어?"

낮게 웃는 소리가 들렸다.

"글쎄, 좀 기운이 없네. 뭐랄까, 시간이 가면 갈수록 우울해
진다고 할까. 진짜 미칠 것 같아."

"이해해. 나도 그런데 넌 오죽하겠어."

나오코는 다카하시의 웃던 옆얼굴이 뇌리에서 사라지지 않
았다. 그리고 그 뒤를 맨발로 뒤쫓아 나온 이즈미의 초조해하
던 표정도.

"저기, 나오코. 나, 유서 받으러 가는 게 나을까?"

이즈미가 일어난 듯했다.

"후회할지도 모르니까 가보는 것도 괜찮지 않을까? 내가 같
이 가줄까?"

"글쎄……"하고 이즈미는 머뭇거리고 있었다. 결정하기가
힘든 듯 잠시 아무 말이 없었다.

"역시 관둘래. 나한테는 너무 버거워. 그 유서에 '너한테 그
냥 맘대로 죽으라는 말을 듣고', 그런 말이 쓰여 있으면, 무슨
낯으로 사람들을 봐."

"그렇긴 한데, 그건 그렇게 쓴 사람이 나쁜 거지. 그리고 만약 쓰여 있어도, 사실이니까 받아들일 수밖에 없잖아."

"알아, 아는데. 나오코도 은근 직설적인 구석이 있네."

"미안. 그냥 한 말이야." 이즈미가 침묵하기에 이어서 나오코가 말문을 열었다. "오늘 있잖아, 집에 들렀다 와서 한 시간 지각했거든. 그래서 그런지 모르겠는데, 기타로가 기분 나쁜 티를 팍팍 내는 통에 난감했어."

"아아" 하고 이즈미가 떨떠름한 소리를 냈다. 진절머리 나는 일이 하나 더 있었다고 말하고 싶은 것 같았다.

"걔, 어제 집에 갈 때 나한테 고백했어. 좋아한다고, 사귀지 않겠느냐고. 나는 거절했고."

그래서 기분이 언짢았던 건가. 나오코는 기겁했다. 소네는 나오코도 그 일을 알고 자기를 바보 취급하고 있다고 오해했는지도 몰랐다.

"나도 상관없는 게 아니었네. 기타로, 이 기분 나쁜 놈. 소심하기는."

"그러게, 소심해"라고 말하고는 이즈미는 다시 침묵하다가 갑자기 자지러지게 웃었다. "아하하, 나도 소심하긴 마찬가진가."

"그쪽으로 갈까?"

"괜찮아, 나오코. 걱정 끼쳐서 미안해. 나는 혼자서도 괜찮으니까, 안 와도 돼."

나오코는 가즈키의 '불쑥, 공허해지는 거야'라는 말이 떠올랐다. 이즈미가 죽으면 어떡하나, 불안해졌다.

"너까지 죽으면 안 돼" 하고 나오코는 무심결에 애원했다.

"나는 안 죽어. 그럴 용기도 없는 걸."

이즈미의 단호한 말에 나오코는 전화를 끊을 수밖에 없었다.

10월 말의 오후 5시가 넘은 시각. 가을의 석양은 순식간에 내려앉아 차가운 밤이 되었다.

나오코는 홍등이 켜지기 시작한 환락가를 걸었다. 호객꾼이 골목에 서서 눈에 불을 켜고 호구를 찾고 있었다.

나오코는 외설스러운 거리에서 도망치듯 종종걸음으로 기치조지 역 북쪽 출구까지 갔다. 이제 '스칼라'에 가면 고로 무리나 나카모토 무리가 마작을 하고 있을지도 몰랐다.

나오코는 합류할까 말까 고민하다가 가즈키에게 2천 엔이나 건넨 사실이 떠올랐다. 지갑 안에는 천 엔짜리 한 장밖에 없었다. 이래 가지고는 놀 수 없을 것이다.

주오 선이 굉음을 내면서 나오코의 머리 위를 지나갔다. 그 소리가 들릴 때마다 나오코는 다카하시 다카오는 어떤 식으로 죽은 걸까 궁금해졌다.

열차에 치여 죽었다는 건 과다한 출혈로 인한 죽음일까. 아니면 머리가 깨져서 한순간에 죽은 걸까. 가슴에 차바퀴가 지나가 무게에 짓눌려 허덕이며 죽은 걸까.

다카하시 다카오의 웃는 옆얼굴이 산산조각 나는 모습을 상상하자 나오코는 한기가 느껴졌다. 덩달아 우치게바로 뼈가 부서져 죽어가는 작은오빠까지 상상하게 되자 나오코는 마음이 무거워졌다.

'나는 어째서 이런 형편없는 시대를 살고 있는 걸까.'

거리를 방황하는 사이에 나오코는 자기가 갈 곳이 어디에도 없다는 사실을 깨달았다. 집에 가면 분명히 자기 방이 있었지만 그 방은 나오코가 선택한 장소가 아니었다. 가족은 모두 다정했다. 하지만 나오코를 오롯이 이해하지 못했다.

나오코가 지금 만나서 이야기하고 싶은 건 오로지 미야와키 이즈미뿐이었다.

그렇지만 이즈미가 혼자 있고 싶어 한다면 나오코도 혼자 있을 수밖에 없었다. 나오코는 고독을 견딜 만한 장소가 있기를 바랐다.

헤이와 거리 지하에 있는 '로코'에 가서 진 라임Gin & Lime이라도 마시고 돌아가야겠다고 스스로를 달랬다. '로코'는 R&B 가게였다. 재즈 따위는 듣고 싶지도 않으니 카운터석에 앉아 윌슨 피켓이라도 들으면서 한잔하기로 마음을 정했다.

"거기, 나오코 씨. 나오코. 어이, 뭐하고 있어."

누가 부르는 소리에 뒤돌아본 나오코는 깜짝 놀랐다. 오후 타임에 일하고 있어야 할 'CHET'의 사장 구와하라가 서 있었다. 갈색 계통의 체크 셔츠에 회색 슬랙스, 그리고 갈색 카디건이라는 평소와 다를 바 없는 차림이었다. 헤이와 거리의 가로등 불빛에 뾰족한 갈색 구두가 빛났다.

"사장님, 소네 씨랑 교대 안 하세요?"

구와하라가 씩 웃었다.

"그 녀석 말이야, 어젯밤 가게에 와서 토하고 난리였어. 나한테 뒤처리나 시키고. 짜증이 확 나서 오늘은 하루 종일 가게 보라고 하고 나왔지."

그 일도 있어서 심통을 부렸다고 생각하니 이해가 됐다. 그러고 보니 나오코가 집에 갈 때 웬일로 구와하라가 나타나지 않는 게 이상하긴 했다.

"토했다고요?"

"그렇다니까. 이즈미한테 차였느니 어쨌느니 하면서 만취해서 가게에 나타났지 뭐야. 오전 타임 끝나고서 그 근처에서 마시고 또 쳐들어온 거야. 사태가 심각한 것 같더니만 역시나 토하고, 어휴. 그 녀석도 갈 데가 없었던 거야."

헤이와 거리의 달걀 가게 앞에서 구와하라는 끊임없이 소네 험담을 했다. 달걀 가게는 마침 문 닫는 시간인 듯 나이 지긋한 부인이 왕겨 안에 든 달걀에 포목 덮개를 씌우고 있었다. 이제 곧 셔터를 내릴 터였다.

"그랬군요. 어쩐지 오늘 이상하더라고요."

"이상하다니, 가게에 갔었어?"

밖에서 만난 구와하라는 괴팍한 기색이라고는 전혀 찾아볼 수 없는 친근한 느낌이었다.

"네, 이즈미가 감기에 걸려서 열이 난다고 대신 가달라기에 제가 갔어요. 갑자기 부탁 받아서 한 시간 지각하긴 했지만요."

"이즈미가?" 구와하라가 매섭게 허공을 노려보았다. "어쩔 수 없지. 그거 소네 때문에 그런 거 아냐? 그런 소릴 들으면 누구든 오고 싶지 않겠지. 영업방해네, 그 녀석."

구와하라는 큰 소리로 말하더니 문득 생각난 듯이 나오코를 바라보았다.

"어이, 시간 있으면 한잔하러 갈래?"

생각지도 못한 전개에 나오코는 당황해서 대답을 하지 못했다. 구와하라와 술을 마시러 간다는 건 '갈 곳 없는' 소네와 동급이 되는 것 아닌가. 구와하라가 싫어서가 아니라 자신이 싫어질까 봐 나오코는 다른 구실을 댔다.

"그런데 돈이 없어서."

"괜찮아, 내가 한턱낼게." 구와하라가 나오코의 어깨 언저리를 쿡 찔렀다. "가끔은 사장이랑도 좀 놀아달라고."

솔직히 따라가지 말자고 생각했던 터라 달갑지만은 않은 호

의였다. 그러나 나오코는 매정하게 거절할 용기도 없었다.

구와하라가 안내한 가게는 간단한 요리가 나오는 술집으로 주오 선을 따라 미타카 방면으로 향하는 골목에 있었다. 나오코는 그다지 발을 들이고 싶지 않은 곳이었다.

"여기 괜찮겠어?"

구와하라는 말은 그렇게 하면서도 나오코의 의견은 듣지도 않고 냉큼 가게로 들어갔다. 카운터에 단골인 듯한 남자들 몇 명이 술을 마시고 있었는데 구와하라와 나오코가 들어가자 곁눈질로 힐끗 쳐다보았다.

구와하라는 안쪽에 자리를 잡고 "맥주 괜찮아?" 하고 물으면서 멋대로 맥주를 주문했다. 나오코가 세븐스타에 불을 붙이려고 하자 라이터를 내밀었다. 의외였기에 놀라서 고맙다는 인사가 나왔다.

"감사합니다. 저 같은 애송이한테."

"괜찮아, 어엿한 여자인 걸."

구와하라는 중년 남성 같은 복장을 하고 있지만 아직 서른다섯이었다. 스무 살인 나오코의 입장에서 보면 어른이지만 역시 쉰이 다 되어가는 아버지와 비교하면 아직 어린 사람이었다.

"어엿한 여자라?" 나오코는 고개를 갸웃거렸다.

"다 큰 여자지, 남자가 보면."

나오코는 다시 어젯밤에 이즈미와 나눴던 이야기가 떠올랐다. 남자가 자신을 원한다는 느낌에 도취되는 건 왜일까. '구와하라가 유혹하면 나는 어떻게 할까.' 나오코는 생각도 안 해봤던 상상에 스스로도 놀랐다. 아르바이트 가게 주인일 뿐 자기와는 먼 존재라고 생각했던 남자가 갑자기 가까이 다가온 것같아 나오코는 마음이 불편했다.

"참, 이즈미 말인데, 무슨 일 있었어?"

구와하라는 늘 단도직입이었다. 조금 전까지 구와하라와 이즈미 얘기를 했던가, 하고 나오코는 헷갈렸다.

"이즈미는 재수생 시절부터 우리 가게에 와서 재즈를 들었어. 내가 옛날부터 알고 지내다 보니 마음에 걸리네. 걔가 재즈 보컬을 하고 싶어 했는데 내가 일축한 적도 있거든. 여자 보컬 같은 건 재즈의 왕도가 아니라고. 그래서 날 원망하는 거야."

이즈미가 구와하라를 '차별주의자'라고 화냈던 건 재즈에 관한 것이기도 했던 모양이었다.

"몰랐어요."

나오코는 맥주에 입을 갖다 댔다. 가을 맥주는 그렇게 맛있다는 생각은 들지 않았다. 나오코는 씁쓸함과 차가움에 입 안이 마비되는 기분이 들었다.

"다른 걸로 할래?" 은근히 관찰하고 있었던 듯 구와하라가 메뉴판을 펼쳤다. "아쓰칸이라도 마실까?"

"네, 고마워요."

나오코는 자격지심이 앞선 탓인지 자연스레 말수가 줄어들었다.

"나오코는 감수성이 예민하니까 살기 힘들겠다."

느닷없는 말에 나오코는 당황했다.

"무슨 말씀이세요?"

"무슨 말이라니, 생각해보면 알잖아. 너, 맨날 만사가 마음에 들지 않는다는 얼굴을 하고 있다고. 지금도 그런 표정으로 걸어왔고."

"서른다섯이 되면 그런 걸 다 알 수 있게 되나요?"

나오코의 질문에 구와하라는 진지한 표정을 지었다.

"그럼." 자신만만하게 대답했다.

"사는 게 편해진다는 얘기인가요?"

"그건 아니고. 삶이 그렇게 녹록치는 않지."

구와하라는 그렇게 말하고 웃었다.

"이즈미의 친구가 오늘 아침 자살했어요. 그래서 이즈미가 좀 힘들어서 오늘 오지 못했고요."

나오코는 결국 말하고 말았다. 하지만 이즈미와 구와하라가 그 정도로 오래 알고 지냈다면 말해도 괜찮겠지 싶었다.

"하이고, 그런 쪽이겠다 싶었어. 이즈미 성격에 자기 탓이라고 생각하고 자책하고 있겠네. 그 녀석이 의외로 겁이 많긴 하지. 그런 점에서는 나오코가 더 쿨할지도 모르겠어."

"왜 비교하세요?"

나오코는 목소리가 경직되는 걸 느끼면서도 말을 멈출 수 없었다.

"비교가 싫어? 왜? 그런 건 다들 하는 거잖아. 걸출한 두 사람이 있는데 두 사람의 타입이 다르다, 그러면 보통 하는 거잖아. 재미있는데."

구와하라는 또다시 단도직입적으로 말했다.

"같이 못 있겠네요."

나오코의 눈에서 눈물이 쏟아졌다. 나오코도 그 이유는 알 수 없었다. 구와하라가 웃더니 새로 나온 아쓰칸을 큰 잔에 따르면서 말했다.

"왜 울어. 마셔. 인간은 죽으면 끝이야."

4

구와하라는 자기가 나오코를 데리고 와놓고, 빨리도 지친 모양이다. 2홉들이 도쿠리를 비웠을 때 "이제 갈까?" 하고 말을 꺼냈다.

확실히 카운터석에 죽 늘어앉은 중년 남성들이 노골적으로 호기심 어린 눈빛을 띤 채 시종일관 이쪽을 엿보고 있는 게 느꺼져 불쾌했다. 그것도 나오코가 울음을 터뜨리고 만 탓이리라.

"죄송합니다."

나오코가 사과하자 구와하라는 거꾸로 난감한 표정을 지었다.

"사과하지 않아도 돼."

"그렇지만 이럴 때 뭐라고 해야 할지도 모르겠고."

"따지기를 좋아하는구나, 나오코는."

구와하라는 짜증난다는 듯이 말을 가로막았다. 그리고 하이라이트에 불을 붙이며 중얼거렸다.

"인간은 죽으면 끝이래도. 이건 이즈미한테도 전해줘."

"전해주라니, 잘난 척하시는 거 아니에요? 직접 말하시면 되잖아요?"

저도 모르게 불평을 하자 구와하라는 나오코의 눈을 바라보며 쓴웃음을 지었다.

"잘난 척이라. 나오코도 말 잘하네."

순간적으로 "죄송해요"라는 말이 또 튀어나와, "아, 또 사과했잖아" 하고 나오코는 작게 중얼거렸다.

그러고 나니 온갖 것들이 다 짜증나기 시작했다. 연장자라 세상물정을 안다는 것만으로 지배적인 뉘앙스를 풍기는 구와하라에게도, 이즈미와 자신을 끌어들이고는 죽어버린 다카하시 다카오에게도 화가 치밀었다.

그렇게 죽고 싶다면, 아무에게도 알리지 않고 몰래 죽으면 될 것 아닌가.

이즈미도 나오코도 다카오의 죽음의 무게에 못 이겨, 언제 떠오를 수 있을지 알 수 없을 만큼 바닥을 향해 가라앉고 있었다. 죽어버린 다카오에게는 분풀이를 할 길이 없으니 나오코는 더더욱 구와하라를 향해 공격을 퍼부었다.

"잘난 척이죠. 나이가 많다고, 그렇게 다 아는 식으로 말하는 건 불공평하다고 생각해요."

"갑갑하네. 이번에는 불공평이야? 이 말 하면 저 말 하고. 잔소리가 너무 심하네."

구와하라가 안주머니에서 장지갑을 꺼내며 혼잣말을 했다. 손가락에 침을 묻혀 천 엔짜리를 세는 모습은 추해 보였다.

가게를 나서니 구와하라가 찬바람에 몸을 한 번 떠는 것 같았다.

"잘 먹었습니다" 하고 나오코가 고개를 숙이자, "뭘, 내가 가자고 했잖아" 하고 손을 저으며 기치조지의 번화가 쪽을 돌아본다.

"또 마시러 가세요?"

단순한 호기심에서 묻자 자못 지루하다는 듯 어깨를 으쓱했다.

"집에 가야지. 우리 집 여기서 가깝거든."

구와하라는 기치조지와 미타카 사이에 있는 작은 신축주택에서 동갑내기 아내와 어린 딸 둘과 살고 있다고 이즈미에게서 들은 적이 있었다. 구와하라가 딸을 무릎에 앉히고 있는 모습은 상상이 되지 않았다.

"가게에 안 가보셔도 돼요? 뒷정리라든지 화장실 청소 같은 건 어떡해요?"

마지막 마무리는 늘 구와하라 본인이 했기 때문에 의외였다.

"소네한테 시킬 거야. 내일 일찌감치 가서 점검해야지."

구와하라가 화를 억누르지 못하고 강한 어조로 말했다. 마지막은 자기가 마무리 짓지 않으면 성이 차지 않는 인간이라고 생각했기에 나오코는 조금 놀랐다.

"다들 화가 나 있네."

무심결에 중얼거리자 구와하라가 심기가 불편한 듯 밤하늘을 올려다보았다.

"내가? 나는 화 안 났어. 남이야 어찌 되든 내 알 바 아니고."

"어찌 되든 알 바 아니라니 어떻게 하면 그런 식으로 생각할 수 있게 되나요?"

"가끔은 직접 생각해봐."

빈정거리는 것처럼 들려 나오코는 다시금 구와하라에게 분노를 느꼈다.

"사장님, 저 아르바이트 그만둘게요."

"그래, 그러든가. 좋아. 이번 주로 끝이네. 자, 그럼."

나오코의 말에 구와하라는 놀라는 기색도 없이 시원시원하게 제 할 말을 하더니 발길을 돌렸다. 이것도 구와하라에게는 어찌 되든 상관없는 일인 걸까.

나오코는 자포자기라고도 할 수 있는 비장의 카드가 상대에게 조금도 충격을 주지 않았다는 사실에 낙담했다. 나오코는 자기도 구와하라처럼 온갖 일들을 아무래도 상관없다는 식으로 생각할 수 있으면 좋겠다는 마음이 들었다.

나오코는 술로 달아오른 뺨을 양손으로 누르면서 역을 향해 걸었다. 바람은 더 매섭게 휘몰아치고 있었다. 어두운 밤하늘 저 위쪽에서부터 윙윙 하고 우는 듯한 바람소리가 들려왔다.

귀갓길을 재촉하는 중년의 남녀가 "춥다", "이제 겨울바람인가?" 하고 이야기를 나누며 지나갔다.

앞에서는 큰 키에 호리호리한 남자가 바람에 떠밀리듯 잰걸음으로 걸어왔다. 가로등 불빛이 희미해 잘은 보이지 않았지만 집게손가락과 엄지손가락으로 담배를 쥐고 피우는 모습이 낯설지 않았다.

가까이 다가가자 아니나 다를까 신보리였다. 장발을 나부끼며 까만 긴소매 티셔츠에 나팔 청바지를 입은 신보리는 역시 쌀쌀한 듯 몸을 웅크리고 있었다.

신보리의 아파트는 미나미초에 있으니 이 방향이 아닐 터였다. 그러나 나오코는 꼬치꼬치 캐물을 마음도 들지 않았다. 나카모토에게서 신보리가 두 사람이 사귄다는 말을 했다는 걸 들은 이후 마음이 식은 상태였다.

"어라, 나오코 아냐. 오랜만이네. 이런 데서 뭐하고 있어?"

신보리는 놀란 표정으로 걸음을 멈췄다. 순간 긴 머리칼에서 신보리 특유의 체취가 풍겼다. 바람이 강하게 불어와 금세 사라져버렸지만 갑자기 그리움이 밀려왔다.

"아는 사람이랑 잠깐 술 마셨어."

북풍이 얇은 스웨터를 통과해 살갗을 찔렀다. 나오코는 가슴을 감싸듯 팔짱을 꽉 끼고 서서 이야기를 나눴다. 마치 자신이 스스로를 지키고 있는 듯한 느낌이 들었다.

"아는 사람? 어디서 마셨는데?"

신보리는 학생들이 갈 만한 가게가 있던가 하는 식으로 뒤를 돌아보았다. 누구와 마셨는가보다 가게에 더 흥미가 있는 듯한 말투였다.

나오코는 "요 근처" 하고 모호하게 대답하고 설명은 덧붙이지 않았다. 대신 신보리에게 거꾸로 되물었다. "너는 어디 가는 길인데?"

아파트와 방향이 다르다고 말하고 싶었지만, 나오코는 거기까지 추궁할 생각은 없었다. 그저 구와하라로 인해 공허해진 기분을 혼자서는 풀 길이 없어 그 자리에 하릴없이 서 있을 뿐이었다.

신보리는 웃기만 하고 대답하지 않았다. 담배를 길바닥에 던져버리고 스니커즈 운동화 뒤축으로 비벼 껐다. 나팔바지 자락이 해져서 지저분했다.

"어디 가는지 말 못 하는 거구나."

또 쓸데없는 소리를 하고 말았다. 나오코는 자신의 패배를 의식했지만 도저히 멈출 수 없었다.

"친구네 집." 신보리는 그렇게 얼버무린 후 화제를 바꿨다. "나오코, 요즘 '스칼라'에 안 오네. 무슨 일 있어?"

"응, 아르바이트를 한다고 바빴고, 멤버들도 좀 질렸다고 해야 하나."

나오코는 '내가 질린 건 마작이 아니라 너와 주변의 남자들이야'라는 뉘앙스를 풍기며 말했다. 신보리가 뜨끔한 듯 나오코의 눈을 쳐다본 후 나오코 뒤의 허공을 우두커니 바라보았다. 서로 상처를 주고 있다는 게 느껴졌다.

"오늘 춥다."

나오코가 제자리걸음을 하면서 말하자 신보리도 황급히 끄덕였다.

"응, 춥네."

"그럼, 또 봐."

"그래."

나오코는 역으로 발걸음을 내딛었다. "잠깐만" 하고, 신보리가 붙잡을지도 몰랐다. 나오코는 그러면 어떡하지, 뭐라고 답하지, 하고 마음속으로 생각했다. 그러나 신보리는 아무 말도 하지 않았다. 나오코가 큰맘 먹고 뒤를 돌아보니 멀어져가는 신보리의 뒷모습이 보였다.

나오코가 역 앞에 있는 전화박스에서 이즈미에게 전화를 걸자, 이즈미는 의외로 금방 전화를 받았다. 게다가 전화를 기다리고 있었는지 목소리에 힘이 들어가 있었다.

"여보세요, 이즈미입니다."

'다행이다, 기운이 났나 봐.' 어쩌면 죽었을지도 모른다는 불안이 있었던 만큼 나오코는 자기도 모르게 목소리가 들떴다.

"나야, 나오코. 걱정돼서 전화했어. 기운 좀 차렸어?"

"나오코구나. 힘은 없는데, 이제 괜찮은 것 같아. 나오코, 마침 전화 잘했다. 지금 우리 집에 오지 않을래? 벌써 들어갔니?"

"아니야. 나도 할 얘기가 있으니까 갈게. 근데 왜?"

"지금 누가 오기로 했어. 혼자 있기는 싫으니까 와주라."

갑자기 이즈미답지 않게 약한 소리를 했다. 나오코는 의아해서 물었다.

"누가 오는데?"

나오코는 이런 시간에, 하고 손목시계를 보았다. 저녁 9시가 지나고 있었다.

"뭔지 잘 모르겠어. 어떤 여자가 나한테 할 얘기가 있다는데. 아마 다카오랑 관계가 있는 것 같아."

"어머니나 뭐 그런 쪽인가?"

"설마. 부모님이면 지금 정신이 하나도 없을 텐데 찾아오고 그러겠어? 묘하게 침착한 여자인데, 또 그렇게 나쁜 느낌은 아니야."

"왠지 으스스한데."

"그러니까 말이야. 그건 그렇고, 나오코는 무슨 얘기야?"

"만나서 얘기할게."

나오코는 구와하라와 술을 마시고 아르바이트를 그만두겠다고 선언해버린 일을 보고할 생각이었다. 이즈미와의 인연으로 시작한 일이고 이즈미가 구와하라와 오래 알고 지낸 것 같아 배려해야겠다는 마음에서였다.

"알았어. 이따 보자."

방문객 때문에 정신이 없어 보이는 이즈미는 찰카닥 하고 거칠게 전화를 끊었다.

이즈미네 집 앞에 섰을 즈음에는 추운 날씨에 나오코의 몸이 차갑게 식어 취기도 말끔히 가셔 있었다. 얇은 베니어합판 문을 통해 소곤거리는 여자 목소리가 들리는가 싶더니 금세 말소리가 끊겼다. 침묵이 무겁게 느껴졌다.

"저기, 나 나오코야."

나오코는 노크를 하지 않고 밖에서 인기척을 냈다. "나오코? 잠깐만 기다려" 하고 한시름 놓은 듯한 이즈미의 목소리가 들리고 문이 열렸다.

작은 상 앞에 무릎을 꿇고 앉아 있는 젊은 여자가 정면으로 나오코의 눈에 들어왔다. 여자는 굳은 표정으로 나오코에게 인사했다. 바가지 머리의 가지런한 앞머리 아래로 눈이 날카롭게 빛났다. 청바지에 겨자색 벌키스웨터를 입고 있었는데 스웨터의 성긴 그물코 사이로 살구색 속옷이 비쳤다.

"이쪽은 아오노 씨. 아오노 씨, 이쪽은 제 친구 나오코예요."

이즈미는 간단히 소개하고서 나오코의 차를 내오기 위해 일어섰다. 검정 터틀넥 스웨터에 검정 카디건을 겹쳐 입은 모습은 아오노를 의식한 게 아닌가 싶었다.

"죄송해요, 이 시간에 찾아와서. 이즈미의 친구 미우라 나오코입니다."

"아오노예요. Y여대 4학년이에요."

아오노는 조신한 학교로 유명한 여대 이름을 댔다.

"아오노 씨, 나오코가 같이 있어도 될까요? 다카오가 여기서 나갔을 때 마침 마주친 사람이니까 이쪽도 마지막으로 만난 사람이라고 할 수 있어요."

작은 무선포트를 기울여 사기주전자에 뜨거운 물을 부으면서 이즈미가 아오노에게 물었다.

그러나 아오노는 굳은 표정을 풀지 않았다. 나오코와 눈을 마주치려고도 하지 않고, 바닥을 응시하면서 낮은 목소리로 말했다.

"저기, 나오코 씨는 좀……. 저도 이 상황을 혼자서 감당하고 있으니까 이즈미 씨도 그래야 하는 거 아닌가요?"

억지에 가까운 공격에 이즈미가 노골적으로 눈살을 찌푸리는 게 보였다.

"글쎄요. 감내하든 어떻게 하든 그건 내 개인의 선택이지 당신이 강요할 문제는 아니라고 보는데요."

아오노는 아무 말 없이 잠시 고개를 숙이고 있다가, 이윽고 가볍게 고개를 끄덕였다.

"알겠습니다."

"제가 없는 게 낫다면 피해드릴게요."

나오코가 눈치를 보며 물러나려고 하자 이즈미가 고개를 세차게 저었다.

"아니야, 여기 있어. 갑자기 모르는 사람이 찾아오면 누구나 경계하잖아. 그것도 다카오 일로 할 얘기가 있다니 동요하지 않는 게 더 이상해. 있어, 나오코. 괜찮죠? 아오노 씨."

아오노가 처음으로 고개를 들어 정면으로 나오코를 응시했다. 얼굴빛이 파리했다. 반대로 눈언저리는 붉게 젖어 있었다.

"오늘은 갑자기 찾아와서 죄송합니다. 아무래도 제가 민폐를 끼친 것 같습니다."

아오노가 불쑥 누구에게랄 것도 없이 머리를 깊이 숙였다. 바가지 머리를 한 새까만 머리칼이 형광등 아래에서 반들반들 윤이 났다.

"민폐라고 할 것까진 아니지만 나도 마음의 준비란 게 있잖아요?"

이즈미가 강경한 태도로 나갔다. 아오노가 머리를 들더니 얇은 입술을 살짝 핥았다.

"그러네요, 죄송합니다."

"그래서 당신은 다카오랑 무슨 사이인가요?"

이즈미의 질문에 아오노는 단숨에 말을 이어갔다.

"모르셨을 수도 있지만, 저는 작년 말 즈음부터 다카오랑 사귀고 있었습니다. 연말에 친구 소개로 만나 금세 마음이 통했어요. 다카오가 제 집에 들어와 있던 시기도 있었고 제가 다카오네 본가에 묵은 적도 있습니다. 그런데 다카오는 제게 죽고 싶다는 말 같은 건 한마디도 안 했어요. 그저께 만나고 헤어질 때도 평소랑 똑같았다고요. 또 보자고, 가볍게 인사했죠. 그랬는데 다카오가 이미 헤어진 당신을 죽기 전에 만나겠다고 찾아온 데다, 마지막 대화도 나누고 당신 앞으로 유서까지 남겼어요. 이 차이는 대체 뭔지 미친 듯이 혼란스러워요. 그래서 솔직히 슬프다거나 괴롭다거나 하는 것보다 오히려 아이덴티티의 붕괴 같은 걸 느끼고 있어요. 나는 그쪽이 더 위험하다고 봐요. 나는 대체 너한테 뭐였냐고 따지고 싶은 심정이에요. 그렇지만 그런 건 아무도 정답을 가르쳐주지 않아요. 정작 다카오는 죽어버렸고 저는 끝에 가서 바보 취급당한 느낌이라고요. 하지만 죽음이란 건 힘이 세잖아요? 이 세상에서 가장 강력해요. 그러니까 아무도 뭐라고 하지도 못하고 이런 불합리함을 참아낼 수밖에 없는 거겠죠. 나중에 서서히 충격을 받을 거라 생각하니 당한 것 같은 느낌이 들어서 못 견디겠어요."

"이해해요. 마지막에 만난 인간이라고 별다를 건 없으니까. 결국 다카오를 떠나보냈고 무력감과 죄책감으로 나도 엉망진창이에요."

이즈미가 조용히 동의했다. 그러나 아오노는 송곳눈으로 이즈미를 노려보았다.

"아뇨, 좀 다른 거 아닌가요? 이즈미 씨와는 이제 사귀는 사이도 아니었을 텐데 다카오는 굳이 당신을 만나러 왔어요. 그건 당신을 제일 좋아했다는 증거 아닌가요? 나는 다카오의 애인인데도 제외됐다고요. 이건 너무 불공평해요. 이즈미 씨도 내심 우월감을 느끼고 있죠? 아닌가요? 그리고 다카오네 어머니한테 들었는데 당신은 유서도 필요 없으니까 알아서 처분해달라고 그랬다면서요. 다들 당황스러워서 화를 내고 있어요. 알아서 해달라고는 했지만 어찌 됐든 다카오가 쓴 편지잖아요. 당신 앞으로 주소와 이름이 쓰여 있고 풀로 봉해져 있기까지 한데 그걸, 아 그렇습니까, 하고 가위로 뜯어서 열어봅니까? 당신 앞으로 된 유서니까 내가 오늘 건네주려고 가져온 거예요. 이즈미 씨가 지금 읽어보고 필요 없다면 내가 갖고 가서 어떻게 할지를 어머니하고 의논하겠어요. 이즈미 씨가 간직하고 싶다고 하면 두고 가고요. 어차피 당신은 다카오 장례식에도 오지 않을 생각인 거잖아요? 그래서 이게 제일 낫겠다 싶어서 전화한 거예요."

"알겠네요. 그럼 유서를 보여주세요. 읽어보겠습니다."

이즈미가 각오를 다진 듯 손을 내밀었다. 아오노는 옆에 둔 가방 안에서 비닐봉지를 꺼냈다. 비닐로 둘둘 말린 봉투는 흑갈색으로 얼룩져 있었다.

"피가 범벅돼 있어서 열기 힘들지도 모르겠지만, 이젠 다 말라 있겠죠."

봉투를 본 이즈미가 몸을 뒤로 젖히듯 물러섰다.

"미안하지만 나는 읽고 싶지 않네요. 이대로 처리해주세요."

그 순간 아오노가 안색을 싹 바꿨다.

"읽으세요. 다카오가 기껏 당신 앞으로 쓴 거잖아요. 겁쟁이 같이."

겁쟁이로 몰린 이즈미는 고함으로 받아쳤다.

"겁쟁이든 뭐든 상관없어요. 당신이 나 대신 읽으면 되잖아요. 읽고 맘대로 우리 사이를 곡해하라고요."

"무례하네요. 제가 언제 곡해했다고 그러나요? 개인적인 편지라서 다들 난감해하고 있다고요. 도대체 왜 그걸 모르는 거예요?"

"자꾸 개인적인 편지라고 하는데 쓴 사람은 이미 죽었잖아요. 그럼 된 거 아닌가요? 우편함에 넣지도 않고 죽었다고요. 당신들도 속으로는 뭐가 쓰여 있는지 궁금한 거잖아요. 그러니까 일부러 나를 찾아온 거고. 마음 가는 대로 읽으면 될 것을."

"그럼 그냥 우편으로 붙이지 그랬냐는 건가요?"

"그래요. 아오노 씨는 내 얼굴이 보고 싶어서 여기까지 온 거죠? 아주 불쾌하다고요."

"보러 온 게 잘못인가요?"

"물론이죠."

"다카오가 마지막으로 만나러 간 사람이라고요. 보고 싶은 게 당연하잖아요."

"그건 당신 생각이죠. 나는 다카오랑 이미 끝난 사이라고요."

두 사람은 서로 잡아먹을 듯 고성을 질렀다. 그때, 밖에서 현관문을 차는 소리가 났다.

"시끄러워 죽겠네. 조용히 좀 하란 말이야. 왜 허구한 날 싸움질이야. 경찰 부를 거야. 알겠어?"

아랫집 남자였다.

"저 사람, 뭔가요?"

아오노의 얼굴이 분노로 빨개지는 것을 본 이즈미가 설명했다.

"그게, 아랫집에 사는 사람이에요. 맨날 시끄럽다고 저 모양이에요."

"최악이네요. 국가 권력에 빌붙는 사람인가요?"

아오노가 코웃음을 쳤다.

"남자들은 다 그렇지 않나요? 권력을 타도하네 어쩌네 하면서 실은 자신도 권력을 쥐고 싶어서 안달이지."

이즈미가 불쾌한 듯 내뱉었다.

"계급투쟁 따위를 입에 올리면서 여자를 아래로 보는 주제에 말이에요."

아오노가 같이 자못 못마땅하다는 듯 얼굴을 찌푸리며 말하는 바람에 갑자기 분위기가 누그러졌다.

"차, 안 마셔요? 식을 텐데."

이즈미의 말에 이제야 찻잔의 존재를 알았다는 듯 아오노가 어색하게 입을 갖다 댔다. 나오코도 한 모금 마셨지만, 차는 이미 차갑게 식어 있었다.

"저기, 오지랖이 넓다고 뭐라 할진 모르겠지만, 내가 열 테니까 이즈미가 읽어봐. 그러고서 내용을 혼자만 간직하고 싶으면 네 마음속에 담아두면 되는 거고 아오노 씨에게 말해도 될 것 같으면 말하면 되잖아. 결국 아오노 씨도 이대로는 마음이 안 풀릴 것 같은데."

나오코의 제안에 아오노는 고개를 갸웃하며 잠시 생각한 뒤 가까스로 동의했다.

"뭐, 그러죠. 마음에도 안 들고 답답해요."

나오코는 비닐봉지를 집어 들어 내용물을 비춰 보았다. 편지가 핏물에 잠겼었는지 검붉게 변색되어 있었다. 거북한 마음을 참아 가며 과감하게 내용물을 꺼냈다. 이미 마른 상태였지만, 굳은 피 때문에 뻣뻣해진 느낌이었다.

나오코는 이즈미가 내민 가위로 봉투를 열어 내용물을 조심스럽게 꺼냈다. 편지지 2장에 알아보기 힘든 작은 글자가 비뚤배뚤하게 적혀 있었다.

아오노가 긴장한 표정으로 주시하고 있는 가운데 이즈미는 나오코가 건넨 편지지를 펼쳐 죽죽 읽어 내려갔다.

"뭐라고 쓰여 있어요? 괜찮으시면 알려주세요."

"그래요. 읽어봐요."

이즈미가 상 위로 아오노를 향해 편지를 내밀었다. 4등분으로 접힌 자국이 선명한 편지지가 형광등의 창백한 불빛 아래에서 속살을 드러냈다.

아오노는 주저하다가 집어 들고는 소리 내서 읽기 시작했다.

미야와키 이즈미에게

아까는 미안했어. 네가 초조해하며 쫓아오는 거 알고 있었거든. 나는 이제 곧 정말로 죽을 텐데.

네가 이 일 때문에 분명 가슴 아파할 것 같아서, 편지를 쓰고 있어.

그렇지만 보내지 않을지도 모르고 버려버릴지도 몰라. 그냥 써두고 싶을 뿐이야.

내가 죽은 뒤에 네가 이걸 읽게 된다면 나 같은 건 신경 쓰지 않으면 좋겠어. 그래야 내 마음도 편해질 거야.

오늘은 마지막 날이니까 기념으로 몇 집이나 돌아다니면서 술을 마셨어. 신주쿠의 '피트 인'이랑 'DUG', 그리고 기치조지의 'COOL'이랑 '과란도'에도 갔어.

네가 아르바이트를 하고 있는 'CHET'만은 왠지 피곤해져서 못 갔어. 왜였을까. 그러다 너희 집이 기치조지에서 가깝다는 생각이 나서 들른 거야.

친구들 다 만나고 네가 마지막이라고 한 건 거짓말이야.

예전에 자주 다닌 가게를 그냥 한 바퀴 쭉 돈 거야. 아무에게도 작별을 고하지 않았고 친구 같은 건 생각도 하지 않았어.

그래도 마지막에 너를 만나서 다행이었어. 너는 죽음을 두

려워했으니까. 그 생각을 하니 왠지 가엾게 느껴지더라. 너를
가여워하며 죽을 수 있다니 행운이야.

죽음은 삶의 반대말이 아니야. 모든 게 없어지는 거니까.

삶의 반대말은 사고思考 정지지.

나는 완전히 소멸해서 무로 돌아갈 거야. 만세.

안녕. 다카하시 다카오

다카하시 다카오는 그래서 웃고 있었던 걸까, 하고 나오코는
생각했다. 완전히 자유로워질 생각에 기쁨에 차 있었던 것이
다.

"이 유서 어떻게 할까요?"

아오노가 낙담한 기색을 숨기지 않고 이즈미에게 물었다.

"나는 딱히 필요 없어요. 원하면 아오노 씨한테 줄게요. 어떻
게 할래요?"

"그럼 갖고 갈게요." 아오노가 힘없이 대답했다. "근데 뭔가
실망스럽네요. 죽음을 앞둔 사람은 남은 사람 일 같은 건 하나
도 생각하지 않나 봐요. 이거 부모님께 맡겨도 될까요?"

"그래요" 하고 이즈미가 웅얼거렸다.

"그럼 전 가보겠습니다. 죄송해요, 갑자기 들이닥쳐서." 아오
노는 다카오의 유서를 다시 비닐봉지에 담고는 소중한 물건처
럼 가슴에 품었다. "참고로 내일 밤이 오쓰야장례식 전날에 가족, 친지, 친

구들이 모여 밤을 지새우는 것고 내일모레가 장례식이에요. 작별 인사 하겠어요?"

"이미 했으니까 됐어요."

이즈미가 질렸다는 듯 대답하자 아오노가 적의가 찬 눈빛으로 흘끗 보고는 "갈게요" 하고 작은 소리로 말하고 돌아갔다.

아오노가 사라지자마자 이즈미가 불현듯 눈물을 터뜨렸다.

"나오코, 왠지 막 눈물이 나. 왜 그럴까. 저렇게 냉정한 유서인데."

"그 사람, 죽는 건 아무래도 상관없다고 생각한 건가 봐. 아무래도 상관없다니, 사장님 같아."

이즈미가 침대 앞에 주저앉아 울기 시작했다.

"역시 유서는 너무 위압적이야. 나, 마음이 너무 아픈데 어떡하지, 나오코."

"눈물이 마를 때까지 울어. 그러면 개운해질지도 몰라."

"그래."

나오코는 침대 커버에 얼굴을 묻고 흐느끼는 이즈미의 등을 계속 쓰다듬었다.

"난 아까 할 얘기가 있다고 그랬잖아. 오늘 사장님하고 술 마시러 갔는데, 왠지 짜증이 확 나서 아르바이트 그만둔다고 말해버렸어."

울고 있던 이즈미가 고개를 들었다.

"둘이서 술 마시러 갔다고?"

"응. '로코' 앞에서 딱 마주쳐서."

"일은 왜 그만둬?"

"몰라. 그 사람하고 같이 있으면, 왠지 모르겠는데 짜증이
나."

답이 되지 않을 거라 생각했다. 그러나 이즈미가 수상하다는
시선을 던졌다.

"그 사람이라는 게 사장님?"

나오코가 "응" 하고 끄덕이자, 기가 막히는지 크게 한숨을 토
했다.

"무슨 소릴 하든 상관없는 사람이잖아."

역시 이즈미는 나 같은 거보다 훨씬 강한 사람이라고 나오
코는 생각했다.

제3장

1972년 11월
죽음은 무엇보다 강력하다

1

11월도 중반이 지나고 있었다. 나오코는 오랜만에 토론수업에 나갔다. 나오코가 듣고 있는 수업은 국제관계론. 중국공산당의 역사가 주요 주제였다.

"한동안 안 보이더니 나왔군요, 미우라 씨. 뭐 질문 없습니까? 분명 있을 것 같은데요."

누가 봐도 그저 학점을 따기 위해 출석한 나오코를 향해 중년의 교수가 비아냥거렸다. 남학생들이 쓴웃음을 지었다. 오랜 결석은 나태함만이 이유가 아니었다.

나오코는 어쩔 수 없이 한마디 했다.

"지금 중국에서는 재즈를 들으면 안 됩니까?"

학생들이 실소를 터뜨렸지만 교수는 너무나 진지하게 대답했다.

"재즈는 듣지 않습니다. 하지만 그 대신에 아름다운 노동가를 합창하죠."

아무리 아름다워도 노동가와 재즈는 다르다. ML파_{일본의 신좌익} _{당파 중 하나로, 공산주의자 동맹 마르크스 레닌주의파의 통칭}의 학생도 진심으로 그렇게 생각하고 있는지 묻고 싶은 대목이었다. 구와하라의 비웃는 얼굴이 눈에 떠올랐다.

쉬는 시간이 되어 스무 명 정도 되는 학생들이 잡담을 나누었지만 나오코에게는 누구 하나 말을 걸지 않았다.

나오코는 초겨울의 태양이 서쪽 교사 너머로 지는 광경을 바라보았다. 섹트에는 들어가 있지 않았지만 다들 나오코를 전공투 운동 주변부에 있는 깐깐한 여자라고 생각하고 있을 터였다.

수업이 끝난 뒤 무료함을 달래기 위해 도서관에 들러보기로 했다. 서가를 어슬렁거리다 잡지류를 탐독한 후 간신히 밖으로 나왔다. 벌써 해가 저물어 깜깜해져 있었다. 바짝 마른 느티나무 낙엽이 북풍에 날려 정원수와 벤치 아래에 수북이 쌓여 있었다.

갑자기 쌀쌀해진 날씨에도 학생들은 축제 준비 때문에 아직 남아 있었다. 여기저기 교실에 불이 켜져 있고 낙엽 밟는 소리와 여학생의 카랑카랑한 웃음소리가 울렸다.

나오코는 그 수런거림을 뒤로 한 채 캠퍼스를 잰걸음으로 빠져나갔다.

구와하라와 입씨름하며 말했던 것처럼 'CHET'에서의 아르바이트를 정말로 그만뒀기 때문에 시간은 많았다. 하지만 예전처럼 '스칼라'에서 마작을 하거나 남자들과 놀 마음은 들지 않았다.

다카하시 다카오가 이즈미를 비웃듯 자살한 이후 그의 죽음이란 독이 몸속을 떠도는 것 같았다.

웃으면서 이즈미의 집을 나간 다카오의 옆얼굴을 떠올리자 그가 여자들을 미워하고 있었던 게 아닌가 하는 생각마저 들었다. 옛 연인에게는 절망적인 편지를 남기고 현재의 연인인 아오노에게는 아무 말도 하지 않고 죽어간 남자.

죽음은 그 무엇보다 강력하다.

아오노의 말이 영원히 사라지지 않는 고통처럼 혀에 남았다. 피로 굳어버린 유서를 펼쳤을 때의 손가락 감촉. 그것들이 나오코를 바닥으로 끌어내렸다.

이쓰카이치 가도 옆에는 하수가 흐르는데, 그 위에 폭 30센티미터가량의 콘크리트 판을 덮어 물길을 만들어 놓았다. 콘크리트 판은 걷기가 살짝 힘들지만 인도 대용으로 쓰이고 있었다.

나오코는 기치조지 역까지 걸어갈 마음이 들지 않아 어둑어둑한 이쓰카이치 가도를 따라 집까지 쭉 걸어가기로 했다.

군데군데 콘크리트 판이 어긋나 있어서 그 틈새로 도랑에 발을 빠뜨리지 않도록 조심조심 걸어가야 했다. 게다가 좁은 도로를 따라 차들은 쉴 새 없이 지나가고 자전거 통행도 잦았다. 신경 쓰며 걷다 보니 금방 피로가 몰려왔다.

40분쯤 걸어 간신히 집에 도착했다. 바깥에서 가게를 살짝 들여다보았다. 앞치마 차림의 아빠가 포커페이스로 계산대에 서 있는 모습이 보였다.

안면이 있는 손님이 일본주 선반 앞에서 고민하고 있었다. 그러나 아빠는 나서지 않고 잠자코 기다리고 있었다. 나오코의 아버지는 오래도록 회사 생활을 한 탓인지 입이 무겁고 눈치가 없었다. 장사꾼에는 어울리지 않았다. 나오코는 아빠의 무뚝뚝함을 자신이 물려받았을지도 모른다는 생각이 들었다.

뒤편의 좁은 문을 통해 집에 들어가 부엌으로 향했다. 외할머니와 엄마가 저녁식사 준비를 하고 있었다.

나오코네 가게는 외할아버지와 외할머니가 창업한 가게였다. 나오코의 아빠는 가업을 반드시 이어야 하는 책임이 있는 데릴사위가 아니었다. 그래서 외할아버지가 돌아가시고 뒤를 이을 때까지 제조회사에서 회사원 생활을 했다. 그런 까닭인지 이 집에서는 외할머니와 엄마가 가업을 이어준 아빠를 떠받들고 있는 듯한 느낌이었다.

엄마와 외할머니는 사이가 좋아 늘 둘이서 먼저 저녁을 먹었다. 아빠는 8시에 가게 문을 닫은 뒤 혼자서 느긋하게 만취할 때까지 술을 마시는 게 일과였다. 어렸을 때는 혼자 밥 먹는 아빠가 불쌍하게 느껴졌지만, 요즘에는 나오코도 그게 아빠의 낙이라는 걸 알았다.

"다녀왔습니다."

"잘 다녀왔니?"

창백한 형광등 불빛 아래에서 돈가스를 튀기고 있던 엄마가 뒤돌아보았다. 엄마는 가게에는 거의 나가지 않기 때문에 화장은 별로 하지 않았다.

외할머니는 시금치나물을 그릇에 나눠담고 있었다. 등이 굽은 그 뒷모습은 필시 20년 뒤의 엄마의 모습일 것이다.

"빨리 왔구나."

외할머니가 돋보기안경을 내려 나오코의 얼굴을 들여다보았다. 얼굴에 뭔가 드러나 있는지도 모른다는 생각이 들어 나오코는 무심결에 얼굴을 돌렸다.

"밥 먹을 거지?" 엄마가 물었다.

"응, 웬일로 돈가스네."

일전에 잠깐 집에 들른 작은오빠가 노인들만 있는 집에는 동물성 단백질이 없다고 투덜대던 게 떠올랐다.

"아버지가 가끔은 먹고 싶다고 하니까."

엄마는 외할머니와 얼굴을 마주하며 웃었다. 나오코는 작은 오빠 가즈키가 이 자리에 함께했다면 좋아했을 텐데 하는 생각이 들었지만 물론 입 밖에 내지는 않았다. 그날 아침 가즈키가 집에 왔던 사실도 말하지 않았다.

"그럼 다 되면 부르마."

대답을 하지 않고 계단을 올라간 나오코는 가즈키의 방으로 곧장 들어가 책장에서 다카하시 가즈미의《우울한 당파》를 뽑았다.

다카하시 가즈미는 작년에 암으로 세상을 떠났다. 그런 연유로 올해는 개정판이 줄줄이 나오고 있었다. 가즈키는 그를 좋아했는지 꽤 많은 책을 소장하고 있었다.

나오코는 최근 집중적으로 다카하시 가즈미의 작품을 읽고 있었다. 어젯밤 막《사종문》을 다 읽은 터라 아직 흥분이 채 가시지 않았다. 여태 다카하시 가즈미를 읽어본 적이 없었기 때문에 이참에 전부 읽어봐야겠다는 생각은 하면서도 나오코는 오히려 아내인 다카코 쪽이 끌렸다.《저편의 물소리》라는 단편집은 이미 구매해서 몇 번이나 읽었다.

다카코는 교토대학에 부임한 남편 가즈미와 동행하지 않았다. 자신의 고향이기도 한 교토에 '여성 멸시적인 풍습'이 있기 때문이었다고 한다. 나오코는 그 일화가 무척 마음에 들었다.

남편인 가즈미는 먼저 죽어버렸지만 남편을 따라가지 않았던 다카코는 '죽음이 그 무엇보다 강력하다'는 것을 부정해주지 않을까. 소설에서 거꾸로 주장해주기를 바랐다, '삶이 가장 강력하다'고.

"나오코, 전화 왔다. 이즈미 씨라네."

아래층에서 엄마가 불렀다. 나오코는 곧장 계단을 뛰어 내려갔다.

집 전화는 부엌문 바로 옆에 있었다. 겨울에는 외풍이 들어와 오래 통화하기는 힘들었다. 그 대신 가족에게 대화가 들리지 않기 때문에 편하게 이야기할 수 있었다. 화장실이 바로 옆에 있어서 물 내려가는 소리가 들리는 게 단점이기는 했지만.

"여보세요."

힘차게 전화를 받자 이즈미가 웃었다.

"웬일이야. 나오코가 집에 다 있고."

"그러니까. 요즘 '스칼라'에 잘 안 가거든."

"알아. 너 있을까 싶어서 아까 가봤어. 그랬더니 요즘 코빼기도 안 보인다고 고로가 그러더라. 다카시도 너 학교에서도 안 보인다고 무슨 일 있나 걱정했어."

다카시가 보기 싫어서 피하고 있는 건데 어째서 눈치채지 못하는 건지, 나오코는 우스웠다.

"고로랑 다카시 말고는 또 누가 있었어?"

"조지도 있었어. 조지, 엄청 야위었더라. 그리고 또 늘 있는 사람들이지. 이름은 모르지만 얼굴은 아는 무리. 그러고 보니 나카모토가 또 전에 그 여자 친구랑 있었어."

"전에 그 여자라면 미용사 한다는 사람?"

"그래, 체격 좋은 사람. 둘이 딱 달라붙어서 희희낙락거리고 난리더라."

관계가 회복된 걸까. 나카모토에게 속은 기분이 들었지만 그 것도 아주 먼 옛날 얘기처럼 아득했다.

"신보리는 있었어?"

"응, 그러고 보니 본 것 같기도 해" 하고 이즈미가 모호하게 말했다.

"응?"

"아, 뭐 밴든가 뭔가 하는 여자랑 만나기로 한 것 같더라고."

기치조지 역에서 본 '카르멘 마키'일 것이다. 신보리 얘기는 이제 아무렇지도 않았다.

"그건 그렇고. 이즈미, 그 후로 어떻게 지냈어? 좀 괜찮아졌어?"

다카하시 다카오가 자살한 지 한 달 가까이 지나고 있었다.

"응, 잘 지내. 한 가지 달라진 점이라면, 나도 지난주에 'CHET' 그만뒀어."

나오코는 놀라서 새된 소리를 냈다.

"처음 듣는 얘기야. 왜 그만뒀어?"

"기타로가 끈질기게 달라붙어서 냉정하게 대했더니 이번에는 대놓고 심술을 부리잖아. 나한테 인사는커녕 말도 안 하고 주문을 일부러 흘려듣질 않나, 어휴. 그래서 귀찮아져서 그만두기로 한 거야. 걔 아주 성격이 고약해. 거절하길 잘했지 뭐야. 최악이었어."

"사장님은 뭐래?"

"남자 하나 가지고 뭘 그러느냐고 말리는데, 열이 확 받아서. 사장님은 융통성이 없으니까 남자의 괴롭힘을 받는 여자의 우울함을 몰라. 맘대로 여자나 멸시하며 살라 그래."

나오코는 멸시라는 단어에 얼굴이 굳어졌다. 자신도 모르게 연합적군 사건을 떠올린 것이다. 우연의 일치였다.

"괜찮은 것 같아서 다행이야. 걱정했어."

"나야말로 걱정했어, 나오코. 연락도 통 없고."

"미안. 집에서 계속 책 읽거나 하면서 얌전히 있었어. 뭐랄까, 다카하시 다카오한테 당한 느낌이랄까?"

"뭔지 알겠어. 나도 그래. 나오코는 상관없는 일인데 미안했어. 그런 피 묻은 유서를 다 만지고 기분 안 좋았지?"

"그렇지만 나 때문에 네가 못 쫓아갔잖아."

"그것도 걔 운명이지, 뭐. 이럴 때는 문화사업이 좋아. 나도 재즈만 질리도록 듣고 있어."

"문화사업? 듣고 보니 그러네."

이즈미의 표현에 감탄했다.

"그리고 나, 새 아르바이트 찾았어. 'COOL'이야. 그래서 '스칼라'에 들른 거고. 바로 옆이잖아."

이즈미의 대담한 행동에 말문이 막혔다. 'CHET'을 그만두고 바로 라이벌 가게에서 아르바이트를 하다니, 나오코는 생각도 못 할 일이었다.

"그랬더니 단골손님이 이쪽에도 왔다가, 글쎄 사장님한테 얘기했나 봐. 사장님 엄청 화났다던데."

"당연하지. 근데 고소하긴 하다."

한마음으로 웃고 있는데 바깥에서 부엌문을 두드리는 소리가 들렸다. 소리가 작아서 못 듣고 있었던 모양이다.

"계십니까."

저음의 남자 목소리가 들렸다. 조심스러운 듯하면서도 어딘가 고압적인 음성이었다. 예감이 좋지 않았다. 엄마나 외할머니는 저녁식사 준비로 한창이라 손님이 온 것은 눈치채지 못한 듯했다.

"이즈미, 잠깐만 기다려줄래? 누가 왔네."

검정색 수화기를 전화대 위에 올려놓고, "네?" 하고 부엌문을 살짝 열었다.

뒷문에 난 좁은 콘크리트 통로에 중년 남성이 서 있었다. 반쯤 하얗게 센 머리가 숱이 많아 이마가 좁아 보였다. 잿빛 코트에 수수한 넥타이를 매고 입을 굳게 다물고 있었다.

"밤늦게 죄송합니다. 다카이도 서에서 나왔는데, 미우라 가 즈키 씨 계신가요?"

주머니 안에서 까만 수첩을 슬쩍 꺼내 보여주었다. 형사였다. 형사가 찾아왔다. 가즈키 오빠는 무슨 짓을 한 걸까.

"지금 없는데요."

목소리에 날이 섰다.

"그쪽은, 동생?"

"네" 하고 고개를 끄덕였다.

"아버지는 가게에 계시던데. 장사하는 데 방해될까 봐 이쪽으로 왔으니 어머니 좀 불러와."

이마가 좁은 남자가 나오코를 어린 아가씨라고 얕보며 거칠게 명령했다. 점퍼 차림의 살짝 어린 남자가 이마가 좁은 남자 뒤에서 집 안을 엿보고 있었다.

"잠깐만 기다리세요. 지금 통화 중이었거든요."

거절하자 형사가 의심스러운 눈초리로 수화기를 노려보았다. 가즈키와 이야기하고 있다고 생각하는 걸까. 괜히 부아가 났다.

"미안. 지금 사람이 왔어. 다시 전화할게."

"형사라고? 소리가 들렸어. 힘내."

"응" 하고 대답했지만, '그런데 뭘 힘내라는 걸까' 하고 나오

코는 속으로 생각했다. 나오코가 전화를 끊은 것을 확인한 형
사가 재촉했다.

"빨리 어머니 불러오렴."

형사의 위압적인 태도가 아니꼬워서 걱정되는 속내는 숨기
고 일부러 천천히 부엌으로 향했다.

"엄마, 다카이도 서에서 사람이 왔어."

"가즈키는 여름 이후로 한 번도 집에 오지 않았습니다."

아빠의 목소리가 들렸다. 나오코는 2층에 틀어박힌 척하며
계단 중간에 걸터앉아 부모님과 형사의 대화를 엿듣고 있었다.

두 형사는 뒷문의 비좁은 현관에 갑갑하게 서 있는 모양이었
다.

"여름이라면, 언제쯤?"

형사의 말투는 매정했다. 처음부터 가족의 주장 따위는 믿지
않는다는 기색이 역력했다.

"7월 말쯤에 한 번 왔었어요."

이번에는 엄마 목소리였다. 살짝 평정을 잃은 눈치였다. "그
렇죠?" 하고 아빠에게 동의를 구했다.

외할머니는 아빠 대신 가게를 지키느라 자리에 없었다. 아빠
의 대답은 들리지 않았다. 분명 끄덕였으리라.

"그건 언제인지?"

"언제였지? 아마 7월 25일 정도였던 것 같아요. 토요일이었는데. 7월 마지막 토요일이 며칠이더라" 하고 엄마가 말했다.

수첩을 뒤적이는 기척이 들리더니 살짝 어린 형사 쪽이 대답했다.

"22일이나 29일."

"어머, 그럼 29일인가. 제 기억으론 25일이었는데. 어떤 거 같아요?"

"몰라." 아빠가 답했다.

"그때는 얼마나 있었습니까?"

"자지도 않고 갔어요. 여름옷만 가지러 왔다고 그러더라고요."

엄마가 대답했다.

"최근에 이 댁 아드님을 목격했다는 이웃이 있어서요. 한 달 전쯤에 이 주변에서 봤다고."

"잘못 보신 것 아닐까요. 여름 이후로는 본 적이 없거든요. 그렇죠? 안 왔죠?"

불안한 듯한 엄마의 목소리. 다시금 아빠의 동의를 구하고 있었다.

"안 왔습니다. 어느 누가 봤는지 모르겠지만 부모가 아니라는데 믿어주시죠."

형사가 비웃은 것 같았다.

"당신들 그런 자식한테 잘도 비싼 학비 대주고 있죠? 실례지만 벌이도 변변치 않을 것 같은데."

형사의 빈정거림에 아빠가 발끈한 듯 응수했다.

"그건 우리 마음이지요. 남이 이러쿵저러쿵할 얘기는 아닌 것 같습니다."

"이러쿵저러쿵이라고 하시는데, 아버님, 아드님이 살인을 했을지도 모른답니다. 학생운동이랑은 아무 상관없는 학생을요, 사소한 걸로 말꼬리를 잡아서 주카쿠파의 지지자가 아니냐면서 어딘가로 끌고 가서는 여럿이서 때려 죽였어요. 불쌍한 그 학생이 어떻게 죽었는지 아십니까? 온몸에 멍은 시퍼렇게 들었지, 부러진 데도 한두 군데가 아니에요. 일부는 뼈가 보일 정도였답니다. 몽둥이로 맞아 죽는다는 게 얼마나 고통스러운 건지 아세요?"

엄마의 비명이 들렸다.

"그만하세요. 아직 가즈키인 게 확실한 것도 아니잖아요. 저희 애는 그럴 애가 아니에요."

"물론 확실한 건 아닙니다. 현장에 있었을 수도 없었을 수도 있죠. 하지만 그쪽 아드님이 지도적인 위치에 있다는 건 명백합니다. 그 시각에 어디에 있었고, 어떤 일을 하고 있었는가. 직접 손을 댔는지, 아닌지. 안 댔다면, 명령한 건 누구고, 어디의 어떤 놈이 실행부대인가. 우리는 그쪽 아드님이 말하는 '국가 권력'에 설명할 의무가 있어요. 좀 더 조사하면 분명 체포장이 나올 테니, 아는 건 뭐든 솔직하게 말해주시라고요."

이어서 나머지 한 형사의 목소리가 들렸다.

"살해당한 학생은요, 그저 비판적인 얘기를 했을 뿐이에요. 학생운동과는 완전히 동떨어진 학생이라, 퀼른파타 당파가 주카쿠파를 멸시해서 일컫는 말고 자시고 아무것도 아니에요. 그런데 어디론가 끌고 가서 괴롭히다 살해하고 도쿄대 병원 앞에 유기했어요. 죽고 죽이는 건 이제 적당히 좀 합시다."

"그러니까 우리 애가 관여했다는 증거는 없는 거 아닙니까. 있다면 보여주시죠. 우리는 아들을 믿습니다."

아빠는 필사적으로 맞섰지만 울먹이는 듯한 목소리였다. 엄마도 충격을 받은 듯 침묵하고 있었다.

'아, 그건가' 하고 나오코는 생각했다. 한 일주일 전 신문에 우치게바의 희생자 얘기가 짤막하게 실렸었다. 와세다대 학생이 가쿠마루파에 납치되어 살해됐다는 기사였다. 학생운동을 한 게 아니라 비판적인 얘기만 했던 모양이라는 기사였다. 가즈키가 관여하지 않았기를 남몰래 빌었건만 현실은 녹록하지 않았다.

햄 한 덩이를 통째로 야상에 숨기고 양은도시락 통에 흰밥을 눌러 담아간 오빠는 그런 끔찍한 일을 아무렇지 않게 할 수 있게 된 걸까.

죽음은 그 무엇보다 강력하다. 이 명제가 또다시 나타나 나오코를 옥죄었다.

형사가 돌아간 뒤 일찌감치 가게 문을 닫고 다들 식탁에 앉았다. 돈가스는 차갑게 식고 곁들여놓은 양상추는 시들시들해져 있었다. 외할머니가 차려놓은 시금치나물도 형광등 아래에서 상해버린 것처럼 보였다.

부모님이 한자리에서 식사하는 일, 더군다나 그 자리에 나오코가 합류하는 일은 거의 없었다. 드물게 집에 있는 사람이 모두 모인 식탁인데 젓가락을 들려는 이는 없었다.

"아까 형사한테는 그렇게 말했지만 가즈키가 관여했을지도 몰라. 그렇다면 나는 그놈과 부자의 연을 끊을 거야. 아예 의절하고 다시는 그놈 얼굴을 보지 않을 거고 말도 섞지 않을 거라고. 그렇게 하지 않으면 상대방 부모님에게 얼굴을 들 수 없으니까."

아빠가 침통한 표정으로 말문을 열었다. 그런 다음 홀로 맥주를 들이켰다.

"아직 확실한 거 아니잖아요. 단정 짓지 마세요."

엄마가 히스테릭하게 큰소리를 냈다.

"그렇긴 하지만. 관여했다는 얘기를 들어도 아무 이상할 게 없어. 그놈 생활은 비정상적이야. 집을 멀리하게 된 게 언제부터야. 올 초부터잖소. 걔들도 연합적군처럼 린치 같은 짓을 벌이고 다닐지 누가 알아. 만약 그렇다면 우리는 끝이야."

"끝이라니 무슨 소리야?"

나오코가 끼어들자 아빠가 힐끔 쏘아보았다.

앞치마를 벗고 검은 테 안경을 쓴 아빠는 가게 주인장이 아니라 진지한 선생님으로 보였다.

"말 그대로 끝이지. 인간이기를 포기한 자식과는 인연을 끊고 세상에 속죄하면서 사는 거야. 가게도 닫고 어디론가 떠나서 쥐 죽은 듯이 살아야지."

"그러니까 아직 확정된 게 없다고 그러잖아요."

엄마가 초조한 기색으로 소리를 질렀다. 외할머니는 잠자코 고개를 숙이고 있었다.

"당신은 확실하지 않다고 하는데 말이야. 그놈이 지금, 그런 잔혹한 린치를 눈도 깜짝 안 하고 하는 당파에 속해 있다고. 이런 사건이 지금껏 몇 번이나 있었소? 죽지는 않아도 중상을 입힌 적도 있었잖아. 형사가 올 정도라고. 걔가 조직 안에서 나대고 있는 거야."

"그러니까 거꾸로 그 애도 살해당할 수 있다는 거잖아요?"

엄마가 겁에 질린 듯 양손으로 뺨을 감쌌다.

"그렇지. 죽이고 죽고, 무슨 바보 같은 짓을 하고 다녔을지. 그래 놓고선 학생이라고 하니 비웃음당하는 거 아냐. 그럴 바에야 돈이나 벌라는 거고. 정치 놀음의 끝이 서로 죽이는 거 아니겠어. 말세야, 말세."

평소와 달리 달변이 된 아빠가 속사포처럼 내뱉었다.

"나오코도 그런 일 하고 돌아다니면 못 써."

외할머니의 말에 나오코가 울컥했다.

"나는 당파 같은 데 소속되어 있지 않아. 이상한 소리 하지 마. 그리고 원래 학생운동이랍시고 하는 놈들은 여성 차별적이라 여자는 안 달가워해."

"놈들이라니 그런 단어는 쓰지 마렴."

엄마에게 꾸지람을 듣고 입을 다물었다.

"아까 이 근처에서 가즈키를 본 사람이 있다고 했지? 그건 무슨 말일까."

외할머니가 이상하다는 듯 말했다. 외할머니는 아빠와 함께 맥주잔을 비우고 갈색으로 된 이코이 담뱃갑에서 담배 한 개비를 꺼내 불을 붙였다. 맵싸한 냄새가 났다.

"이웃들도 자기 일 아니라고 아무 말이나 하고. 그런데 진짜 가즈키가 연관된 것이 사실이면 불매운동까지 일어날지 몰라."

"야단 떨지 말아요."

엄마가 눈살을 찌푸렸지만 외할머니의 담배 연기가 눈에 들어가서 그랬는지도 몰랐다. 엄마는 담배를 싫어했다.

"그 녀석, 우리 모르게 집에 왔다가 뭐라도 가지고 나갔는지도 모르지. 얼굴 정도는 비치고 갔으면 좋았을 것을."

아빠가 한숨 섞인 소리로 말했다.

"나, 오빠 봤어."

부모님과 외할머니가 소스라치게 놀라며 나오코를 쳐다보았다.

"언제?"

"3주 전쯤인가. 내가 새벽에 집에 들어와서 몰래 옷 갈아입고 나가려던 때였어."

그때는 다카하시 다카오가 투신자살을 해서 자기도 힘들었다고 말하고 싶었지만 물론 나오코는 그런 얘기는 꺼내지 않았다.

"가즈키가 왔단 말이야?"

"응. 내가 새벽에 옷 갈아입고 아르바이트 가려고 하는데, 오빠가 몰래 들어와서 나한테 돈 꿔달라고 그러더라고. 그래서 아르바이트해서 받은 돈 2천 엔 빌려줬어. 또 배고프다면서 밥솥에서 밥 퍼서 거기 있던 도시락 통에 담아갔고. 내가 조림 같은 거 얹어줬는데 동물성 단백질이 필요하다면서 냉장고에 들어 있던 햄 하나를 통째로 가져갔어."

"어쩐지" 하고 엄마가 잠시 후 입을 뗐다. "이상하다고 생각했어. 점심 먹으려고 봤더니 밥이 없잖아. 도시락 통은 눈치채지 못했지만, 그 애가 왔었구나."

"설마 제대로 먹지도 못 하고 돌아다니는 건 아니겠지?"

외할머니가 숙연하게 말했다. 아빠는 잠자코 팔짱을 낀 채 천장을 노려보고 있었다. 눈물을 참고 있는 것 같았다.

죽음은 그 무엇보다 강력하다. '그래도 가즈키 오빠, 꼭 살아남아줘.' 나오코는 마음속으로 빌었다.

2

나오코는 자기 방 벽에 걸린 거울 앞에서, 왼손을 높이 든 후 천천히 뒤집어 손등을 비췄다. 왼손 약지에 작은 오팔이 들어간 예스러운 반지를 끼고 있었다.

초겨울 아침 햇살에 빛바랜 유백색 돌이 희미하게 반짝였다. 깜박깜박 빛나는 오렌지색 얼룩. 이 반지는 나오코가 고등학생 때 엄마에게서 받은 오래된 반지였다. 서랍에서 발견하고는 오랜만에 손에 끼워보았다.

연합적군 사건 때 적군파의 도야마 미에코는 반지를 낀 채 산악 아지트 훈련에 참가했다는 이유로 혁명좌파의 나가타 히로코 등에게 비판의 소리를 들었다.

도야마 미에코는 돈에 궁해지면 이 반지를 팔아 입에 풀칠이라도 하라며 엄마가 주셨다고 항변했다고 한다. 그것이 총괄 진정한 혁명전사가 되기 위한 자기반성을 촉구한다는 뜻에서 자행된 린치의 시작이었다.

혁명전사가 되기 위해서는, 도야마 미에코처럼 반지를 끼면 안 되는가.

혁명전사가 되기 위해서는, 도야마 미에코처럼 거울을 들여 다보면 안 되는가.

혁명전사가 되기 위해서는, 도야마 미에코처럼 빗으로 머리를 빗으면 안 되는가.

'도야마 미에코나 오쓰키 세쓰코나 가네코 미치요가 미인이 었기 때문에 추녀인 나가타 히로코가 질투해서 자기비판을 강요했던 것이다. 이처럼 여자가 리더가 되면 일이 제대로 굴러 가지 않는다.' 이렇게 주장하는 남자가 있었다.

그렇다면 그 수많은 린치는 전부 나가타 히로코의 질투가 원인이었다는 말인가. 그리고 그것이 여자만의 것인가.

혁명은 어여쁜 반지나 멋스러운 옷과 신발과는 무관한, 그 어떤 취향도 고집도 없는 인간이 일으키는 것인가. 멀끔하게 단장하고 싶어 하는 인간이나 멋 부리는 인간은 모두 실격인가.

그것과 여자의 질투는 별개다. 모든 것을 한 여자의 질투라 는 문제로 묶어버리면 나가타 히로코도, 살해당한 여자들도, 지금 살아 있는 여자들도, 누구 하나 살아남지 못하는 것 아닌가.

불과 10개월 전, 얼어붙을 듯이 차가운 산중에서 그런 일이 일어났다니 나오코는 상상도 못 한 일이었다.

'앞으로도 내가 알 길 없는 일들이 산처럼 일어났다가 어느 샌가 우리를 옴짝달싹 못 하게 얽매겠지. 전부 여자의 질투로 귀결되고 마는 것처럼.'

나오코는 책상 위에 있던 다카하시 가즈미의 《나의 마음은 돌에 있지 아니하니》를 바닥에 집어던졌다. 책은 바닥에서 한 바퀴 구르고는 입을 벌린 채 볼품없이 정지했다.

자신의 책이 이런 취급을 받고 있는 걸 안다면 오빠는 화를 내겠지. 하지만 이번 우치게바 사건 때문에 오빠는 점점 집과는 멀어질 것이다. 어쩌면 오빠를 본 것도 그때가 마지막이었는지 몰랐다. 그러니 책 따위는 어찌 되든 상관없으리라.

형사가 다녀간 후 나오코의 가족은 다들 불안해져서 안절부절못하는 눈치였다. 나오코도 모든 일들이 조바심이 나 참을 수가 없었다. 나오코는 우치게바 하나하나에 대응하고 있는 가즈키의 섹트도, 가즈키의 섹트와 대립하고 있는 섹트도, 그런 섹트에 들어가 있는 가즈키도 진절머리가 났다. 왜 남자들은 모든 것을 왜소화시키는 것일까.

그들이 말하는 혁명이라 이름 붙인 모든 것이 허상 같았다. 이즈미는 '정치 놀음'이란 표현을 썼지만 놀이에 비유하기에는 도가 너무 지나치지 않은가. 나오코는 분노가 치밀었다. 그러나 이 분노를 누구에게 표출해야 좋을지, 그것조차 알 수 없었다. 그래서 나오코는 그런 자신에게 화를 내고 있었다.

"나오코, 일어났니?"

아래층에서 엄마가 불렀다. 자는 척을 할까 했지만 아까 책을 내동댕이칠 때 난 소리가 꽤 컸다.

나오코가 망설이고 있는데 엄마가 "나오코, 나오코" 하고 재차 이름을 불렀다. 애가 타는 목소리였다. 당장이라도 계단을 올라올 기색이었다.

"일어났어. 왜?" 하고 얼굴만 문틈으로 내밀어 아래층을 향해 소리쳤다.

"너 가게 봐달라고 한 거 잊었니? 이제 나가봐야 하니까 빨리 내려오렴."

그랬었다. 어젯밤, 점심 전후에 잠깐만 가게를 봐주지 않겠느냐고 엄마가 부탁했었다. 어른이 셋이라 일손이 충분해서 가게를 봐달라고 부탁한 적은 거의 없었기에 새까맣게 잊고 있었다.

부부 동반으로 무슨 모임에 나가게 된 듯했다. 공교롭게도 외할머니가 며칠 전부터 감기 때문에 누워계셔서 엄마가 나오코에게 부탁했던 것이다.

"알았어. 바로 갈게."

"서둘러."

"깨우지 그랬어" 하고 나오코가 되려 성을 냈다.

"깨우면 맨날 짜증내잖니."

엄마도 목소리에 노기가 어려 있었다.

"아빠는?"

"먼저 가버렸어."

성마른 아빠는 엄마가 준비하는 시간도 기다리지 못했나 보다. 대체 무슨 일이 있는 걸까, 이상했다.

옷을 갈아입고 계단을 내려가자 외출복 차림을 한 엄마가 나오코의 옷을 힐끗 쳐다보았다.

"오늘 쌀쌀하대."

"괜찮아."

이어서 엄마는 나오코의 왼손에 끼워진 반지를 쳐다보고는 놀라는 표정을 지었다.

"어머, 그거 오랜만이다. 나 아가씨 때 반지잖아. 어떻게 된 거니?"

나오코는 엉겁결에 반지를 낀 손을 등 뒤로 숨겼다. 누구에게도 자신의 생각을 들키고 싶지 않았기 때문이었다.

"너, 아침밥 안 먹어도 괜찮니? 배고플 텐데."

"됐어."

나오코는 차가운 수돗물만 마시고 거실에서 가게로 통하는 좁고 어두운 통로로 내려갔다. 엄마의 비닐 샌들을 빌려 신었다. 가게 자체는 낡은 구조 그대로이지만, 몇 년 전 봉당에만 콘크리트를 새로 깐 적이 있는데 그 후로 찬기가 올라왔다.

세수도 하지 않고 이도 닦지 않은 채로 나오코는 태연하게 계산대 앞에 앉았다. 그리고 들고 온 조간신문을 펼쳐 읽기 시작했다.

점심 전부터 가게에 오는 손님은 없겠지 하는 마음으로 편하게 있는데, 건너편 세탁소 아주머니가 조미료를 사러 왔다.

"어머, 웬일이야, 나오코. 오랜만이다. 잠깐 도와드리는 거니?"

아주머니는 웃지도 않고 싸늘한 눈초리로 나오코를 보았다. '저 집 아들은 과격파로 경찰에 쫓기고 있고 딸내미도 해 뜰 때나 집에 들어온다.' 필시 그런 소문이 동네 상점가에 돌고 있을 터였다.

나오코는 아무 말 없이 구식 금전등록기를 열어 잔돈을 건넸다. 붙임성이 없다느니, 저래서는 시집도 못 가겠다느니 하는 뒷말을 들어도 아무렇지 않았다. 언젠가는 이 집을 나갈 것이라는 생각만 마음 한구석에서 하고 있을 뿐이었다.

큰오빠는 오사카에서 취직했으니 그대로 그곳에 자리를 잡으리라. 작은오빠인 가즈키는 살해당하든지, 크게 다치든지, 아니면 교도소행일 것이다. 그리고 나오코 자신은 혼자서 이 집을 나갈 것이다. 그러면 아빠 대에서 이 가게도 없어지는 것이다. 나오코는 다 읽은 조간신문을 접고 마치 가게를 보는 것이 오늘로 마지막이기라도 한 것처럼 어두침침한 가게 안을 둘러보았다.

유리문이 열리고 젊은 여자 손님이 쭈뼛거리며 들어왔다. 머리 모양은 어린 여자애 같은 바가지 머리에 카키색의 밀리터리 룩 코트를 입고 있었다. 더블브레스트 코트의 어깨 부분에는 견장이 달려 있고 작은 금색 단추가 2열로 늘어서 있었다. 꼭 그룹사운드의 무대의상 같았다. 코트가 세련된 데다 갈색 부츠와 잘 어울려서 나오코는 곁눈으로 관찰했다.

"어? 낯이 익은 것 같더니 요전에 만난 적 있죠?"

계산대 앞에서 고개를 숙이고 있던 나오코의 옆얼굴을 들여다본 손님이 소리쳤다.

놀라서 고개를 들었더니 Y여대의 아오노였다. 이즈미의 아파트에 다카하시 다카오의 유서를 들고 온 다카하시의 애인이었다.

"깜짝이야. 왜 이런 데 있어요? 집이 이 근처였던가?"

나오코는 이즈미네 집에서 만났을 때 보았던 아오노의 촌스러운 벌키스웨터와 그 그물코 사이로 비친 속옷을 떠올렸다.

"아뇨, 우리 집은 아오바다이 쪽이에요. 그보다, 여기서 아르바이트하세요?"

아오노가 맑은 목소리로 물었다.

"여기 우리 집이에요. 부모님이 외출하셔서 대신 보고 있는 거예요."

"아, 그렇구나."

아오노는 허름한 가게 안을 휘둘러보았다. 된장과 간장 냄새가 찌들어 있고 술병이 늘어선 안쪽은 청소가 제대로 되지 않아 먼지투성이였다.

나오코는 민망해져서 말을 걸었다.

"뭐 찾아요?"

"아, 됫병으로 할까 다른 걸로 할까 생각중인데, 너무 비싸지 않으면 좋겠어요. 위스키도 괜찮은데, 됫병이 더 축하 느낌도 날 것 같아서."

"그럼 2등급도 괜찮아요?"

"아뇨, 적어도 1등급으로 할까 하는데 그리 비싸지 않은 걸로 부탁할게요."

나오코는 대낮부터 됫병을 사는 여자 손님도 드물겠다는 생각을 하면서 일본주 선반으로 안내했다. 고민하고 있는 아오노에게 대중적인 상품을 추천했다.

"선물할 거예요? 선물을 포장할까요?"

아오노가 지갑을 들여다보고 있기에 나오코가 대신 됫병을 안아 계산대로 향했다.

"아뇨, 그냥 그대로 주세요. 너무 호들갑 떠는 것도 과한 것 같고."

"축하할 일은 뭔데요?"

"요 바로 근처에서 지인이 코뮌을 열었는데, 오늘은 거기 개소식開所式이라는 걸 한다네요. 그래서 도와주러 왔어요."

"무슨 코뮌?"

"여성운동이죠. 우생보호법장애인이나 한센병환자에게 강제로 불임수술을 자행하게 한 차별 법안 개정안이 나왔잖아요. 그래서 다들 초조해하고 있어요. 문제의식이 높은 사람이 많아서 배울 게 많아요. 바로 근처인데 한번 와볼래요? 다양한 사람이 있어서 재미있는데. 육아 중인 사람도 있고 미혼모도 있거든요. 마흔 줄인 사람도 있고요."

아오노가 웃자 도톰한 입술이 뒤집혀 덧니가 도드라졌다. 뚜껑을 덮어놓은 듯한 기발한 머리모양을 하고 있어서 몰랐는데 이마를 내니 의외로 미인인 듯했다.

"내가 가도 괜찮을까요?"

"물론이죠, 환영할 거예요." 아오노는 사람 좋아 보이는 얼굴로 웃었다. "5시부터니까 맞춰서 와요. 새로운 사람이 오면 다들 좋아할 거예요."

"그럼 약도 같은 거 하나 그려줄래요?"

"아, 이걸 줄게요. 여기 주소가 나와 있으니까 보고 찾아와요."

아오노는 등사판으로 양면 인쇄된 선전용 전단 같은 것을 호주머니에서 꺼냈다.

앞면에는 '우생보호법 개악 저지!!'라고 크게 적혀 있고, 뒷면에는 '낳고, 낳지 않는 것은 여자의 자유'라고 적혀 있었다. 읽기 힘든 자잘한 손글씨가 종이 가득 넘실대고 있었다. 그 치밀함에 한이 담겨 있는 것 같았다.

"고마워요. 진짜 여기서 코앞이네."

나오코가 그 주소를 들여다보고 있자, 아오노가 물었다.

"저기, 이즈미 씨는, 그 후로 어때요? 별일 없어요?"

"네, 이즈미는 한동안 처져 있었는데, 지금은 괜찮은 것 같아요. 아오노 씨야말로 어떻게 지냈어요? 다카오 씨 장례식도 갔죠? 힘들지 않았어요?"

"당연히 갔죠. 그날 진이 다 빠졌어요. 다카오네 어머니가 좀 제정신이 아니셨거든요. 화장터에서 관에 매달려서 대성통곡을 하시고, '다카오, 가지 마라. 부탁이니 살아 돌아오렴'이라고 하면서 떨어지시지를 않아서. 마치 연극을 보고 있는 것 같았어요. 아버지랑 친척 아저씨들이 '그만해. 빨리 성불시켜 줘야지, 다카오가 불쌍하잖아'라고 하면서 어머니 몸을 관에서 떼어냈어요. 어머니, 그 후로는 아예 바닥에 드러누워서 우셨어요. '같이 들어갈 거야, 같이 들어갈 거야' 하면서. 무섭더라고요."

아오노는 통통한 입술을 일그러뜨렸다. '죽음이 가장 강력하다'고 말하던 고통스러운 얼굴이 떠올랐다.

"그랬구나. 그래서, 아오노 씨는 어떻게 지냈어요? 다카오 씨랑 사귄 거죠?"

"아, 그렇긴 한데. 다카오네 어머니가 미친 듯이 날뛰는 모습을 보니까, 정신이 번쩍 들더라고요. 나도 마음 아프고 억울하긴 한데 그런 식으로 슬픔이 폭발하지는 않는다고 할까. 속에 계속 맺혀 있는 느낌이에요. 어쨌든 다카오도 자살이라든가 중요한 얘기는 나한테 말하지 않았으니까, 그런 생각이 들면 쓸쓸해지고 마음도 자꾸 삐뚤어졌거든요. 그래서 감정이 다 해소되지 않은 채 질질 끌려다니는 느낌이에요. 그건 그렇고, 나오코 씨라고 했던가? 나오코 씨는 어떻게 지냈어요?"

아오노는 살짝 농담하는 식으로 말했다. 진이 다 빠졌다는 말은 사실일 것이다. 눈 밑이 거무스름해져 있었다.

"사실 전 그 사람을 모르니까 미안하지만 슬프지는 않았어요. 그런데 그 사람이 떠나갈 때 옆얼굴을 봤거든요. 그 얼굴이 머리에서 떠나질 않아서. 그 사람, 웃고 있었거든요. 왠지 그게 충격적이더라고요."

죽은 이에 대한 이야기를 하다가 나오코는 갑자기 공복감을 느꼈다. 죽음은 무슨, 삶이 가장 강력하다는 생각에 쓴웃음이 번졌다.

"걔는 무슨 생각을 하고 있었던 걸까요. 도저히 이해할 수가 없어서 생각하고 싶지도 않네요. 이해할 수 없다는 건 진 거나 마찬가지잖아요. 그렇지만 죽음에 홀린 인간의 생각을 어떻게 알 수 있겠어요. 다카오가 우리 집에서 자주 묵었거든요. 그래서 그런지 요즘 문득문득 온갖 군데에서 머리카락이 나오는 거 있죠. 책 사이에 끼여 있다거나, 갑자기 내 베개에 붙어 있다거나. 나보다 긴 데다 굵고 곧은 남자 머리카락이니까 바로 눈에 띄어요. 그때마다 가슴이 철렁해요. '너는 나 한 사람한테 이렇게 무거운 짐을 안기고 혼자만 가버렸구나. 비겁한 거 아냐?' 이런 생각도 들고. 이런 생각, 좋지 않은 거죠?"

"이즈미도 비슷한 얘기를 했어요."

아오노의 얼굴이 어렴풋이 빛났다.

"이즈미 씨 만나면 제가 사과한다고 전해줄래요? 갑자기 들이닥쳐서 미안했다고."

"응, 그럴게요. 근데 그때 아오노 씨가 안 왔으면 이즈미도 힘들었을 거예요. 그쪽 어머니도 계속 원망하셨을 테고. 유서도 가지러 오지 않지 장례식에도 안 오지. 마지막 모습도 얘기해주지 않는다고 말이에요."

아오노가 어깨를 으쓱하며 끄덕였다.

"그러게요, 그렇게 말하면서 화내시더라고요. 유족 입장에서 보면 다카오의 죽음은 너무 충격적인 일이니까, 왜 가족처럼 생각해주지 않는지, 어째서 같이 슬퍼해주지 않는지 이상하다고 생각했을 거예요. 나도 그 심정이 이해가 되더라고요. 나 자신에 대해서도 회의적인 걸요. 나 때문에 상처 받아서 죽을 결심을 한 건 아닐까 의심이 끝이 없어요."

"그러게요. 힘들었겠어요."

"상대는 이미 죽어버렸으니까 답을 알 수가 없잖아요. 그래서 계속 생각만 꼬리에 꼬리를 물고 멈출 수가 없어요. 당사자가 되면 참 괴로워요."

"그러네요."

다른 손님이 들어오고 나서야 아오노와 30분 넘게 계산대 앞에 서서 이야기를 했다는 사실을 깨달았다.

됫병을 안고 가게를 나가는 아오노의 뒷모습을 배웅하며 조금은 마음이 개운해지는 걸 느꼈다. 아오노와의 대화가 흥미로웠던 터라 코뮌 개소식에 참가해볼까 하는 마음이 들었다.

1시가 되기 전, 피곤한 기색으로 부모님이 돌아왔다. 아빠는 아무 말 없이 앞치마를 두르고 배달하러 나가버렸다. 엄마도 왠지 허둥지둥 세탁기를 돌리기 시작했다. 나오코에게 외출한 이유에 대해서는 입도 뻥긋하지 않았다.

"경찰서에서 불렀어?"

나오코는 아무렇지 않은 척하며 물어보았지만, 엄마는 고개만 가로저을 뿐 대답하지 않았다. 착 가라앉은 분위기로 봐서는 가즈키와 관련된 것이 분명했지만 더 이상 캐묻지는 않기로 했다. 책이라도 읽으면서 코뮌 개소식까지 기다릴까도 생각했지만 일단 나가기로 마음을 굳혔다.

나오코는 방으로 돌아와 남색 더플코트를 걸쳤다. 인도면으로 만든 히피풍의 가방을 옆으로 메고 집을 나섰다. 걸어가다 오팔 반지를 긴 채로 나왔다는 사실을 깨달았다. 그러나 이제부터는 쭉 끼고 있어야겠다고 나오코는 다짐했다. 다른 사람의 말을 듣고 반지를 빼게 되면 그걸로 끝이라는 생각이 들었다.

아오노와 만난 사실을 이즈미에게 알리고 싶어서 이즈미네 집에 전화를 걸었지만 받지 않았다. 아르바이트할 시간인가 싶어 주오 선을 타고 기치조지 역에서 내렸다. 나오코는 역 앞의 하모니카요코초를 지나 'COOL'로 향했다.

까만 유리문 너머로 안을 들여다보고 있자 까만 앞치마를 한 낯익은 웨이터가 문을 열어주었다. 그 순간 소리의 홍수가 밀려들었다. 아마도 〈마일스톤〉. 아아, 역시 마일스라는 생각에 눈물이 날 것 같았다. 노동가도 아름답겠지만 재즈에는 비할 수 없었다.

"이즈미 있나요?"

목소리를 높여 미대생이라는 웨이터에게 물었다.

"이즈미? 없어. 내일일걸?"

"고마워요, 다시 올게요."

나오코는 손을 흔들며 가게를 나섰다. 소리에 잠기기보다는 누군가와 이야기하고 싶었다. 고로가 있다면 술이나 마시러 갈까 하고 바로 옆의 '스칼라'에 들렀다. 마작 가게에 가는 건 두 달 만이었다.

문을 열자 제일 안쪽 탁자에 나카모토 일행이 있는 게 보였다. 마침 정면에 있던 나카모토는 고개를 들어 나오코를 바로 인지한 눈치였다. 그러나 눈을 획 내리깔더니 인사도 하지 않았다. 나카모토의 친구도 덩달아 나오코 쪽을 돌아봤지만 그 역시 나오코를 무시했다.

그 옆 탁자에서는 다카시와 조지, 고로 일행이 마작을 하고 있었다. 나머지 한 명은 얼굴만 아는 정도의 학생이었다.

"나오코, 오랜만이네. 몇 개월 만이야."

고로가 패에서 눈을 떼지 않고 말했다.

"그렇게나 됐던가?"

나오코는 원형 의자를 끌어당겨 고로 뒤에 앉았다.

"리치."

조지가 큼직한 손으로, 패를 옆으로 뉘었다. 강에는 패가 6장밖에 없었다.

슬쩍 옆에서 들여다보았다. 펜 3만기다리는 패가 3만 하나라는 뜻이었다. 빨리 리치를 한 것에 비해서는 기다리는 패가 좋지 않았다. 함정을 놔도 나오지 않았다.

조지가 눈을 들었지만 분한 듯 갈고리눈을 하고 있었다. 연거푸 지고 있는 것이리라.

"나오코, 오늘은 신보리 안 와. 밴드 활동하느라 바쁘다네."

다카시가 안전패인 풍 패를 버리면서 나오코에게 말했다.

"아, 그래" 하고 아무 생각 없이 대답했다. "딱히 상관없어, 약속한 것도 아니고."

"소문이 자자하던데. 나오코가 신보리한테 차여서 '스칼라'에 안 오는 거라고."

다카시가 깐죽거리며 말했다. 나오코는 그 말을 들은 순간 부아가 치밀었다.

"그런 거 아냐. 신보리랑은 딱히 상관없어. 나는 그냥 마작이 싫증나서 안 온 거야."

"그래? 우리 얼굴 보고 싶지 않다고 했다는 얘기도 들었어."

다카시가 주절대는 것을 다른 멤버들은 잠자코 듣고 있었다.

분명 신보리와 우연히 마주쳤을 때, 나오코는 '멤버들이 지겹다'는 식의 위악적인 얘기를 한 적이 있었다. 그걸 신보리가 다카시 무리에게 옮긴 것이리라.

"누가 그래?"

"그게 중요한가. 추격 리치."

다카시가 9만을 통해 리치를 걸었다. 나오코는 일부러 일어서서 다카시의 손을 내려다보기 위해 다가갔다. 3, 6, 9통의 3면 대기였다.

"아아, 벌써 간 거야."

조지가 분하다는 듯 3통을 내버렸다. 다카시가 패를 넘어뜨렸다.

"자, 그럼 점수가 높은 쪽으로. 리치 일발, 탕야오, 핑후, 도라 도라." 우라도라를 열면서 큰 소리를 질렀다. "아, 도라3이네. 하나만 더 나오면, 바이만인데. 오얏파네선이 하네만을 했을 때야."

"빌린다" 하고, 조지가 만점봉을 냈다. 학생들끼리 마작을 할 때는 한 사람이 하코텐이 돼도 게임은 계속되었다.

"조지, 돈은 있는 거지?" 하고 다카시가 물었다.

"있지, 없어도 내가 빌려줄게. 조지, 얘 해치워버려, 짜증나니까."

나오코가 농담인 척 말하자 다카시가 발끈했다.

"나오코, 사실을 들으니까 짜증난 거야? 신보리는 새 여자 친구 데려올 때 걔 나름대로 신경 썼다고. 오늘은 나오코 안 오겠지 하면서. 새 여자 친구는 괜찮은 사람인가 봐."

"나는 신보리 여자 친구가 아니야. 멋대로 단정 짓지 마. 신보리가 어떤 여자랑 같이 있든 나랑은 상관없어. 나는 'CHET'에서 아르바이트하느라 바빠서 못 온 거야."

딸그락딸그락 패 섞는 소리에 나오코의 볼멘소리가 감쪽같이 묻혔다.

"다카시, 너 적당히 좀 해. 네가 못 갖는다고 나오코한테 그러지 말라고. 신보리도 과장해서 그런 거야. 그 녀석 허세 부리는 데는 일가견이 있잖아."

고로가 대신 나서줬지만 나오코는 분이 가라앉지 않았다. 분노를 삭이지 못하고 일어나서 나카모토가 있는 탁자로 갔다. 나카모토는 냉담한 표정으로 아래를 보고 있었다.

"오랜만이네."

나오코가 인사하자, "어" 하고 소리로만 대답을 했다. 가와하라 준코와의 관계가 회복됐기 때문에 나오코와 잔 사실을 비밀로 하고 싶은 것이리라. 그래서 쌀쌀맞은 것이리라. 나오코는 남자의 비겁함에 구역질이 날 것 같았다.

"걱정 마, 그 일은 얘기 안 할 테니까."

나오코가 모두에게 들리도록 큰 소리로 말하자 나카모토는 불쾌한 듯 얼굴을 찡그렸다. 그 모습을 확인한 후 고로의 옆으로 돌아왔다.

"고로, 다카시 같은 하등동물이랑 마작 그만해. 너까지 멍청해질라."

"멍청이가 마작은 잘하니까."

고로가 한뜻이 되어 말했다.

"다카시는 인간이 아니야, 게다몬〈드래곤 퀘스트〉라는 만화에 나오는 캐릭터이지."

조지가 불쑥 내뱉은 말에 웃음이 터졌다. 하지만 아무리 다카시를 궁지에 몰고 나카모토에게 한 방을 날려도 나오코는 기분이 더러웠다. 무의식중에 반지를 쳐다보았지만 반지 하나에 건각오 따위는 흔적도 없이 사라진 지 오래였다. 이제는 남자들의 폭풍 같은 조소 속에서 상처 받는 자신이 있을 뿐이었다.

"조지, 이걸로 다카시 좀 혼내줘."

나오코가 지갑에서 5천 엔을 꺼내 슬쩍 조지의 무릎에 놓았다. 자존심 센 조지가 물리치지는 않을까 걱정했지만 조지는 별말 없이 바지 주머니에 돈을 넣었다. 주머니 부근이 손때로 거뭇해져 있었다.

나오코는 일어나서 고로의 어깨에 손을 얹었다. 귓가에 대고 속삭였다.

"또 보자, 고로. 신보리가 오면 엿 먹으라고 전해줘" 하고 가운뎃손가락을 치켜들었다. 다카시에게 말하면 어떻게 각색될지 몰랐다. 고로라면 안심해도 될 것이라 생각했지만, 고로 또한 남자였다. 어떻게 될지 몰랐다.

나오코는 단 한 번도 뒤돌아보지 않고 '스칼라'를 나왔다.

역을 향해 걸어가고 있는데 앞에서 키 큰 여자가 걸어왔다. 나카모토의 여자 친구, 가와하라 준코였다. 까만 코트가 어른스러웠다. 정성스레 한 화장에 머리칼에는 몇 가닥 컬을 넣어 이마에 늘어뜨리고 있는 모습이 한눈에 봐도 미용사다웠다.

그러고 보니 오늘이 화요일이었다. 나카모토의 표정이 굳어 있던 것도 준코와 약속이 있었기 때문이리라. 나오코는 미소 지으며 멈춰섰다.

"오랜만이네. '스칼라'에 가는 거야?"

"어머, 진짜 오랜만이네. 잘 지냈어?"

준코는 마치 손님에게 하듯 상냥하게 말했다.

"응, 잘 지내. 아르바이트하느라 마작을 별로 못 했어. 준코 씨, 한 번 헤어졌다고 들었는데."

준코는 까만 가죽 숄더백을 손으로 쓰다듬었다.

"그랬지. 근데 그 사람이 계속 쫓아오는 거야. 또 붙잡히고 말았지 뭐."

혀 짧은 소리는 이전에 역 앞에서 '이제 가버릴까'라고 했을 때의 불만스러운 어조와는 딴판이 되어 있었다.

"그래, 잘됐네."

"응, 뭐 그렇지" 하고 미소 지은 후 준코가 생각났다는 듯 입술을 핥았다. "아, 맞다. 이거 말해도 되려나?"

"무슨?"

"요전에 말이야, '스칼라'에서 그 사람들이 네 얘기를 하더라고. 그러다가 누군가가 '공중변소'라고 그러는 거 있지. 너무 심하더라."

나오코는 안색이 변하는 게 스스로도 느껴졌다. 공중변소가 무엇을 의미하는지는 알고 있었지만, 설마 그 단어가 자신을 향하리라곤 생각하지 못했다. 나오코는 스스로의 의지로 선택한 것이라 믿고 있었는데 남자 쪽에서는 그게 아니었나 보다.

"누가 그래? 신보리? 아니면 나카모토?"

나카모토의 이름을 꺼낸 순간 준코의 얼굴이 순간적으로 불쾌한 듯 일그러졌다.

"설마. 그 사람은 그런 얘기 안 해. 누구였는지는 까먹었는데, 그 주변이지. 학생들이 말이 너무 심하다 싶었어."

준코의 눈에 '나카모토랑은 안 잤지?' 하고 살피는 듯한 빛이 어렸다.

나카모토가 먼저 자신을 찾아와서 잤다고 준코에게 확 말해줄까도 했지만 아무리 그래도 그것만은 할 수 없었다. 여자가 여자에게 상처를 줘서 어쩌겠는가. 또 여자의 질투라는 소리만 들을 것이다. 험담을 늘어놓는 인간과 같은 수준으로 떨어지고 싶지 않다는 생각이 들자, 나오코는 말이 나오지 않았다. 그것을 자존심이라고 하는 건가. 아니, 다르다. 고집이다. 나오코는 이를 악물었다.

3

대학 축제가 열리는 시기였지만 나오코는 혼자서 신주쿠를 배회하고 있었다. 기노쿠니야 서점과 이세탄 백화점에서 시간을 죽인 후, 'DUG'에서 커피를 마시며 3시간 가까이 죽치고 있었다.

소니 롤린스, 찰리 파커, 빌 에반스, 버드 파월, 에릭 돌피, 칙 코리아, 클리포드 브라운 등을 들으며 가즈키의 책장에서 가져 온 책을 읽었다.

《죽음의 집의 기록》. 도스토옙스키를 읽는 건 처음이었지만, 금세 매료되었다.

감옥에서 기르는 개가 고독한 주인공에게 달려든다. "지금 이 세상에서 내게 남겨진 것은, 나를 사랑하고 나를 따르는 단 하나의 존재, 나의 친구, 나의 단 하나뿐인 친구." 그게 바로 이 개라며, 주인공은 자신의 고통을 스스로에게 자랑하는 듯한 기분에 빠져 달콤한 기쁨을 느낀다.

이 장면에서 나오코는 코끝이 찡해졌다. 자신에게는 개조차 없었다.

미야와키 이즈미는 어디로 간 걸까, 전화를 해도 아파트를 찾아가도 연락이 닿지 않는 날들이 이어졌다. 이즈미는 좋은 친구이지만 늘 중요한 때에 없었다. 나오코에게는 이즈미 외에는 뭐든 허심탄회하게 이야기할 수 있는 친구가 없었다. 부모를 버리고서라도 만나고 싶을 만한 남자도 없었다.

오랜만에 '스칼라'에 들렀다 돌아오면서 가와하라 준코에게

'다들 너를 공중변소라고 부르더라'는 말을 들은 이후 우울한 날이 계속되고 있었다.

나오코는 친구라고 생각했던 남자들에 대해 강한 분노를 느꼈다. 또 그런 천박한 험담을 그대로 전하는 가와하라 준코에게도 마찬가지였다. 하지만 동시에 나오코는 그 분노를 덮어버릴 정도의 깊은 슬픔 속에서 갈 길을 잃고 방황하고 있었다.

왜 남자는 여자를 깔봄으로써 자신의 성性을 이렇게까지 추악하게 일그러뜨리는 걸까. 이래서는 아무리 시간이 흘러도 남자들과 함께 투쟁할 길이 없었다. 그리고 대등한 연애도 할 수 없었다.

연합적군의 도야마 미에코나 오쓰키 세쓰코, 가네코 미치요의 죽음을 떠올렸다. 모두가 미숙해서 서로 물어뜯고 있는 현실. 그게 바로 지금 일본 젊은이의 모습이었다.

"아, 지친다."

나오코는 요즘 입버릇처럼 붙은 말을 중얼거렸다. 차라리 다카하시 다카오를 따라 지하철에 뛰어들어 끝내버릴까 하는 생각을 해보기도 했다. 죽는 건 두렵지만 공포만 극복하면 이제 괴로워하지 않아도 되니 편한 것 아닌가.

나오코는 이미 다 비운 커피 잔을 들여다보았다. 유리컵에 담긴 물을 마시는 것도 질렸다. 뭔가 다른 것을 마시고 싶지만 돈이 모자랄지도 몰랐다. 아르바이트를 그만두고 용돈이 바닥

을 보이고 있었는데 조지에게 5천 엔이나 군자금을 건넨 탓이
었다.

뭐, 괜찮다. 군자금이 떨어지면, 오기쿠보까지 걸어가면 된
다고 나오코는 생각했다. 다행히 오늘은 11월 말치고는 포근
했다.

"보드카 레몬 주세요."

나오코는 큰맘 먹고 웨이터에게 주문했다. 손목시계를 들여
다보니 저녁 8시. 어느새 주위에는 퇴근길인 듯한 직장인들이
늘어나 있었다. 기치조지와 달리 아는 사람이 아무도 없다는
사실에 홀가분했다. 지금은 아무도 만나고 싶지 않기 때문이었
다.

나오코는 보드카 레몬에 입을 댔다. 술잔에는 두툼하게 썰린
레몬이 떠 있었다. 그 넉넉한 단면을 보면서 'CHET'의 구와하
라가 레몬을 뒤가 들여다보일 정도로 얇게 저며 음료에 곁들
이던 것을 떠올렸다. 나오코는 자신이 아득히 먼 곳으로 온 것
같은 기분이 들었다. 여기가 외국이면 더 좋겠다는 생각이 들
었다.

여성해방운동을 하는 여자들도 친절하거나 공평하지 않았
다. 나오코는 아오노의 제안에 참가했던 코뮌 개소식을 씁쓸한
실망감과 함께 떠올렸다. 그 실망은 순진해 빠진 자신에 대한
것이기도 했다.

당장이라도 쓰러질 것만 같은 낡은 주택에 위로는 40대부터 아래로는 10대까지 서른 명가량의 여자들이 모여 있었다. 아장아장 걷는 어린아이와 그 주변을 기어 다니는 아기도 있었다.

　　여자들에게는 공통점이 있었다. 다들 청바지에 추리닝이나 스웨터 같은 수수한 차림이었다. 그리고 옷차림에 상관없이 화장을 전혀 하지 않았고 파마도 하지 않았다. 청빈하다고 할 정도로 검소한 차림새. 그게 그들의 주장이기도 한 듯했다.

　　그래서 세련된 코트에 부츠를 신은 아오노와 요즘 유행하는 울 미니스커트 차림의 나오코는 완전히 붕 뜬 상황이었다. 마음이 편치 않았던 데는 사람들이 모두 힐끗힐끗 두 사람을 비교하고 있던 탓도 있었다.

　　그러나 아오노가 내민 됫병은 환영 일색이었다. 종이컵에 조금씩 따른 술을 모두에게 돌린 순간 여자들의 표정이 누그러졌다. 어린아이나 술을 잘 못 마시는 여자, 그리고 임산부에게는 오렌지주스를 나눠주었다. 일단은 코뮌의 시작을 위해 건배를 외쳤다.

　　"우리는 이 코뮌에서 한 가지 실험을 해보려고 합니다. 어머니에 의한 자식의 독점을 멈추는 겁니다. 아이들을 차별 없이 함께 키워보려고 합니다. 이러한 양육 방식을 통해 아이들이 어떻게 변화하는가, 어머니와 자식의 관계를 고찰함으로써 어머니란 무엇인가에 대해 생각해보고 싶습니다. 그리고 남자들이 모르는, 아니, 근대과학이 풀려고 하지 않았던 부모의 양육 태도와 아이의 반응에 관한 수수께끼에 어머니 입장에서 도전해보고 싶습니다. 이제 남자가 만들어 놓은 모성본능신화는 지긋지긋합니다. 여자 입장에서 아이와 남자와의 관계를 새롭게 구축하고, 우리가 아이를 낳고 싶은 사회를 만들어봅시다."

40대로 보이는 가장 연장자인 듯한 코뮌의 리더가 이야기를 마친 순간 박수가 터져 나왔다.

이 코뮌 주택에서는 4명의 어머니가 힘을 합쳐 6명의 아이를 편견 없이 키울 모양인 듯했다.

"앞으로 여기에는 2명의 어머니가 더 들어올 수 있습니다. 미혼모, 비혼모, 이혼모 등 누구나 환영입니다. 참가자를 모집하고 있습니다. 다양한 처지의 아이들이 늘어나면 우리 공동체의 실험적인 시도도 깊이를 더해갈 수 있을 것이라 믿습니다. 모자관계를 생각하면서 육아를 여자에게 떠넘기고 있는 사회와는 어떻게 싸워나갈지에 대해서도 생각해보려고 합니다."

코뮌의 활동보고가 끝난 뒤 '중절금지법에 반대하고 경구피임약 보급을 요구하는 여성해방연합'의 여성 멤버가 '여성의 해부와 생리'에 대해 일장 연설을 했다.

약칭 '중피연'이라 부르는 이 그룹은 약사가 리더로 나서 생물학적 계몽운동을 펼치면서 경구피임약 보급을 촉구하고 있다고 했다.

"일본에서는 중절 방법으로 소파수술을 시행합니다. 자궁문을 일정 크기만큼 벌린 후 기구를 삽입해 안에 있는 것을 끄집어내는 방법이죠. 헤가, 혹은 슈레더라는 경관확장기를 사용합니다. 가느다란 막대기부터 점차 굵은 막대기로 바꿔가는 건데, 처음에는 0.5밀리미터부터 넣고 마지막에는 집게손가락이 들어갈 정도로 확장해나가면서 잡아 빼는 거예요. 완전히 수작업이죠."

끄덕이며 듣고 있던 젊은 여자가 손을 들었다.

"그런 위험한 수술을 받는 건 우리 여자들이네요. 실패하면 죽는 것도 우리 아닙니까. 출산으로 인해 몸이 망가지는 것도 여자고 낳아서 고생하며 키우는 것도 여자입니다. 남자는 섹스만 할 뿐 힘든 일은 하나도 겪지 않아요. 그러면서 우리들로부터 낳고 낳지 않을 권리조차도 빼앗으려고 하고 있습니다. 우리는 단순히 애 낳는 기계가 아닙니다. 인간입니다, 여자입니다. '안기는 여자에서 안는 여자로'라는 여성운동의 슬로건이 있습니다만, 그것만으론 부족합니다. 적극적으로 안는 여자의 주체적 권리를 지금부터 빼앗아와 강화시켜 나가야 합니다. 그렇게 하기 위해서도, 중절 이유에서 '경제적 이유를 배제한다'는 후생성의 안은 반드시 저지시켜야 합니다. 그날을 위해 힘을 합쳐 싸웁시다."

박수가 터졌다. 나오코는 어두운 얼굴로 고개를 숙이고 있었다.

'안기는 여자에서 안는 여자로!'

남자를 안았다고 생각했지만 나오코는 자신이 한낱 '안기는 여자'에 불과했다는 것을 깨달았다. 아니, 여자도 아니었다. 그저 변소였다고 해야 할 것 같았다.

나오코는 이 굴욕과 분노를 어디에다 풀어야 할지 알 수 없었다. 정신 차려보니 일어서서 자기 이야기를 하고 있었다.

"공중변소라는 말이 있지 않습니까. 저는 최근에 그런 말을 듣고 화가 났습니다. 남자는 오물입니까? 그럼 우리는 오물을 담는 변소인가요? 차별에도 정도가 있습니다. 절대로 이런 말을 하도록 내버려둬서는 안 된다고 생각합니다."

몇 사람이 쓴웃음을 지으며 눈을 마주치고 있었다. 그러나 그중에는 열심히 고개를 끄덕이는 여자도 있었다.

"확실히 문제의 뿌리는 같다고 생각합니다. 하지만 지금은 우생보호법 개악과 보안처분에 반대하는 이야기를 나누고 있으니, 그런 사사로운 원한은 또 다른 기회에 하는 게 어떨까요?"

리더의 말에 울컥했다.

"과연 사사로운 원한이라고 할 수 있을까요? 모든 문제가 차별을 뿌리에 두고 연결되어 있어요. 여자를 변소라고 생각하니까 남자들이 제멋대로 경제적 이유를 배제하고 일단 낳으라는 식으로 얘기하는 거겠죠. 요컨대 우리는 동물이나 매한가지인 겁니다. 모든 문제는 차별에 있습니다."

나오코가 고함치듯 발언하자 리더의 동료인 듯한, 어린 아이를 안고 있던 젊은 여자가 일어섰다. 쇼트커트에 화장기가 없었다. 청바지에 보푸라기투성이 스웨터를 입은 초라한 차림이었다.

"그 이야기 저도 모르는 바 아닙니다. 당신 말이 맞다고 생각합니다. 하지만 솔직히 말하면 저는 당신 같은 사람을 보면 좀 짜증이 납니다. 아니, 왜 립스틱을 바르나요? 왜 이런 멋들어진 미니스커트를 입고 있나요? 가격은 얼마나 하죠? 당신이 직접 샀나요? 아니면 부모님? 남자 친구? 쓸데없는 소리인지도 모르지만, 당신 차림새가 남자한테 아양 떨고 있는 것처럼 보이는데 아닌가요? 우리도 이 일본사회에서는 공중변소 정도의 위치일 거예요. 그래도 당신은 예쁘게 꾸미고 있으니 백화점 화장실 정도로는 보이겠네요."

실소가 터져 나왔다. 나오코는 분노를 느꼈다.

"무례하기 짝이 없군요." 입에서 침이 튀었지만 나오코는 신경 쓰지 않았다. 이렇게 화가 치민 건 오랜만이었다. "나는 아양 따위는 떨고 있지 않습니다. 당신은 겉모습으로 사람을 판단합니까? 차별주의자입니까? 백화점 화장실이라니 너무 무례하군요. 당신도 남자들과 동급이에요. 사과하세요."

붉으락푸르락하는 나오코에게 그 여자는 입을 삐죽 내밀었다.

"당신도 사람을 겉모습으로 판단하지 않나요? 우리는 다들 가난해요. 당신처럼 멋진 반지를 끼거나 교태를 부리지는 않죠. 나는 돈이 없으니까 스킨도 로션도 못 사서 꼴사나운 모습으로 오쓰카의 바에서 아르바이트를 해요. 물론 미인이 아니니까 큰돈도 손에 쥐지 못하고 일하는 곳도 SM 바예요. 그런 곳밖에 채용이 안 된다고요. 요전에도 햄처럼 돌돌 묶였어요. 별일을 다 당하죠. 하지만요, 그렇게 하지 않으면 먹고살 수가 없어요. 아이랑 둘이서 먹고살 수가 없다고요. 당신, 나 같은 여자, 어떻게 생각하나요? 당신이라면 내 차림새만 보고도 이런 스토리 상상할 수 있죠? 영리해 보이는 데다 당신은 어떻게 봐도 프티 부르주아니까요. 부모 돈으로 대학 다니고 있죠? 아이를 건사하는 생활이 얼마나 고된지 알 리가 없겠죠. 돈이 다가 아니라면 남자한테 공중변소 소리를 듣고서 '개자식아 너는 똥이냐' 하면서 한 방 먹여주지 그랬어요."

마지막 부분에서 다들 웃음을 터트렸다. 그러자 아오노가 일어서서 조용히 변호했다.

"저기, 여자끼리 편 가르는 건 그만하세요. 이쪽 나오코 씨는 아직 어리니까 일하거나 출산하거나 하는 문제는 아직 머릿속에만 있지 실감하지는 못할 거예요. 그건 저도 마찬가지고요. 언젠가 경험할 일이니까, 그런 경험의 차이만으로 비난하는 건 그만하는 게 좋겠어요. 그것도 경험이라는 소유에 의한 차별이에요. 그리고 이 사람의 실제 사정도 모르면서 프티 부르주아다 뭐다 단정 짓는 건 백번 양보해도 실례라고 생각합니다. 나오코 씨가 말한 내용도 중요하다고 봐요."

"그래, 그래" 하면서 박수가 일었다. 나오코는 아오노의 옹호에 힘입어 덧붙였다.

"제가 학생이라 경제생활을 하는 이들의 마음을 정확히 헤아리지는 못하겠지만, 그렇다고 이런 논의에 함께하지 못한다는 것도 이상하지 않나요? 어리다는 이유만으로 문제를 객관화하지 못한다고 생각한다면 너무 무시하는 처사라고 생각합니다. 더구나 우리 집은 평범한 가게이지 프티 부르주아도 뭐도 아닙니다."

아오노가 멀리서 이제 슬슬 그만하자며 자제하라는 식으로 양손 손바닥을 아래로 내리는 시늉을 반복했다. 그것도 신경에 거슬렸지만, 수적으로 밀리는 상태였다. 적당히 물러나는 게 좋을 듯했다.

이윽고 중피연의 여자가 몹시 지긋지긋하다는 듯 나오코에게서 눈을 떼지 않고 말했다.

"당신이 무슨 말을 하는지는 알겠어요. 하지만 이곳은 그야

말로 구체적인 투쟁 방식을 논의하는 자리라고요. 그러니까 발언을 삼가주시죠."

또 시작인가. 나오코는 자신이 '도야마 미에코'가 된 것 같았다.

나오코는 토론할 힘을 잃고 출구로 향했다.

아오노가 뭔가 말하고 싶은 눈빛으로 달려왔지만, 나오코는 "미안, 일이 있는 걸 깜빡했네요" 하고 누가 봐도 거짓이라는 걸 알 만한 말을 내뱉고 코뮌을 나왔다. 도움을 구하면 구할수록 자신이 만신창이가 되는 느낌이었다.

"그거 재밌어?"

곡이 끝난 틈을 타 옆 테이블의 남자가 나오코에게 말을 걸었다. 한 시간쯤 전에 들어와 옆에 앉아 있었다는 건 알고 있었지만 특별히 의식하고 있지는 않았기에 흠칫했다.

까만 터틀넥 스웨터에 까만 면바지, 까맣고 두꺼운 가죽벨트, 옆에는 트위드 재킷이 깔끔하게 접혀 있었다. 그 위에 버건디와 남색 줄무늬 머플러가 아무렇게나 놓여 있었다. 신발은 처커 부츠. 나오코는 비교적 취미가 고상하다는 생각을 하며 곁눈으로 바라보았다.

서른 전후일까. 학생은 아닌 듯하지만, 직장인도 아닌 것 같았다. 손가락이 길고 아름다웠다. 나오코는 이 남자가 어떤 일을 하는지 짐작도 가지 않았다.

"응? 뭐 읽고 있어?"

남자는 다시 한 번 물었다. 나오코는 이것저것 상상하고 있
던 탓에 페이지를 넘기는 손이 잠시 멈칫한 상태였다.

"이거요?"

커버를 뒤로 해 제목을 알 수 없게 해둔 책을 바라보았다. 나
오코는 '왜 이렇게 해놨을까. 자의식의 과잉 아닌가' 하는 생각
이 들었다.

"그래, 아까부터 쭉 읽고 있는 걸 보면, 어지간히 재밌나 싶
어서."

"네, 재밌어요."

그렇게 대답하고 나오코는 책에 책갈피를 끼운 다음 가방에
넣었다.

"어, 넣어버렸잖아." 남자가 웃었다. "뭘 읽은 걸까."

나오코는 바로 대답하지 않고 보드카 레몬을 꿀꺽 들이켰다.
남자도 맥주잔에 입을 대고 하이라이트에 불을 붙였다.

"소설이에요."

나오코는 대답한 후 담배가 떨어진 지 오래됐다는 사실을
떠올렸다. 피우고 싶었지만 돈이 다 떨어질 지경이었기에 사지
않고 참고 있었던 것이다.

"피울래? 하이라이트인데 괜찮은가."

나오코의 갈망을 읽어냈는지 남자가 하이라이트를 권했다.

나오코는 "그럼 감사히 받을게요" 하고 양해를 구한 후 한 개비를 꺼냈다. 입에 물자 남자는 지포 라이터로 불을 붙여주었다. 하이라이트 특유의 얼얼함이 나오코의 목구멍에 꽂혔다.

"학생?"

남자가 물었다. 나오코는 잠자코 끄덕이고 남자의 얼굴을 힐끗 쳐다보았다.

외까풀에 다정다감해 보이는 얼굴이었다. 콧대가 흐릿하고 다박수염이 어울렸다. 느낌은 나쁘지 않았다. 아니, 오히려 꽤 좋은 편이었다.

"흐음, 학생이라고? 어리네. 나는 스물여덟이니……"

델로니어스 몽크의 소리와 겹쳐져 문장 끝이 감쪽같이 사라졌다. 뒷부분이 들리지 않았지만 아마도 '이제 아저씬데' 같은 자학적인 말을 했으리라.

남자는 컵받침 뒷면에 뭐라고 쓱쓱 쓰더니 건넸다. 많이 써 본 글씨였다.

'괜찮으면 같이 식사하러 안 갈래?'

헌팅인가? 나오코가 놀라서 고개를 들자 재차 끄덕이며 싱긋 웃고 있었다. 학생과 달리 아저씨는 여유가 있었다.

나오코는 남자의 펠리칸 만년필을 빌려 'OK'라고 썼다. 컵받침의 젖은 부분에 'K'자가 겹쳐져 잉크가 번졌다.

될 대로 되라는 식의 엉망진창인 기분은 여전했다. 나오코는 오전에 아침 겸 점심을 먹고 나온 게 다 공복이었다.

남자가 컵받침의 빈 부분에 자기 이름을 적었다.

'木原亘'

어떻게 읽는지 몰라 순간 고개를 갸우뚱했다. 이런 나오코를 보고 눈치 빠르게 히라가나로 발음을 적어주었다. '기하라 와타루.' 다시 펜을 건네기에 나오코는 바보같이 정직하게 자기 이름을 적었다, '三浦直子(미우라 나오코).'

음을 달지 않아도 될 정도로 단순한 이름.

이럴 때 이즈미는 적당한 이름을 적는다고 했다. '히로미'라든지 '아이'라든지.

나오코도 그런 일이 생기면 가명을 써야겠다고 생각했지만, 막상 닥치면 순간적으로는 생각나지 않는 법인가 보다. 이즈미의 말에 따르면, 미리 가명을 준비해두고 자꾸 쓰다 보면 익숙해져서 마치 진짜 이름인 양 툭 튀어나온다고 했다.

재즈가수 지망생인 이즈미는 항상 예명이 머리에 있으리라. 그것은 '또 다른 내가' 있다는 것이기도 했다.

"그럼, 나가볼까?"

기하라가 나오코의 계산서를 쥐고 말했다. 대신 내주는 걸까. 그렇다면 이걸로 차비와 담뱃값은 확보한 셈이었다. 나오코는 안도하며 고개를 숙였다. 뻔뻔하다는 생각이 들었지만,

상대에게 어떻게 보이든 아무렇지 않았다. 무슨 일이 일어나도 상관없다는 자포자기의 심정이었다.

좁은 계단을 올라 야스쿠니 거리로 나왔다. 밤이 되어 바람이 쌀쌀했다. 나오코는 네온 저편에 있는 어두운 서쪽 하늘을 바라보았다. 지금쯤 고로 일행은 학교에서 술이라도 마시며 떠들썩하게 있을 것이다.

나오코는 더플코트 앞을 여미고 빨간 목도리를 둘둘 감았다. 야스쿠니 거리의 건너편은 가부키초의 환락가였다.

기하라는 어디로 무엇을 먹으러 간다는 걸까, 나오코는 알 수 없었다.

"아, 다행이다. 아직 있어서."

뒤에서 계단을 뛰어 올라온 기하라가 안심한 듯 나오코의 얼굴을 보았다.

이럴 때 공짜로 커피를 마시고 도망가 버리는 여자도 있을 것이다. 나오코는 융통성이 없는 데다 자리까지 익숙지 않아, 기하라를 두고 도망친다는 건 생각조차 하지 못했다.

"여대생하고 밥 먹어본 적이 없어서 뭘 먹고 싶어 하는지 잘 모르겠네."

기하라는 기쁜 듯 말했다.

"뭐든 좋아요."

"배 안 고파?"

"아뇨, 배고파요" 하고 솔직하게 말했다.

옆에 나란히 서자 기하라는 나오코의 머리 하나만큼 컸다. 신보리와 비슷한 키라고 생각한 순간, 나오코는 다시금 그때 받은 상처로 가슴이 아파왔다. 엄청난 충격이었다.

새 여자 친구는 괜찮은 사람인가 봐.

공중변소.

당신처럼 멋진 반지를 끼거나 교태를 부리지는 않죠.

순간 얼굴이 일그러지는 걸 봤는지 기하라가 표정을 살폈다.

"무슨 일 있어?" 기하라의 물음에 고개를 저었다.

"아니, 아무것도 아닌데. 아무것도 아니에요."

"어묵 같은 건 어때? 바로 뒤에 '오타코'가 있어."

나오코는 기하라의 뒤를 순순히 따라갔다. 'DUG' 바로 뒤편에 어묵집이 있었다. 입구는 좁지만 사람들로 북적이는 가게였다.

두 사람은 2층 테이블석에 자리를 잡고서 처음으로 상대를 마주보았다. 나오코는 문득 자신이 연상의 처음 보는 남자와 대체 뭘 하고 있는 걸까 불안해졌다.

"도노야마 다이지라고 알아? 배우인데."

"알아요" 하고 나오코가 고개를 끄덕였다.

"이 가게가 도노야마 다이지의 아버지가 하는 가게의 지점인가 그럴 거야. 잘은 모르겠지만."

기하라가 재킷을 벗어 의자 등받이에 걸쳤다. 안주머니에 아까 나오코가 빌린 펠리칸 만년필이 꽂혀 있었다. 재킷 안쪽에 '기하라'라는 이름이 노란색 실로 수놓아져 있는 게 보였다. 싸구려는 아닌 모양이다. 대체 뭐 하는 사람일까. 나오코는 기하라의 옆얼굴을 올려다보았다.

기하라는 벽에 붙은 메뉴 목록을 뚫어져라 쳐다보고 있다가 뒤돌아서서는 나오코의 얼굴을 보고 미소 지었다.

"추우니까 아쓰칸으로 할까? 아니면 따로 뭐 선호하는 거 있나?"

아쓰칸이라는 소리에 나오코는 구와하라와 술 마셨을 때가 떠올랐다. 나오코는 모든 남자를 마음에 들어하지 않는 자신을 깨달았다. 기하라는 어떤 남자일까.

순간 나오코는 자신이 경계하고 있다는 걸 깨닫고 또 넌더리가 났다. 난 왜 이리 복잡한 걸까. 이즈미라면 분명 적당히 맞춰주고 말았을 거란 생각이 들었다. 대답을 기다리는 기하라에게 나오코가 대답했다.

"그거면 돼요."

기하라가 종업원에게 마실 것과 안주 따위를 주문했다. 그리고 갑자기 돌아보더니 "어묵 중에 좋아하는 거는?" 하고 물었다.

"무랑 지쿠와부가운데 구멍이 뚫린 어묵랑 실곤약이에요."

"취향 근사하네" 하고 진지한 얼굴로 말했다.

나오코는 어묵 종류로 칭찬받을 줄은 생각지도 못했다. 갑자기 지난번 자신을 몰아세웠던 오쓰카의 SM 바에서 일하고 있다는 그 젊은 엄마가 생각났다. 그러자 중년 남성의 음흉한 욕망이 지폐가 되어 그 여자의 뺨을 후려갈기는 장면과 햄처럼 돌돌 묶인 여자가 상상되었다. '아, 싫다. 남자 따위 전부 사라져버려라'라고 나오코는 생각했다.

"무슨 생각해?"

그러나 지금 나오코의 눈앞에는 다정해 보이는 남자의 얼굴이 있었다. 큰오빠인 요시키보다 2살 위인 남자. 요시키 오빠나 가즈키 오빠는 나오코를 보호해주고 다정하게 대해주었다.

"아뇨, 그냥" 하고 나오코는 고개를 들었다.

"나오코 씨는 말수가 적네. 원래 그런가?"

"글쎄요."

나오코는 쌀쌀맞게 한마디만 하고 가게 안의 손님들을 둘러보았다. 대부분 직장인인 듯한 남자들이고 자기처럼 어린 여자는 없었다.

"나는 음악잡지 편집 일을 하고 있어."

기하라가 명함을 내밀었다. '재즈평론 편집부'라고 적혀 있었다. 잡지명은 본 적이 있었다. 구와하라의 가게에 판매용으로 몇 권 비치되어 있었다. 누가 사나 싶었는데 월말에는 꼭 사라지고 없었다.

"그래서 'DUG'에 있었군요."

"뭐, 직업상 여기저기 돌아다니기는 하지. 너도 재즈 좋아하지? 누구 좋아해?"

"누구든 다 좋아요. 잘 모르기도 하고."

나오코는 그가 재즈잡지 일을 하고 있다면 자신의 말에 질색을 할 것이라 생각하고 대답했지만, 기하라는 웃으며 끄덕였다.

"알아. 다들 좋지. 다양한 개성과 재능이 있다는 느낌만으로 만족하는 기분이 들 때가 있어. 무슨 마음인지 알겠어."

구와하라 부류처럼 아무것도 모른다며 비웃을 것을 예상했는데 기하라는 시원스레 인정했다. 나오코는 이것은 이것대로 모래땅을 밟는 듯 불안정했다.

아쓰칸과 안주가 나와서 작은 술잔에 술을 따라 건배했다.

"나오코 씨, 술은 센 편인가?"

"그렇지도 않아요. 금방 취해서 뭐가 뭔지 모르게 되더라고요."

"좋은데. 나는 그렇게 되고 싶어도 이제는 안 되더라고."

기하라가 유쾌하게 웃었다.

나오코는 기하라의 하이라이트를 마치 자기 것처럼 멋대로 피우고 있었다. 문득 그 사실을 깨닫고 자신이 갖고 있는 하이라이트를 보면서 사과부터 했다.

"죄송해요, 맘대로 피우고."

"괜찮아, 한 갑 더 있으니까."

기하라가 웃웃 주머니를 가리켰다. 그리고서 잠시 침묵이 이어졌다.

"저기, 물어보고 싶은 게 있는데요." 나오코는 큰맘 먹고 말문을 열었다. "기하라 씨는 왜 저한테 접근한 거예요?"

기하라가 숨을 내뱉더니 웃었다.

"그런 질문은 처음이네. 아니, 옆에 귀여운 애가 있기에 이야기하고 싶었던 것뿐이야. 얘기해보니 생각보다 어려서 어떻게 할 수도 없고 곤란하다는 생각도 했고."

기하라는 수줍어하며 옆을 보면서 말했다.

"자기에는 너무 어리다는 건가요?"

기하라가 놀란 표정을 지었다.

"아니, 바로 거기까지 생각한 건 아닌데. 하지만 뭐, 얘기 나누기에는 좀 부족하겠다고 생각한 건 사실이야. 어려워 보이는 책을 열심히 읽고 있어서 호감을 느꼈으니까."

"어떤 얘기를 하면 기하라 씨가 만족할까요?"

"이런 거. 지금 얘기하고 있는 것 같은 거."

기하라가 진지한 얼굴로 하이라이트에 불을 붙였다. 두 사람

사이에 있는 재떨이는 금세 담배꽁초로 산을 이루었다.

"잘 모르겠어요. 남자도 모르겠고, 나도 모르겠고. 딱히 상대를 만족시켜야겠다고 생각한 적도 없지만, 상대가 뭘 원하는지도 모르겠어요."

"나도 몰라."

기하라가 웃음을 터뜨렸다. 나오코는 웃지 않고 담배꽁초 더미를 응시했다.

4

한기와 악취. 나오코는 심상치 않은 찜찜함을 느끼며 눈을 떴다. 가는 눈을 하고 주위를 둘러보려 했으나 어둠 속에 있어 잘 보이지 않았다. 옴짝거려봤지만 공간이 좁은 듯 몸이 무언가에 부딪쳐 움직일 수도 없었다.

나오코의 머리 위에서 나른한 대화가 쏟아졌다. 바로 옆에서 여자 둘이 이야기를 나누고 있었다.

"이 사람, 괜찮을까?"

한 사람은 잔뜩 취했는지 혀꼬부랑 소리를 냈다. 나오코는 '이 사람'이라는 게 아무래도 자신인 것 같다고 생각하기까지 조금 시간이 걸렸다.

"이대로 놔두면 죽으려나."

같은 톤으로 반복해서 말했다. 대답하는 사람은 쉰 목소리였다.

"죽지는 않겠지."

"근데 아까부터 계속 자세가 똑같잖아. 구급차 부르는 게 나을까."

"안 돼. 위험해."

쉰 목소리 쪽이 경박하게 말했다.

"근데 거치적거려. 오줌도 못 누겠고, 괜히 신경도 쓰이고. 가게 사람한테 어떻게 좀 해보라고 말해볼까."

"그만둬, 그만둬. 어차피 아무것도 안 해줄 거야. 나도 옮겨볼까 했는데 제법 무거운 데다 토해서 냄새까지 나."

"그럼 남자 화장실에 가보는 게 빠르려나."

한숨 섞인 소리로 혀꼬부랑이가 말했다.

"그러자. 거기도 누가 쓰러져 있을지도 모르지만."

"벌써 죽어 있고 말이지."

두 사람의 웃음소리가 울렸다. 이윽고 혀꼬부랑이가 나간 듯 쾅 하고 문소리가 나더니 찬바람이 훅 들어왔다.

나오코는 자기가 콘크리트 바닥 위에 누워 있다는 것을 깨달았다. 이곳은 여자 화장실인 모양이었다. 의식이 완전히 돌아옴과 동시에 구역질이 났다.

"아으, 이게 뭐야."

나오코가 소리를 내자 뜻밖의 방향에서 쉰 목소리가 들려왔다. 여자는 마침 화장실에서 나가려던 참이었던 모양이다.

"어, 정신 들었어? 너 거기서 자면 감기 걸려."

이렇게 추우니 백번 이해하는 바였지만 나오코는 아직 몸이 말을 듣지 않았다. 양 팔꿈치를 짚고서 간신히 상체를 일으켰다. 그 순간 나오코의 속에서 다시 강한 욕지기가 올라왔다.

"토하고 싶어? 그럼 변기에다 해. 민폐 끼치지 말고."

"네" 하고 순순히 답을 하긴 했으나, 어찌 된 영문인지 나오코는 몸을 전혀 움직일 수 없었다.

"휴, 어쩔 수 없지."

여자가 뒤쪽으로 돌아가 양쪽 겨드랑이에 손을 넣어 일어날 수 있게 도와주었다. 나오코는 여자에게 기대어 겨우 매달리듯 일어섰다. 일어서기는 했지만 앞뒤로 크게 휘청거려 불안정했다. 몸을 지탱하기 위해 나오코는 양팔을 뻗어 필사적으로 벽을 찾았다.

"잠깐만, 잠깐만. 네 손 지금 엄청 더러운데 나한테 안 닿게 해줄래."

여자는 비명에 가까운 소리를 냈다. 놀라서 양손을 보니 토사물로 더럽혀져 있었다. 닦아내려 해도 아무것도 없으니 어떻게 할 방도가 없었다. 나오코는 비참한 심정으로 사과했다.

"죄송합니다."

어쩔 수 없이 양팔을 축 늘어뜨렸다. 여자가 조심스럽게 몸을 틀어 나오코는 변기에 대고 토했다. 여자가 등을 쓸어주었다.

"이걸로 입 닦아."

여자가 화장실 휴지를 길게 잡아당겨 건네주기에 나오코는 그걸로 입과 손을 닦았다.

"감사합니다."

인사를 하고 비로소 자신의 스웨터와 스커트가 토사물로 끈적끈적하게 범벅되어 있다는 사실을 깨달았다. 나오코는 저도 모르게 비명이 새어나왔다.

"내가 지금 어떻게 된 거지?"

"너 벌써 몇 시간 전부터 거기서 계속 토하면서 자고 있었던 것 같아. 다들 구시렁대면서 너 때문에 어정쩡하게 다리 벌리고 오줌 눴다고 그러더라고. 몰랐어?"

"전혀 몰랐어요."

아무래도 화장실까지 어찌어찌 오기는 했으나, 화장실 문을 열자마자 기절해서는 토하면서 자고 있었던 모양이다. 쓰러지고 시간이 얼마나 지난 걸까. 나오코는 그것도 알 수 없었다.

"정신 차려서 다행이야. 여긴 다들 뒤가 구린 짓을 하고 있으니 구급차를 부르면 큰일이잖아. 그래서 다들 본체만체한 거야."

나오코는 비틀거리면서도 어떻게든 눈의 초점을 맞춰 여자의 얼굴을 보려고 시도했다. 나오코와 비슷한 키의 여자가 팔짱을 끼고 서 있었다. 나이가 좀 많아 보이는 것이 서른 정도로 보였다.

여자는 긴 머리를 가운데에서 가르마를 타고 눈가를 아이라인으로 새까맣게 칠했다. 라비 샹카르Ravi Shankar처럼 사라사로 만든 인도 옷에 아래가 극단적으로 퍼지는 나팔바지를 입고 있었다. 바지 자락은 땅에 쓸려 해져 있었고 신발은 날씨가 이렇게 추운데 가죽샌들이었다. 여자는 각진 얼굴에 미인형은 아니었지만 코끝만 뾰족한 게 귀여워 보였다.

나오코는 지금까지의 일을 떠올리려고 했지만, 고개를 숙이자 극심한 두통이 와서 또 구역질이 일었다. 욱, 하고 구역질을 하자 여자가 어이가 없다는 듯 말했다.

"너, 아직도 토하고 싶어?"

나오코는 말을 하면 토할 것 같아서 손으로 입가를 막으면서 끄덕였다.

"여기서 더 나올 게 있나. 대단하다."

입은 험하지만 여자는 친절했다. 나오코의 겨드랑이 밑으로 손을 넣어, 쓰러질 듯 말 듯한 나오코를 뒤에서 받쳐주었다. 의외로 힘이 셌다.

"나오는 건 전부 토해버리는 게 나중에 편하긴 해. 너 대마초

엄청 피웠나 보네?"

대마초? 아아, 그렇다. 나오코는 태어나 처음으로 대마초를 피웠다. 극심한 두통과 구역질 속에서 기억이 조금씩 되살아났다.

기하라 와타루와 '오타코'에서 어묵을 먹은 후, "이제 어떡할까?"라는 질문에 나오코는 솔직하게 "술을 더 마시고 싶다"고 대답했다.

"어디서 마시고 싶어?"

기하라는 가게를 고민하고 있는지 주위를 둘러봤다.

"어디든 좋아요, 신주쿠는 잘 모르니까. 하지만 재밌는 곳에 가고 싶네요."

"재밌는 곳이라면?"

"평범한 술집이 아닌 곳."

수중에 돈도 별로 없었으니 뻔뻔한 요구였다. 하지만 나오코는 오늘 밤은 사양이라든가 수치심, 두려움 같은 늘 나오코를 괴롭혀온 그런 것들이 마비되어 있는 것처럼 느껴졌다.

나오코는 오쓰카의 SM 바에서 아르바이트하는 젊은 엄마처럼 자신에게 소중한 것만 꽉 붙들고 "넌 너무 순진해 빠졌어" 하고 소리치면서 타인을 쫓아내고 싶었다.

그렇게 하려면 어떻게 해야 하는 걸까.

자신을 형성하고 있는 모든 것을 파괴하면 되는 걸까.

나오코는 파괴할 방법도 몰랐다. 애초에 소중한 것은 또 뭐야, 하는 생각도 들었다.

"그럼 좀 걷긴 하는데, '파워스'라면 재밌을지도 모르겠네. 어때, '파워스'면 되겠어?"

물론 나오코는 모르는 가게였다. 적당히 끄덕이자 기하라는 나오코의 허락을 얻었다고 생각했는지, 마음이 바뀌는 걸 두려워하듯 나오코의 손을 잡고 걷기 시작했다. 기하라의 손은 크고 매끄러워 기분이 좋았다.

야스쿠니 거리를 10분 넘게 걸어서 다다른 곳은 후생연금회관 앞이었다. 길 건너편에 'POWERS'라고 적힌 작은 네온사인이 빛나고 있다.

가게 앞에 젊은 남자 몇몇이 모여 있었다. 다들 약속이라도 한 듯 나팔 청바지를 입고 있었고 장발에 수염이 나 있었다. 모두들 담배를 피우면서 웃고 떠들었다.

나오코는 기하라를 따라 가게에 들어갔다. 딥 퍼플Deep Purple이 쩌렁쩌렁 울리고 있었다. 1층은 테이블석이었고 침침한 가운데 손님들의 담뱃불이 여기저기서 깜빡거리고 있었다.

"지하로 가자."

기하라에게 등을 떠밀려 계단을 내려가자 더 깜깜해져서 발밑도 보이지 않았다. 플로어는 한 단 높게 되어 있었고 털이 길고 하얀 카펫이 전면에 깔려 있었다. 음악도 핑크 플로이드의

⟨Atom Heart Mother⟩였다.

나오코는 신발을 벗고 카펫이 깔린 플로어로 올라갔다. 좌석
은 각각 작은 부스로 되어 있어서 옆자리에 어떤 손님이 있는
지 서로 볼 수가 없었다.

기하라가 안쪽 부스를 골라 책상다리를 하고 앉았다. 하얗고
작은 테이블에는 조명이 놓여 있어서 가까스로 메뉴를 읽을
수 있었다.

"뭐 마실래? 난 보드카 스트레이트 마실 건데."

기하라는 끝까지 마실 심산인 듯했다.

"그럼 저도" 하고 나오코가 질세라 대답했다.

블랙라이트 빛에 기하라의 이와 흰자가 창백하게 빛났다. 나
오코는 왼손에 낀 오팔 반지를 블랙라이트에 비춰보았다. 푸른
빛과 오렌지빛 선이 반사되어 아름다웠다. 무의식중에 넋을 잃
고 보고 있자, 기하라가 나오코의 손을 잡은 뒤 귓가에 대고 속
삭였다.

"나오코. 네가 귀여워서 말을 건 거야."

'진심인가?' 하는 표정으로 나오코는 기하라의 얼굴을 쳐다
봤다. 기하라가 몽롱한 눈으로 마주봤다. 진짜일 리가 없었다.
나오코는 웃었다.

"아, 안 믿네. 진짜야."

그러나 음악 소리가 커서 대화 따위는 이어지지 않았다. 나

오코는 그저 술을 마시고 담배를 피웠다. 얼마 안 있어 옆 부스에서 불붙인 담배 같은 것을 기하라에게 건넸다.

"마리화나야. 피울래?"

피워본 적은 없었지만, 나오코는 망설임 없이 끄덕였다. 신보리가 음악하는 동료들과 자주 피운다고 했기에 어떤 것인지 호기심이 있었다.

기하라에게 짤막해진 마리화나를 건네받고서, 나오코는 힘껏 빨아들였다.

"폐까지 들이마시지 말고 피우는 거야."

기하라가 주의를 주기에 그대로 따랐다. 이윽고 몇 번인가 빨아들였을 때, 갑자기 기분이 좋아지면서 희열에 휩싸였다. 자꾸만 웃음이 새어 나왔다.

"키스하자."

기하라가 뒤에서 꽉 껴안았다. 나오코는 고개를 틀어 기하라와 딥키스를 했다. 혀를 휘감고 있다가 흥분한 기하라가 그대로 나오코를 카펫 위로 쓰러뜨렸다. 기하라의 큰 손이 나오코의 스웨터 아래로 들어와 가슴을 만졌다. 수염이 뺨에 닿아 따가웠다.

'잘 알지도 못하는 이 남자와 자버릴까. 나는 또다시 쾌락이라고도 할 수 없는 길을 골라 도망치듯 달려 막다른 골목에서 헤매는 걸까.'

하지만 나오코는 오늘 밤은 그래도 상관없겠다고 생각했다.

"호텔 가자."

기하라가 쉰 목소리로 속삭이기에 "좋아"라고 대답하려는데 다른 방향에서 마리화나가 건너왔다. 기하라는 나오코를 안고 있던 손을 풀어 줄어든 마리화나를 받아들었다. 부스를 나누고 있는 벽에서 장발의 남자가 얼굴만 내밀고 손을 높이 들어 V사인을 했다.

"잠깐만."

기하라가 어디로 사라졌다가 마리화나 몇 개비를 손에 들고 돌아왔다. 그러자 어떻게 알았는지 여기저기서 남녀가 모여들어 빙 둘러앉았다.

일고여덟 명이서 마리화나를 돌려 피웠다. 제 순서가 아닐 때는 보드카를 벌컥벌컥 들이켰다. 이내 만취해 정신이 아득해진 나오코는 어느샌가 자신이 남자 무릎을 베고 누워 있음을 깨달았다. 남자가 나오코의 머리칼을 부드럽게 어루만지고 있었다. 올려다보니 남자는 기하라가 아니라 생전 처음 보는 얼굴이었다. 음악에 도취되어 있는지 눈을 감고 있었다. 기하라는 건너편에 모로 쓰러져서 코를 골고 있었다.

손을 씻고 화장실 휴지에 물을 적셔 스웨터와 스커트의 오물을 살짝 털어내자 정신이 좀 맑아졌다. 하지만 아직도 제대로 서지 못할 정도로 취해 있었다.

"자리로 돌아가야 하는데."

나오코는 잘 돌아가지 않는 혀로 말했다.

"근데 그 옷으론 가게 안은 못 걸어 다녀. 냄새나잖아."

여자의 말에 나오코는 스웨터와 스커트를 바라보았다. 살짝 닦아냈지만 토사물의 강렬한 냄새는 사라지지 않았다.

이대로라면 가게 안은커녕 지하철이나 택시도 못 탈 것 같았다. 스웨터는 버리고 코트만 입고 돌아갈 수밖에 없겠다고 생각했다. 하지만 나오코는 더러워진 스커트를 입고 지하철에 탈 용기는 없었다.

"오른쪽 제일 구석자리에 제 일행이 있는데요, 여기로 불러주시면 안 될까요? 기하라 씨라고 하는데."

여자에게 부탁하자 고개를 갸웃거렸다.

"아, 제일 안쪽에 있는 사람? 그 사람도 아까까지는 꼬꾸라져 있었는데, 집에 간 것 같은데. 벌써 문 닫을 시간이잖아."

"네? 먼저 갔다고요?"

절망적인 기분에 휩싸여 나오코는 저도 모르게 소리를 질렀다. 여자는 안됐다는 듯 팔짱을 끼고 있었다.

"네가 먼저 갔다고 생각한 거 아냐? 그쪽도 기절했던 것 같은데. 설마 화장실에서 자고 있을 줄은 몰랐겠지."

"아니, 내 코트랑 가방도 거기 있는데."

냉정하다는 단어가 튀어나올 뻔했지만 참았다. 기하라는 'DUG'의 술값과 저녁식사는 물론 여기서 낼 돈도 전부 대신 내준 데다 그에게서 마리화나까지 받아 피웠기 때문이었다.

"그럼 죄송하지만 제 코트랑 가방 좀 가져다주시겠어요?"

"있으면 가져다줄 텐데. 잠깐만 기다려봐."

여자가 화장실 문을 열고 나갔다. 손목시계를 보니 새벽 4시. 나오코가 6시간이나 이 가게에 있었다는 말이다. 그중 반 이상은 화장실에 쓰러져 있었으리라.

첫차를 타면 어떻게든 집에 갈 수 있을 테지만, 옷이 이렇게 더러워서야 차를 탄다는 것도 난감하기 그지없었다. 나오코는 만취한 자신의 얼굴을 거울에 비춰보다 비참한 꼴에 웃음이 나올 것 같았다.

얼마 안 있어 여자가 나오코의 가방과 코트를 갖고 돌아왔다.

"이거 맞지? 다행이야, 그대로 있었어."

"맞아요, 감사합니다."

가슴을 쓸어내리며 가방 안을 보았다. 지갑도 정기권도 그대로 있었다. 없어진 물건은 없는 듯했다.

"그리고 이 하이라이트 네 거야?"

기하라가 잊어버리고 간 듯해서 나오코는 감사히 받아 가방에 넣었다.

"정말 감사합니다."

여자에게 감사인사는 했지만 이제 어떻게 해야 할지 알 수 없었다. 걸을 수 없을 정도로 취해 있으니 어딘가에서 시간을 죽이다 갈 수밖에 없었다. 공원에서 자볼까도 생각했지만 나오코는 공원이 어디 있는지도 몰랐다. 무심결에 탄식을 내뱉자 여자가 말했다.

"저기, 우리 집 여기서 가까운데 옷 빌려줄까?"

"정말요?"

나오코는 뛸 듯이 기뻤다.

"그래. 뭐든 다 준다는 말은 아니고. 나중에 돌려주면 돼."

"고마워요. 보답을 하고 싶은데 갖고 있는 게 아무것도 없어요. 돈도 이것밖에 없고."

나오코는 겨우 500엔 가량 남은 잔돈을 보여주었다.

"지하철비 필요할 테니까 갖고 있어." 여자가 웃고 나서 가방을 가리켰다. "그럼 아까 그 하이라이트 줘봐. 담배가 다 떨어졌네."

담뱃갑째로 내밀었다. 내친김에 왼손의 반지를 빼서 건넸다.

"이거, 괜찮으면 받아주세요."

"됐어, 오팔이잖아. 비싼 거 아냐?"

"몰라요. 하지만 괜찮아요. 제가 드릴 수 있는 게 이것뿐이라."

"그럼 잘 받을게. 고마워."

여자가 기쁜 듯 왼손에 끼웠다.

"난 아키라고 해."

새벽 거리를 걸으면서 아키가 나오코 쪽을 돌아보았다.

아키는 사라사로 만든 인도 옷 위에 어깻죽지부터 하얀 털이 나 있는 자수가 새겨진 아프간 재킷 조끼를 걸치고 있었다. 그리고 머리에는 검정색 니트 모자를 쓰고 있었다. 아키가 걸을 때마다 너무 긴 나팔바지 자락이 아스팔트 위를 삭삭거리며 계속 쓸고 있었다.

나오코는 취한 데다 아키가 걸음이 빨라 따라가는 것만으로 숨이 찼다.

"저는 나오코. 학생이에요."

가까스로 입을 뗐다.

"학생인데 이렇게 토한 상태로 버림받다니 불쌍해라."

아키가 딱하다는 듯 어깨를 으쓱하며 얼굴을 찌푸렸다. 그랬다. 기하라는 진지하게 찾아볼 생각도 하지 않고 가버렸으니 버림받은 게 맞았다.

아니, 어쩌면 나오코가 화장실에서 토하고 있다는 걸 알고서 귀찮은 마음에 두고 갔는지도 몰랐다.

'길에서 만난 인연이라는 게 다 그런 거겠지.'

나오코는 쓴웃음을 지으며 가방 안에서 기하라의 명함을 꺼내 찢어버렸다. 새벽 도로에 하얀 종잇조각이 흩날렸다.

아키는 오쿠보의 직업안정소 뒤에 있는 러브호텔 거리를 지나 작은 아파트 단지를 누비며 걸었다. 이내 낡은 2층짜리 아파트 앞에 멈춰 서서 외부계단을 가리켰다.

"여기 위야. 계단 울리니까 조용히 올라와. 내가 시범 보여줄게."

나오코가 아키를 따라 발소리를 죽이고 올라가자 2층 끄트머리 집 문을 활짝 열고 아키가 기다리고 있었다.

"여기야. 추운데 미안하지만, 거기서 스웨터랑 스커트 벗고 들어와. 안 그럼 집까지 냄새날 테니까."

현관문을 열자 바로 한 평 반짜리 부엌이 있고, 안쪽은 세 평짜리 방이었다. 나오코는 아키의 말대로 좁은 현관 바닥에 선채로 스웨터와 스커트를 벗었다. 타이츠도 더러워서 벗어버렸다.

슬립 차림으론 추워서 위에 코트를 걸쳤다. 아키가 늦지 않게 구겨진 청바지와 남자용 남색 파카를 가지고 왔다.

"이거 입어."

고맙다고 한 후 사양하지 않고 입었다. 체형이 같은지 청바지가 딱 맞았다.

"하, 이제 좀 살겠다. 냄새나 죽는 줄 알았어."

"죄송해요."

나오코는 저도 모르게 작아졌다. 그러자 아키가 비닐봉지를 던져줬다.

"여기에다 옷 넣어서 밖에 내놓을래?"

나오코는 순순히 더러워진 옷을 비닐봉지에 담아 아파트 복도에 내놨다. 옆집에는 배달용 덮밥 그릇이 나와 있었다.

"이쪽으로 와."

아키가 안쪽 방으로 불렀다. 벽의 한 면은 책장에 레코드가 가득 차 있고 양쪽 구석에는 파이오니아의 큰 스피커가 있었다. 반대쪽에는 작은 침대가 놓여 있었다.

"레코드 진짜 많네요. 이거 다 재즈인 거죠?"

레코드 등에 적힌 글자를 보면서 말하자 아키가 놀란 표정을 지었다.

"재즈 잘 알아?"

"아니, 그렇지도 않아요. 그냥 기치조지에 있는 재즈카페에서 아르바이트한 적이 있어서."

"진짜? 어디?" 하고 흥미를 느낀 듯 적극적인 자세를 취했다.

"'CHET'이라는 가게에요."

"가본 적은 없는데, 이름은 알아." 아키가 담배에 불을 붙이면서 말했다. "내가 어찌 됐든 재즈 싱어거든. 별로 인기는 없지만, 라이브 하우스에는 나가. 요전에는 나베사다^{재즈 색소폰 연주자}

로 활동하는 와타나베 사다오의 애칭, 여동생은 보컬리스트 여동생이랑 공연도 했어."

"대단하네요. 어쩐지 목소리가 좋다 했어요."

"목소리만으론 안 돼." 아키가 아주 싫지는 않은 기색으로 웃었다. "하지만 나오코가 재즈카페에서 아르바이트했다면 뭔가 인연이 있는 건지도 모르겠네. 그건 그렇고, 잠깐 눈 좀 안 붙일래? 담요 줄 테니까 바닥에서 자. 너 속 안 좋지? 어차피 혼자서는 집에 못 갈 것 같으니까, 여기서 쉬었다 가."

아키가 던진 베개 대용 방석을 받아들고 나오코는 한숨을 돌렸다. 아키가 두툼한 녹색 커튼을 잡아당기고 후다닥 침대로 들어갔기에 나오코도 가로 누워 담요를 뒤집어썼다. 그 순간 기절하듯 깊은 잠이 찾아왔다.

이번에는 극심한 갈증에 눈이 떠졌다. 나오코는 천장을 올려다보며 '여기가 어디인가' 하고 순간 생각에 잠겼다. 침대에서 가볍게 코고는 소리가 들려왔다. 그렇다, 아키의 집이었다. 상황이 이해가 갔다. 시각은 오후 3시.

나오코는 일어나서 살며시 미닫이문을 열고 부엌에서 컵을 찾아 수돗물을 마셨다. 마치 메마른 모래에 물을 뿌리듯 마셔도 마셔도 갈증이 가시질 않았다.

겨우 제정신이 들었지만 경험해본 적 없는 피로감이 몰려와 바닥에 주저앉았다. 담배를 너무 많이 피운 건지 목이 아릿했다. 게다가 머리카락에도 토사물이 묻어 있었던 듯 아직도 고약한 냄새가 났다.

그럼에도 불구하고 공복을 느꼈다. 저녁때 먹은 어묵 따위는 전부 토해버려서 그런가 보았다. 난감한 표정으로 나오코는 쑥 꺼진 배를 어루만졌다.

"벌써 일어났어?"

물소리에 깼는지 아키가 나타났다. 새까맣게 칠한 아이라인과 아이섀도가 번져 너구리 같았다.

"씻고 가. 너, 아직도 좀 냄새나."

"죄송해요, 머리카락에도 붙어 있었나 봐요."

"난 7시부터 일이 있으니까 먼저 씻을게. 그 다음에 들어가."

아키가 현관 옆의 작은 욕조에 물을 받고 있었다. 물이 채워지는 사이에 나오코는 기하라의 하이라이트를 피웠다.

"집에도 안 들어가고 난 뭐하고 있는 걸까."

혼잣말이 아키에게 들린 모양이었다.

"나오코네 집은 어디야? 기치조지?"

"아뇨, 오기쿠보예요. 저희 집은 가게를 하고요."

"걱정하실지도 몰라. 전화해두는 게 어때?"

"나중에 할게요."

"뭐, 좋을 대로 해" 하고 어깨를 두드렸다. "내가 상관할 바는 아니니까."

말은 그렇게 해도 아키는 친절했다. 대학의 남자 친구들이나 같은 수업을 듣는 사람들이 떠오르자 다시는 학교생활로 돌아가고 싶지 않다는 생각이 들었다. 나오코는 이대로 돌아가지 않고 살 수 있다면 즐거울 것 같다는 생각을 했다.

아키가 욕조에 들어간 사이에 방문객이 있었다. 헤드폰으로 레코드를 듣고 있던 나오코가 간신히 기척을 느꼈을 때는 이미 멋대로 현관문을 열고 안으로 들어와 있었다.

놀라서 헤드폰을 벗자 남자도 놀란 기색으로 멈칫했다. 꾀죄죄한 청바지에 야상, 긴 머리를 뒤로 묶고 검은 테 안경을 쓴 남자였다. 마른 몸에 안경 너머의 눈빛이 날카로웠다. 나오코는 누군가 싶어 경계하는데, 남자는 의외로 부드러운 목소리로 물었다.

"놀라게 해서 죄송해요. 문이 열려 있어서 이쪽에 있나 해서. 아키 씨는 어디에?"

"씻으러 갔어요."

남자에게도 물소리가 들렸는지, 가볍게 고개를 끄덕이고는 나오코 쪽을 보았다.

"저기, 일 관련자신가요?"

사무적으로 변한 말투에 나오코는 고개를 가로저었다.

"아니요, 제가 취해서 곤란해하고 있었는데 아키 씨가 도와주셨어요."

"아하, 그래서."

남자는 그걸로 모든 것이 이해됐다는 듯 끄덕였다. 그리곤 욕실 앞으로 가서 문을 두드렸다.

"아키 씨, 난데 다시 올게."

발길을 돌리기에 나갔는가 싶더니, 비닐봉지를 손에 들고 돌아왔다.

"이거, 현관에 놓여 있었는데 괜찮은가요?"

나오코의 토사물로 범벅된 옷이었다.

5

아키의 반주를 맡은 피아노 트리오가 먼저 연주를 시작했다. 히데시마 고스케 트리오라고 하는 이름이었다. 피아노를 치고 있는 사람은 히데시마라는 수염이 덥수룩하게 난 마흔 살가량의 세련된 남자였다.

'뭐였더라, 이 곡은.'

곡명을 떠올리지 못한 채 나오코는 무대 옆 그늘진 곳에 오도카니 서 있었다.

관객들이 눈을 감고 기분이 좋은 듯 몸을 하느작거리며 심취해서 듣고 있었다. 막 라이브 하우스 직원이 나오코에게 오늘 입장객 수가 아주 만족스럽다는 말을 한 참이었다.

확실히 7, 80명은 족히 들어가는 객석이 거의 다 차 있었다. 관객의 열기가 전해져서인지 연주자들도 힘이 넘쳐 보였다.

"아키 씨가 인기 있어서 그래요."

직원이 기쁜 듯 나오코에게 속삭였다. 나오코가 아키와 함께 출연자 대기실을 통해 들어와서 관계자로 착각한 듯했다.

"잠깐 실례해도 될까요."

뒤에 있던 젊은 남자가 나오코에게 말을 걸었다. 나오코는 뒤돌아보고는 당황스러운 표정을 지었다.

아키가 씻고 있을 때 찾아와서 토사물로 뒤범벅된 나오코의 옷을 복도에서 굳이 가져다준 남자였다.

비닐봉지를 보고 나오코가 당황하자 남자는 그럴 때가 아니라는 걸 깨달았는지 바로 나가버렸었다.

"아까는 실례했어요."

나오코가 그 일을 사과하자 "아뇨, 뭘요" 하고 신경 쓰지 않는 듯 손을 저었다.

"아키 씨 노래 순서 말인데요, 제일 첫 곡이 〈미스티〉라고 들었는데, 맞나요?"

"잘 모르겠는데, 물어보고 올게요."

"죄송한데, 부탁드려요. 곡명은 대강 들었는데 첫 곡은 제대로 알고 싶어서."

남자도 나오코를 관계자 비슷하게 여기고 있는 모양이었다.

남자는 아까와 달리 야상을 벗고 긴소매 티셔츠만 입고 있었다. 남색 티셔츠는 있는 대로 빨아댔는지 적당히 색이 빠져 있었다. 느슨해진 목 주위로는 은목걸이가 보였다.

"그것만 물어보면 될까요?"

연주는 벌써 시작되었는데 남자는 서두르는 기색이 없었다.

"네, 아까 아키 씨네 집에 그걸 물으러 간 건데 씻고 계셔서."

"아아, 그래서."

남자는 상의할 일이 있어 아키의 집에 들렀으면서 집요하게 묻지도 않고 이 시간이 될 때까지 기다려준 걸까.

"저기, 저는 히데시마 씨 밑에서 로디 일을 하고 있는 후카다입니다."

남자가 나오코에게 꾸벅 머리를 숙였다.

"로디가 뭔가요?"

후카다가 쓴웃음을 지으며 연주 중인 트리오를 돌아보았다.

"두루두루 챙기는 사람이에요."

마침 피아노 솔로가 끝나고, 베이스 솔로로 들어간 참이었다. 나오코가 발길을 돌리려고 하는데 후카다가 나오코의 어깨를 붙잡았다.

"그렇게 급하게 안 해도 돼요. 앞으로 2곡 남았으니까. 이 곡이 끝날 때까지 들어주세요. 제가 좋아하는 곡이거든요."

"무슨 곡인데요?"

"〈차마 말할 수 없어서〉."

후카다가 밴드 쪽을 향한 채로 대답했다. 나오코와 후카다는 나란히 서서 연주가 끝날 때까지 아무 말 없이 감상했다.

니시신주쿠에 있는 라이브 하우스는 새로 만들어진 만큼 대기실이 훌륭했다. 아키의 대기실에는 커다란 전신거울에 소파까지 마련되어 있었다.

까만 드레스로 갈아입은 아키가 소파에 앉아 담배를 피우고 있었다. 머리에는 아직 헤어롤이 말려 있었다. 곧 나갈 차례인데 이쪽도 아주 여유로웠다.

"아키 씨, 후카다 씨가 제일 첫 곡이 〈미스티〉인데 괜찮으시냐고 하던데요?"

"후카다?" 하고 제 귀를 의심하는 듯한 소리를 내며 고개를 갸웃거린다. "그게 누구지?"

"히데시마 씨 밑에 있는 로디라든가 그랬어요."

"아아, 겐이치. 풀네임이 후카다 겐이치였지, 참. 후카다라고 하니까 누군가 했네. 겐이치는 드러머야. 실력이 아주 뛰어나니까 조만간 빛을 볼 거야."

단숨에 재잘대고서 나오코를 향해 왼손을 들었다. 약지에 나오코가 준 오팔 반지가 빛나고 있었다.

"이거 다들 칭찬하더라, 예쁘다고. 보석 아니냐면서, 약혼이라도 했냐고 그러대."

나오코가 무심결에 웃었다.

"그거 어머니한테 받은 거예요. 그렇게 대단한 건 아닐 거예요."

"어머니 거면 소중한 거잖아. 받으면 안 되겠다."

손가락에서 반지를 빼려기에 나오코는 아키를 극구 말렸다.

"아니에요. 아키 씨 아니면 어쩔 뻔했어요. 빌린 옷도 아직 못 드렸는데 꼭 받아주세요."

나오코는 아키에게 빌린 청바지와 빛바랜 파카를 입은 채로 라이브 하우스에 따라왔다. 마음만 먹으면 집에 갈 수 있었지만 아키와 함께 있고 싶었던 것이다.

더러워진 옷을 빨아보기는 했으나 냄새가 빠지지 않아 결국 버려버렸다. 아키에게 옷을 빌리지 않았다면 집에 도움이라도 요청하지 않는 이상, 걸어서 집에 가는 수밖에 없었을 것이다. 하지만 가족이라고 해도 가게를 방치하고 나오코를 마중 나와 줄 정도로 한가한 사람은 없었다.

"됐어, 그런 낡은 옷은 그냥 줄게. 이런 걸 새우로 잉어를 낚는다고 하던가? 땡잡았네. 기분 좋다, 멋진 반지도 받고. 오늘은 왠지 운이 좋을 것 같아. 라이브도 잘 풀리지 않을까?"

아키가 큼직한 입을 벌려 웃었다. 흥분한 티가 났다. 재빨리 담배를 끄고서 의외로 신중한 손놀림으로 헤어롤을 빼기 시작했다.

나오코는 헤어롤을 받아 아키의 메이크업 박스 안에 담는 걸 도왔다. 둘둘 말린 머리를 아키가 빗으로 단정하게 안쪽으로 말아갔다.

"나오코, 관객 좀 왔어?"

"조금 온 정도가 아니에요. 꽉 찼어요. 아키 씨가 인기가 많아서라고 관계자가 말하던데요?"

아키가 손가락으로 딱 소리를 냈다.

"그럼 첫 곡은 〈아이 폴 인 러브 투 이즐리〉로 한다고 전해줄래?"

"〈아이 폴 인 러브 투 이즐리〉?"

서툴게 따라하자 아키가 웃으면서 말했다.

"의역하자면 금세 사랑에 빠지는 것 같아요, 랄까."

"알겠어요. 겐이치 씨한테 전하고 올게요."

"겐이치한테는 아니타 오데이 느낌이라고 말해줘."

"네, 그럴게요."

나오코는 대기실을 나와 무대 옆에 있는 후카다 바로 뒤에 섰다. 후카다는 양팔을 흔들면서 박자를 맞추고 있었다. 드러머라는 소리를 들어서 그런지 과연 고개가 절로 끄덕여지는 몸놀림이었다. 인기척에 돌아본 후카다에게 나오코는 아키의 말을 전했다.

"제일 처음은 아니타 오데이 느낌의 〈아이 폴 인 러브 투 이즐리〉라고 하네요."

"알겠어요. 아키 씨하고 아주 딱이네요."

흡족한 듯 후카다가 말하고 주머니에서 종잇조각을 꺼내 적었다.

"갑자기 듣고도 가능한가요?"

후카다가 큰 손으로 턱을 매만졌다.

"몇 번이나 했던 거고 이 곡은 리스트에 있던 거라 괜찮겠죠. 하지만 아키 씨가 기분파라 연주 직전에 갑자기 바꾸기도 해서 다들 불안해하긴 해요. 역시 정확하게 딱 시작되지 않으면 멋이 안 나니까."

후카다가 연주 사이에 히데시마의 피아노 위에 슬쩍 메모를 올렸다. 히데시마가 끄덕이고 동료에게 뭐라고 말했다.

트리오의 연주가 끝나고 아키가 나른한 표정으로 등장했다. 미소도 짓지 않는 건 연출이리라. 몸에 딱 붙는 까만 드레스에 망사 타이츠. 새빨간 립스틱.

아키는 마이크 앞에 서자, 박자를 탔는지 어쨌는지도 모르는 사이에 불쑥 노래를 시작했다. 연주도 완벽하게 맞아떨어졌다. 나오코는 안심하고 후카다의 얼굴을 올려다보았다.

"대단하다, 프로네요."

"응. 이 곡 아키 씨한테 잘 어울려요. 목소리의 톤이라든가 음역이라든가, 분위기도 아니타 느낌 나고. 이 곡 참 좋더라."

두 번째 곡은 〈서머타임〉. 세 번째 곡인 〈미스티〉를 다 부른 후, 아키가 밴드 멤버를 소개하기 시작했다. 웃지는 않지만 기분이 좋아 보여 관객도 마음 편하게 마실 거리를 입에 대고 있었다.

"저기, 아키 씨 친척 분이신가요?"

후카다가 느닷없이 정색을 하고 물어보았다.

"아뇨, 뭐라고 해야 좋을까." 사정을 설명하기는 좀 쑥스러워 말을 얼버무렸다. "어젯밤에 '파워스'에서 처음 만났어요. 제가 취해서 옷을 더럽혔는데, 아키 씨가 친절하게 재워주셨고요. 그게 시작이에요."

"아, 그런 거예요?" 후카다가 웃었다. "처음에는 제자 분인가 했는데, 그렇다고 하기에는 이쪽을 잘 모르는 것 같고 대체 어떤 관계인가 이상했거든요. 히데시마 씨도 별로 닮지는 않았지만 아키 씨 동생 분이 아닌가, 추측했어요."

나오코는 전혀 모르는 곳에서 처음 만난 사람들에게 궁금증을 자아내며 수상한 시선을 받고 있었다.

자신이 누구인지 알려지지 않은 채로 사는 것은 기분 좋은 일이었다.

나오코는 태어나 처음으로 자유로워진 것 같았다. 이대로 여기서 그 누구도 아닌 채로 살아가고 싶었다.

후카다가 궁금해하는 것 같아 자기소개를 했다.

"저는 미우라 나오코예요."

"무슨 일 하세요?"

"아무것도 안 해요."

학생이라고 대답하고 싶지는 않았다. 나오코는 이제 집에는 돌아가지 않으리라 결심했다.

후카다가 또 뭐라고 물어보면 어떻게 대답할까 하고 마음의 준비를 했지만, 후카다는 관심을 잃은 듯 무대를 주시하고 있었다. 그 태도도 나오코의 마음을 편하게 했다.

아키가 드물게 농담을 던져가며 손님을 웃긴 후 〈아침 햇살처럼 부드럽게〉를 부르기 시작했다. 트리오도 유쾌한 기분으로 반주를 넣었다.

무심코 객석으로 눈을 돌린 나오코는 익숙한 얼굴을 발견하고 놀랐다.

제일 뒷자리에 미야와키 이즈미가 앉아 있었다. 아무래도 남자와 둘이서 온 듯 이따금씩 다정하게 속삭이기도 하고, 맥주를 마시기도 했다. 그러나 남자가 있는 곳이 그늘져 있어 얼굴은 잘 보이지 않았다.

앙코르곡이 끝나기 직전, 후카다는 아무 말도 하지 않고 무대 뒤쪽으로 향했다. 악기 정리를 해야 하는 것이리라.

나오코도 이즈미가 돌아가기 전에 붙잡아야겠다는 마음에

조급하게 이즈미 쪽으로 이동했다. 오랜만에 만난 기쁨도 있지만 돈을 빌리고 싶었다. 500엔 정도 남아 있던 돈이 빵과 담뱃값으로 사라져버렸기 때문이었다.

아키의 라이브가 무사히 끝나자 손님이 일제히 일어섰다. 이즈미 옆에 있던 남자는 화장실이라도 갔는지 보이지 않았다. 혼자 남은 이즈미는 담배에 불을 붙이고 연기를 뿜으면서 주위를 둘러보고 있었다.

"이즈미."

"앗, 나오코잖아. 어쩐 일이야?"

나오코가 놀란 얼굴로 외쳤다.

까만 미니스커트에 스웨터와 같은 보라색 타이츠, 그리고 갈색 레이스업 부츠 차림이었다. 눈 주위를 까맣게 칠하고 있어서 그런지 평소보다 어른스럽게 보였다.

"나도 놀랐어. 잘됐다, 만나서. 오랜만이야."

이즈미는 아직 놀란 마음이 가라앉지 않는다는 듯 가슴을 누른 채 나오코의 팔을 세게 붙잡았다.

"이런 데서 만날 줄은 몰랐어. 진짜 깜짝 놀랐네. 나오코도 기자키 아키 팬이야? 그런 얘긴 한 번도 안 했잖아."

"아키 씨랑은 어젯밤 '파워스'에서 알았어. 그래서 여기도 따라왔고."

이즈미가 믿어지지 않는다는 듯 이번에는 양손으로 머리를 감쌌다.

"나오코가 혼자서 '파워스'에 갔다고? 엄청난 뉴스인데."

나오코는 멋쩍어서 쓴웃음을 지었다.

"그 얘기는 다음에 할게. 나, 부끄러운 짓 엄청 했거든."

"좋다, 나오코가 부끄러운 짓을 하다니 멋져. 다음에 꼭 얘기 해줘야 해." 이즈미가 의미심장하게 웃었다. "아, 근데 내가 나오코한테 기자키 아키 광팬이라고 말 안 했던가?"

"그건 몰랐어."

"완전 팬이거든. 그래서 맨날 라이브 보러 와. 목소리 진짜 끝내주지 않아?"

이즈미가 선망하는 눈빛으로 무대 쪽을 쳐다보았다. 연주가 끝난 무대에는 마침 후카다가 드럼 세트를 정리하고 있는 참이었다.

후카다와 눈이 마주쳤다. 후카다는 흥미로운 듯 이즈미를 바라보았다. 아니, 이즈미와 이야기하는 자신을 보고 있다는 것이 나오코에게 느껴졌다.

"나중에 기자키 아키 소개시켜 주면 좋겠다."

"그래, 가능할 것 같아."

이즈미의 일행인 남자가 화장실에서 돌아왔지만, 나오코가 있어서 배려해주는 건지 가까이 오지 않았다.

"어? 사장님이잖아."

나오코는 남자의 옆얼굴을 보고 엉겁결에 소리를 지르고 말았다. 이즈미와 함께 아키의 라이브를 보러온 사람은 'CHET'의 사장, 구와하라였다.

오늘은 갈색 계통 재킷에 통 넓은 회색 슬랙스. 앞이 뾰족한 갈색 구두. 여전히 중년 남성 느낌을 풀풀 풍기고 있었다.

그러나 구와하라를 향한 이즈미의 수줍은 듯한 모습을 눈치채고 나오코는 말을 삼켰다.

"맞아, 구와하라 씨야."

"너, 사장님이랑 사귀니?"

이즈미가 변명하듯 둘러말했다.

"아니, 사귀는 거 아니야. 그냥 가끔 같이 라이브 같은 거 보러 오는 거야."

"근데 무대 쪽에서 보니까 두 사람, 엄청 다정해 보이던데?"

이즈미가 쭉 숨기고 있었다는 사실이 불쾌하다기보다 안쓰러워서 나오코는 저도 모르게 짓궂은 장난을 던졌다.

"미안. 나오코한테는 말하기가 어려웠어. 전에 구와하라 씨, 싫다고 그랬잖아."

"응, 싫어해" 하고 딱 잘라 말했다.

구와하라는 두 사람에게 다가오지 않고 입구에 놓여 있는 광고지 따위를 바라보고 있었다. 그렇다고 밖에 나가서 기다리려는 것도 아닌 것 같고, 나오코에게 인사를 하는 게 좋을까 망설이는 눈치도 보였다.

"그래서 말할 수 없었어. 미안."

"그건 좋은데. 언제부터 사귄 거야?"

"나오코가 아르바이트를 시작했을 때쯤이려나."

"그래서 다카하시 다카오를 찼구나. 소네한테도 매몰차게 대하고."

"그런 식으로 말하지 마."

역시나 발끈한 표정을 지었다.

"미안." 나오코는 순순히 사과했다. "우리가 초등학생도 아니고 친하다고 뭐든 털어놔야 한다고 생각하지는 않아. 그런데 좀 충격이긴 해. 아니 이즈미도 전에 사장님 험담하고 그랬잖아."

"그랬지" 하고 겸연쩍은 듯 말했다.

"게다가 그 사람 부인이랑 자식도 있잖아."

'인간은 죽으면 끝이야.'

술집에서 그 말을 내뱉던 구와하라의 표정을 떠올렸다.

나오코는 다카하시 다카오의 자살에 충격을 받아 저도 모르게 눈물을 흘렸다. 그때 구와하라에게 '갑갑하다'는 소리를 듣고 싸우다시피 하다가 아르바이트를 그만두지 않았던가.

이즈미가 구와하라와 사귀고 있었다면 이즈미의 옛 연인의 죽음을 안 구와하라의 불편한 심기도 지금에 와서는 이해가 되었다. 하지만 배신당한 기분이 들어 아직은 마음이 다 풀리지 않았다.

"맞아. 그러니까 엔조이야, 엔조이. 나오코한테 그런 소리 안 들어도 알고 있어."

이즈미는 도전적으로 턱을 치켜들고 말했다.

"그럼 잘됐네. 저런 늙다리랑 사귀다니 쪽팔리잖아."

나오코도 시선을 회피하며 뱉어냈다.

"그렇게까지 말할 건 없잖아." 기가 센 이즈미가 울상이 되어 반복했다.

"나오코한테 말하지 않은 건 미안해. 하지만 그렇게까지 말할 필요는 없잖아."

"그러게, 미안."

나오코는 사과하고서 굳은 옆얼굴을 보이고 있는 구와하라 쪽을 살폈다. 그러나 구와하라는 어두운 표정으로 고개를 숙인 채 이쪽은 쳐다보지 않았다.

"나오코한테 기자키 아키 소개받으면 좋겠다 싶었는데, 나중에 보자. 갈게."

이즈미가 손을 흔들고 구와하라가 기다리는 출구 쪽으로 향하려고 했다. 나오코는 이즈미가 입고 있는 보라색 스웨터의 옷자락을 붙잡았다.

"잠깐만, 부탁이 있어. 이즈미, 돈 좀 빌려주지 않을래?"

단숨에 말하는 나오코에게 이즈미는 살갑게 웃으며 말했다.

"그래. 근데 웬일이야? 얼마 정도면 돼?"

"최대한 많이. 미안해, 나 돈이 하나도 없어서. 집에 갈 차비도 없거든. 아니, 그보다 집에는 이제 돌아가지 않을 생각이지만."

이즈미가 순간, 사려 깊은 표정으로 나오코의 얼굴을 보았다. 이즈미는 오른손으로 나오코의 뺨을 어루만졌다.

"안 돌아간다고? 왜?"

"몰라. 이제 돌아가고 싶지 않아. 이 주변에서 살고 싶어."

"누구랑 같이 사는 거야?"

나오코가 어깨를 으쓱했다.

"아니, 아무도 없는데."

그렇게 대답하자 나오코는 갑자기 쓸쓸해졌다.

"잠깐만 기다려. 그럼 구와하라 씨한테 빌릴게. 그래도 괜찮지?"

말릴 새도 없이 이즈미는 구와하라에게 달려갔다. 그리고 구와하라의 지갑을 같이 들여다보더니 지폐 한 장을 가지고 돌아왔다.

"만 엔이면 될까?"

나오코는 너무 많다며 거절하려고 했지만, 이제 밥도 먹고 어딘가에 묵어야만 했다. 그렇다면 만 엔은 필요했다. 나오코는 집에 옷과 소지품을 가지러 가는 건 내일 이후로도 족하다는 생각이 들었다.

"고마워. 꼭 갚겠다고 사장님한테 전해줘."

구와하라가 두 사람의 목소리가 바로 들릴 만한 거리에 있었지만, 나오코는 이즈미를 향해 큰 소리로 말했다. 뒤돌아보니 무대 위는 드럼 세트도 콘트라베이스도 없이 텅 비어 있었고, 후카다의 모습도 보이지 않았다.

대기실에 돌아오니 아키는 이미 옷을 다 갈아입고는 소파에 앉아 의상을 정리하려 하고 있었다. 나오코가 "도와드릴게요"라고 하자, "그럼 이거 해줄래?" 하고 아키는 들뜬 목소리로 선뜻 부탁했다.

나오코가 무대의상을 개고 메이크업 박스를 정리하고 있는 사이, 아키는 무대용 화장을 지웠다. 그러면서 아직 흥분이 가시지 않은 듯 떠들기 시작했다.

"오늘은 왠지 컨디션이 좋았어. 역시 오팔의 힘인가 봐. 어때? 나 오늘 괜찮았지?"

"진짜 멋졌어요. 마침 제 친구랑 만났는데 아키 씨 팬이라면서, 절 부러워하더라고요."

"그래? 그럼 부르지 그랬어."

"다음에요. 얘기해둘게요."

"그래. 좀 이따가 히데시마 씨네랑 회식할 건데 나오코도 올 거지?"

나오코는 아키 일행과 계속 같이 있고 싶어서 "네, 갈게요" 하고 똑같이 들뜬 목소리로 대답했다.

나오코는 마치 관계자라도 되는 것처럼 아키의 무대의상이며 메이크업박스를 안고서 대기실을 나갔다. 아키가 뒤에서 열쇠를 내밀며 말했다.

"나오코, 미안한데. 이 짐 우리 집에 갖다 놔줄 수 없을까? 택시 타도 돼. 이게 있으면 왠지 마음이 안 놓여서 술 마시러 갈 수가 없네. 오늘은 아주 끝까지 갈 거거든."

"알겠어요. 갖다놓고 올게요."

"아파트 어딘지 알지?"

"네, 알아요."

아키가 천 엔짜리를 한 장 쥐어주었다.

"그럼 이거 택시비. 갖다 놓고 고마 극장 뒤에 있는 '아오바'로 와. 거기서 회식한다니까 먼저 가서 기다릴게."

고마 극장 뒤편의 아오바. 나오코는 아키의 말을 열심히 머릿속에 집어넣고 대기실 문을 통해 밖으로 나갔다. 택시를 잡기 위해 오메 가도로 나가려고 하는데 검은 밴이 눈앞에 멈춰섰다.

조수석 창문이 열리고 후카다가 운전석에서 몸을 내밀었다.

뒤로 묶은 머리가 살짝 흐트러져 있었다.

"타요. 바래다줄게."

"뭐예요, 아까 간 줄 알았어요."

나오코는 기쁜 마음에 자기도 모르게 무뚝뚝하게 반응했다.

"전 이제 악기 옮겨야 하거든요. 나오코 씨는 아키 씨 짐 두러 가는 거죠? 그럼 먼저 갖다 놓으러 가요."

"고마워요."

오쿠보에 있는 아키의 집에 무대의상과 메이크업 박스를 갖다 놓은 후 나오코는 철제 계단을 뛰어 내려갔다. 소리가 요란하게 났지만 상관없었다. 빨리빨리. 마음이 너무 조급했다. 왜 그런지는 잘 몰랐다.

"두고 왔어요."

헐떡거리며 밴의 조수석 문을 활짝 열었다. 후카다와 눈이 마주치자 나오코는 무심결에 웃었다.

"저기, 집 열쇠를 아키 씨에게 먼저 돌려주고 오는 게 나을 거예요. 아키 씨, 분명 그 열쇠 하나밖에 없을 거거든요. 오늘은 엄청 취할 것 같은데, 취하면 정신 못 차릴 테니까. 집에 못 들어가면 큰일이잖아요."

"고마 극장 뒤편에 있는 '아오바'에서 회식한대서, 거기로 가기로 했어요."

"그럼 거기까지 갈 테니까, 먼저 돌려주고 와요."

"왜요? 후카다 씨는 회식 안 가요?"

"전 안 가요. 드럼이랑 베이스 갖다 놓고 나면 곧장 집으로 갈 거예요."

나오코는 실망했다.

"그럼 중간에 내려줄래요?"

"아니, 열쇠 돌려주고 와요."

어떻게 하면 좋을까. 나오코가 후카다의 속내를 알 수 없어 망설이고 있자 밴을 출발시키면서 후카다가 말했다.

"우리 집으로 와요." 잠자코 있자 후카다가 날카로운 눈초리로 나오코 쪽을 보았다. "싫어요?"

"싫지 않아요. 갈 곳이 생겨서 기뻐요."

"진짜 갈 곳이 없나 보네."

후카다가 쓴웃음을 지었다.

"응, 길을 잃은 느낌이에요."

"집은 어디예요?"

"잊어버렸어요" 하고 중얼거리며, 이런 나를 보면 부모님과 외할머니가 얼마나 비통해할까를 상상하니 나오코는 눈물이 쏟아질 것 같았다.

"그보다 악기는 어디로 가져가는 거예요?"

"네리마의 오이즈미가쿠엔이요. 드럼 치는 오하시 씨네 스튜디오에 드럼이랑 베이스를 놓고 올 거예요."

"이 차는 후카다 씨 거?"

"설마. 오하시 씨한테 빌린 거예요. 내일 반납할 거고."

"로디는 그런 일도 하는군요?"

"그런 게 제 일이죠."

오메 가도를 달리면서 나오코는 머리가 복잡해졌다.

'옷을 어떻게든 해야 하는데. 아냐, 그 전에 속옷이 먼저야.'

나오코는 뭔지는 잘 몰랐지만 좋은 일이 생길 것 같다는 생
각을 했다.

제**4**장

1972년 12월
내가 있어야 할 곳을 찾아서

1

팔베개가 살며시 빠져나간 느낌에 나오코의 눈이 떠졌다. 그 팔이 쭉 뻗어나가 바닥에 떨어진 베개를 주워들어 나오코의 머리맡에 다정하게 넣어주었다. 그와 동시에 이불 안의 따뜻한 공기가 빠져나갔다.

베개에 차 있는 솜의 폭신폭신하게 가라앉는 감촉보다도 후카다의 근육질 팔이 훨씬 기분 좋았다. 나오코는 아쉬운 마음으로 상반신을 일으킨 후카다를 올려다보았다.

"벌써 일어나?"

"오늘부터 순회공연이니까."

나오코는 쓸쓸해져서 눈을 감았다.

후카다는 오늘부터 일주일간 도호쿠와 기타칸토 지방 도시를 돈다고 했다. 운전하고, 악기를 옮기고, 세팅도 하고. 필시 히데시마 고스케 트리오에게 혹사당할 것이다.

"일주일이나 못 보네, 외롭겠다."

"나도 그래."

후카다가 몸을 비틀어 나오코의 위에서 키스했다. 안경을 쓰지 않은 후카다는 처음 보는 남자 같아 가슴이 두근거렸다.

"가기 전에 섹스하자."

나오코는 후카다의 다부진 어깨에 양팔로 매달렸다. 둘 다 알몸으로 자고 있었기에 바로 껴안을 수 있었다. 순식간에 후카다의 성기가 단단해졌다.

"안 돼, 시간 없어."

"잠깐 넣기만 해."

나오코는 이런 노골적인 대화를 하는 자신에게 놀랐다. 하지만 좋아하는 남자에게라면 뭐든 말할 수 있고 무슨 말을 들어도 아무렇지 않았다. 나오코는 자신이 남자에게 안겨 있는 게 아니라 좋아하는 남자를 자기가 안고 있는 것이라고 큰 소리로 외치고 싶은 기분이었다.

"지금 넣으면 나올지도 몰라."

"괜찮아, 해줘."

대체 무슨 말을 내뱉고 있는 걸까. 임신하면 어쩌려고. 나오코는 후카다가 너무 좋아서 머리가 이상해진 게 분명하다고 생각했다.

"아, 벌써 젖었어."

후카다의 손가락이 들어왔다. 하나, 둘.

"손가락은 싫어. 부족해. 네가 해줘."

이렇게 외치는 나오코는 자신이 이미 제정신이 아닐지도 모른다고 생각했다.

처음 만났는데 마치 태어났을 때부터 알고 있었던 것처럼 그리운 건 왜일까. 세포 하나하나가 닮은꼴임이 틀림없다는 확신은 어디서 오는 걸까. 이성인데 또 하나의 자신을 보는 듯한 기분이 드는 건 왜일까.

여자와 남자. 한쪽은 도쿄에서 나고 자란 가게를 하는 집 딸, 한쪽은 시마네의 공무원 집 차남. 후카다는 열여덟 살 때 도쿄의 대학교에 입학했지만 바로 중퇴하고, 재즈카페에서 아르바이트를 하면서 전문학교에서 드럼을 배웠다고 했다. 지금은 스물다섯. 전혀 만날 일이 없었던 두 사람이 우연히 만나 갑자기 모든 것이 바뀌고 말았다.

결국 나오코와 후카다는 시간을 들여 사랑을 나눴다. 후카다는 천장을 향한 채 나오코 옆에 쓰러져 거친 숨을 내뱉고 있었다. 나오코는 후카다의 가슴에 머리를 얹어 가쁜 심장 고동 소리를 들었다. 이렇게 사람을 좋아한다고 생각했던 적은 한 번도 없었다.

"나, 처음으로 남자를 좋아하게 된 것 같아."

후카다는 말이 없었다. 나오코는 그게 마음에 걸렸다. 스물다섯 살 먹은 남자가 지금껏 한 사람의 여자도 좋아하지 않았을 리가 없으니까. 하지만 후카다가 사귀었던 여자를 생각하면 우울해질 테니 나오코는 아무것도 생각하지 않기로 했다.

"나도 나오코만큼 좋아했던 여자는 없어."

처음으로 남자를 좋아하게 된 나오코와 나오코만큼 좋아했던 여자는 없다는 후카다는 동등한 걸까. 아니, 미묘하게 다르다. 지금 그런 걸 생각하는 건 그만두자며 나오코는 머리를 흔들었다.

후카다가 날쌔게 침대에서 일어났다. 재빠르게 트렁크 팬티를 입고 가스난로를 켰다. 나오코는 이 순간이 좋았다. 순간적으로 방에 가스냄새가 나고, 차갑게 식은 방이 서서히 따뜻해져 갔다. 갑자기 모든 것이 이완되는 것 같았다.

후카다가 아파트 문에 끼워진 조간을 가지러 가는 김에 식기장에 놓여 있는 라디오의 스위치를 켰다. 느닷없이 흘러나온 것은 '아메리카'의 〈어 홀스 위드 노 네임〉이었다.

"오늘은 운이 좋군."

후카다의 혼잣말이 들렸다. 처음 나온 곡이 지금 기분과 맞아떨어진다면 오늘 운이 좋다는 말인 듯했다.

벽에 딱 붙어 있는 두 파이오니아 스피커 사이에는 레코드장이 있었다. 500장가량의 앨범에는 재즈뿐 아니라 블라인드 페이스나 제쓰로 툴, 롤링 스톤스 등 록 레코드도 많았다.

"커피 마실래?"

"응, 마실래."

나오코는 후카다가 침대에 던져놓은 조간을 바라보았다.

'미국, 북베트남 폭격 재개'라는 커다란 표제가 춤을 추고 있었다. B52 폭격기가 무리를 지어 날고 있는 사진이 실려 있었다.

나오코는 커피를 내리고 있는 후카다에게 말했다.

"북베트남 폭격이 재개됐대."

"알아" 하고 후카다가 답했다.

"'하노이와 하이퐁항에는 B52 폭격기가 야간 융단폭격을 하고 있다'고 적혀 있네. 야간에 융단폭격이라니 무섭다."

기치조지의 재즈카페에는 요코타 기지의 미군이 이따금 나타나는데, 그들로부터 전율이 전해지는 때도 간간이 있었다. 하지만 지금 나오코에게 기치조지는 아득히 먼 동네였다.

가쿠게이다이가쿠 역 근처에 있는 후카다의 비좁은 집에 틀어박힌 이후 나오코는 거의 외출하지 않았다. 나갈 때라곤 라이브 하우스에 갈 때와 둘이서 밥 먹으러 갈 때 정도였다.

아무것도 보지 않아도 듣지 않아도 좋았다. 요컨대 바깥세상 따위는 아무래도 상관없는 일이었다. 이 세상에 둘밖에 존재하지 않는 것 같은 농밀한 어둠 속에 있었으니까. 예전 같으면 신경이 쓰여 어쩔 줄 몰랐던 베트남의 정세도 머나먼 별의 일처럼 느껴졌다.

"나 없는 사이에 나오코는 어떻게 할 거야?"

후카다가 침대 곁으로 와 나오코의 턱을 들어 눈을 들여다
보았다.

"어떻게 할까."

나오코도 안경 너머에 있는 후카다의 눈을 마주보았다. 3주
내내 거의 같이 지냈기에 따로 떨어진다는 게 상상도 되지 않
았다.

"다른 남자랑 논다거나 그럼 안 돼."

후카다는 나오코의 턱을 놓고 작은 부엌에 섰다.

"설마, 겐이치가 더 걱정이야."

나오코는 머리맡에 있는 담배를 집어 불을 붙였다. 이불을
가슴까지 끌어올려 몸을 가린 다음 재떨이를 끌어당겼다. 나오
코는 담배를 피우면서 조심스럽게 유리 포트에 커피를 내리고
있는 후카다의 옆얼굴을 빤히 바라보았다.

"나, 투어 따라가면 안 돼?"

"안 돼. 여자는 출입 금지야."

"왜?"

"일이니까." 후카다가 쓴웃음을 지었다.

"일이면 어때서. 미국인들은 다 부인 데리고 다니면서 투어
한다고 들었어."

"꼭 그런 건 아냐. 일본에 온 연주자들은 매니저는 데리고 와도 혼자였어."

"예를 들면 누구?"

"아트 블래키도 그렇고."

후카다는 그 외에도 몇 사람의 이름을 댔지만 나오코는 금세 흥미를 잃고 천장의 옹이구멍 주위를 바라보았다. 나오코는 일주일이나 되는 긴 시간을 어떻게 보내야 좋을지 알 수 없었다. 갑자기 후카다에게 내쳐진 것 같아 불안했다.

"그럼 집에 가서 부모님이랑 이야기하고 올게. 옷 같은 것도 가져오고."

나오코는 속옷 몇 벌과 양말 몇 켤레만 사놓고 후카다와 집에 있을 때는 대부분 알몸으로 지내고 있었다. 비누로 세수하고 피부에는 아무것도 바르지 않았다. 외출할 때는 아키에게 받은 옷이나 후카다의 큰 청바지를 입고 나갔다. 때로는 후카다의 스웨터를 빌려 입고 나갈 때도 있었다.

립스틱과 미니스커트를 가지고 여성해방운동하는 여자에게 비난받은 게 그리워질 정도로 나오코는 아무것도 지니지 않았고 꾸미지 않았다. 소지품은 자신의 몸뿐. 그래서 나오코는 후카다와의 섹스에 심취해 있는지도 몰랐다.

나오코는 트렁크 팬티와 티셔츠만 입은 후카다의 등을 바라보았다. 근육이 도톰하게 솟아 아름다웠다. 드러머의 몸은 군

살이 없어 권투 선수 같았다.

"그렇게 해. 그게 좋겠다."

후카다가 나오코에게 머그잔을 건넸다. 화상을 입을 것 같이 뜨거운 머그잔을 양손으로 받아든 나오코는 혹시나 하고 물었다.

"나, 같이 살아도 돼?"

만약 싫은 내색을 한다거나 거절한다면 나오코는 그 자리에서 죽어버려도 좋을 만큼 충격을 받을 것 같았다. 후카다의 집에 들어온 지 아직 3주밖에 지나지 않았는데, 나오코는 그 정도로 후카다에게 빠져 있었다.

나오코는 그 사이 오기쿠보의 집에는 두 번 가량 전화를 했다. 경찰에 실종 신고라도 하면 일이 커지니까, 연락은 하는 게 좋겠다는 후카다의 충고를 따른 것이다.

그때 전화를 받은 사람은 엄마였다.

"여보세요?"

나오코가 뭐라고 해야 할지 망설이고 있자 엄마 쪽에서 큰소리로 이름을 불렀다.

"나오코? 나오코니? 너 어떻게 된 거야. 사흘이나 연락이 없고, 다들 얼마나 걱정했는지 알아? 할머니가 경찰서에 가겠다는 걸 겨우 말렸어."

"왜 말렸어?" 하고 나오코는 쓴웃음을 지었다.

"그야, 그렇잖니."

엄마가 우물거린 건 가즈키 일로 사복경찰이 왔었기 때문이리라. 나오코는 사과할 수밖에 없었다.

"미안. 실은 일이 좀 있었어."

"일이라니? 무슨 일 있어?"

이때 엄마의 불안한 목소리를 나오코는 잊을 수가 없었다.

"차비가 다 떨어져서, 친구네 집에 있었어."

"차비 정도로 집에 안 들어오는 건 이상하잖니. 그 사람한테 돈 빌려서 들어와. 다른 사람한테 민폐 끼치고 있는 거 아니야?"

"그런 거 아냐. 곧 들어갈 테니까 걱정 마."

"곧이 아니라 얼른 들어와야지. 아버지 화나셨어."

친구네 집에서 신세를 지고 있다는 소리만 들어도 화를 낼 건실한 아빠의 모습이 눈에 선했다. 점점 더 집에 들어가기 싫어져서 나오코는 건성으로 대답했다.

"응, 알았어. 그럼 또 연락할게."

"너 학교는 가고 있니? 이대로 못 가게 되는 거 아니지?"

나오코가 자퇴할 생각이라고 하면 엄마는 어떤 반응을 보일까. 아빠라면 의절하겠다며 역정을 낼지도 몰랐다. 그래도 상관없지만, 역시나 나오코는 입이 떨어지지 않았다. 그러자 엄마가 날카로운 목소리로 물었다.

"너 누구랑 같이 있니? 남자?"

나오코가 아무 말 않고 있자 엄마가 길게 한숨을 토해냈다. 나오코는 그 한숨이 채 끝나기 전에 전화를 끊어버렸다. 그 순간 나오코는 아키에게 준 오팔 반지가 떠올랐다. 신세를 진 보답으로 오팔 반지를 줬다고 엄마에게 말한다면 엄마는 말은 안 해도 아쉬워할 게 분명했다. 나오코는 자신이 매정하게 느껴졌다.

잠시 생각에 잠겨 있던 후카다가 입을 열었다.

"물론, 같이 살고 싶어. 하지만 나오코는 학생이잖아. 어떻게 할지 확실히 정리하고 와. 그리고 같이 살 거면 나오코도 일해. 뭐든 좋으니까 자기 먹고살 생활비는 벌어와 줘. 나는 두 사람 몫은 낼 수 없어."

"알았어. 그렇게 할게."

후카다가 말하는 정리란 대학을 그만두고 더 이상 기치조지에는 가지 않는 것을 의미했다. 나오코는 일은 아키 씨에게 소개받아 어디 라이브 하우스에라도 들어가면 된다고 생각했다. 자기가 일을 너무 쉽게 생각하고 있는 것 같기는 했으나, 나오코는 그저 후카다가 같이 살아도 좋다고 말해준 게 말도 못하게 기뻤다.

"그럼 일주일 후에 이 집으로 돌아와. 나는 7시에는 돌아올 생각이니까 여기서 만나. 그리고 같이 밥 먹고 자자."

후카다는 나오코에게 이제 막 만든 여벌 열쇠를 건네주었다.

둘이서 아파트를 나왔다. 렌터카회사에 예약한 밴을 찾으러 간다는 후카다와 중간에 헤어지고, 나오코는 가쿠게이다이가쿠 역으로 향했다.

혼자가 되자마자 지독한 추위를 느꼈다. 그와 동시에 나오코는 자신의 후줄근한 차림을 깨닫고 기겁했다. 아키가 준 물 빠진 청바지와 파카는 구제 옷이었고, 그 위로 자기 코트를 입긴 했지만 그것만으로는 추워 나오코는 후카다의 검정 목도리를 두르고 있었다. 가방에 든 것이라곤 차비와 후카다에게서 받은 여벌 열쇠뿐이었다.

나오코는 황급히 뒤로 돌았다. 청바지에 항공점퍼를 입은 후카다가 잰걸음으로 걸어가고 있었다. '돌아봐.' 나오코는 속으로 빌었지만 후카다는 돌아보지 않았다. 담배를 물고 불을 붙이는 뒷모습, 성냥을 도로에 내던지는 손목 스냅이 남달랐다. 재즈 드러머를 꿈꾸는 후카다의 눈에는 나오코 이외에도 다른 것들이 담겨 있을 것이다.

나오코는 왠지 분해서 발을 동동 굴렀다. '돌아봐!' 하고 마음속으로 외쳤다. 하지만 후카다는 그대로 길을 꺾어버렸다.

최근 3주간 있었던 일은 꿈이었는지도 몰랐다. 가방 안에 있는 열쇠가 두 사람을 이어주고 있다고 생각해도, 후카다는 일주일이나 되는 시간 동안 센다이, 소마, 기류 같은 도시를 이동해 연락도 되지 않을 것이다. 나오코는 후카다를 잃어버릴 것만 같은 공포에 휩싸여 그를 쫓아가고 싶은 충동과 싸워야 했다.

오랜만에 본 가게는 구석구석 청소가 되어 있었지만 오래되고 낡은 가게가 용을 쓰고 있는 것 같아 애처로웠다.

늘 가게 앞에 세워져 있는 경트럭이 보이지 않는 걸로 보아 아빠는 배달하러 나간 듯했다. 가게를 지키고 있는 건 외할머니였다. 안면 있는 손님과 대화를 나누고 있는 외할머니는 조금 야윈 듯했다.

나오코는 도로 반대편에서 가게를 바라보고 있다가 눈물이 나올 것만 같았다. 집의 모습과 가족들은 예전 그대로인데 나오코만 어느샌가 돌아올 수 없을 만큼 먼 곳으로 가버린 기분이 들었다. 지금 나오코의 머릿속에는 후카다를 끌어안는 일만이 가득했기 때문이다.

나오코는 뒷문으로 들어가다가 복도에 있던 엄마와 딱 마주쳤다. 하얀 터틀넥 스웨터 위에 회색 카디건, 까만 바지, 겨울이면 으레 하던 차림이었다. 허리에 두른 꽃무늬 앞치마는 처음 보는 것이었다.

"나오코, 그 옷은 어떻게 된 거야?" 엄마는 기가 찬 표정으로 나오코의 모습을 위부터 아래까지 찬찬히 훑어보았다. "처음 보는 옷인데."

"입을 옷이 없어서 다른 사람한테 빌렸어."

목에 두른 후카다의 목도리를 풀 때 후카다의 체취가 나 나오코는 가슴이 아려왔다. 지금 당장 만나고 싶었다. 나오코는 목도리를 가지런히 접어 가슴에 안았다.

"입을 옷이 없다니, 대체 어떻게 지낸 거야. 너 지금 차림새는 아주 룸펜부랑자를 뜻하는 독일어이 따로 없구나."

엄마의 목소리가 점점 날카로워지는 것이 나오코는 신경에 거슬렸다.

"룸펜이라니 그런 차별적인 단어를……" 하고 쓴웃음을 지었다. "말했잖아. 친구네 있었다고."

"너 어디 섹트에 들어가 있니?"

나오코는 엄마의 입에서 섹트라는 단어가 나올 줄은 몰랐다. 그러나 놀란 마음은 금세 비웃음으로 바뀌었다.

"아니야. 다 아는 것처럼 말하네."

엄마가 상처받은 듯 얼굴을 찡그리는 것을 보고 나오코는 말이 심했다는 생각이 들었지만 뱉은 말을 주워 담을 수는 없었다.

"나오코가 무사히 돌아와서 다행이라 그래. 네 엄마, 지금 기쁜 거야. 그런 말 하면 못 써." 엄마의 뒤에 외할머니가 서 있었다. 외할머니의 눈에는 눈물이 그렁그렁했다. "나오코, 네가 3주나 들어오지 않아서 다들 걱정했단다."

"말했잖아. 다른 사람 집에 있다고. 몇 번을 말해야 아는 거야. 엄만 너무 집요해."

나오코는 고함을 치고 자기 방으로 가려고 몸을 홱 돌려 계단에 발을 디뎠다. 그때 엄마가 뒤에서 파카 후드를 잡아채는 바람에 나오코의 몸이 뒤로 젖혀졌다.

"집요하다니, 뭘 잘했다고 큰소리야, 큰소리가. 부모한테 돈 받아 대학 다니는 주제에 연락도 안 하고, 대체 어쩔 셈이야."

후드를 잡아끈 힘에 놀라 나오코는 순간 말문이 막혔다.

"대학 같은 건 그만둘 거야."

"그만두고 어떻게 할 건데?"

"일하지."

갑자기 후드를 잡고 있던 손이 풀려 이번에는 앞으로 꼬꾸라질 뻔했다.

"그럼 그렇게 해라. 올해로 대학은 그만두고 내년부터 일한다는 거지. 분명히 들었다. 네 결심이 확고하다면 말리지 않을 테니 알아서 해."

엄마가 후련하다는 듯 말했다. 외할머니는 조금 떨어진 곳에서 아직도 눈물을 글썽이고 있었다. 가게 비우면 안 되는 거 아닌가 하고 나오코는 상관없는 일이 마음에 걸렸다.

"그럴게. 그리고 이 집, 나갈 거야" 하고 나오코가 선언했다.

"어디로 갈 건데?"

'겐이치네 집에 갈 거야. 내가 갈 곳은 그곳밖에 없어. 거기서 겐이치랑 부둥켜안고 살 거야.'

입 밖으로 내뱉지는 않았지만 나오코는 속으로 굳게 다짐했다.

"남자랑 있는 거구나. 누구랑 어디 있는 거야?"

나오코의 속마음이 들리기라도 한 듯 엄마가 날카롭게 물었다.

"동거시대라잖아. 요즘 유행이라지."

계단 위에서 남자 목소리가 들려 나오코는 무심결에 고개를 들었다. 아빠는 아니니까, 가즈키인가?

"나오코, 너무 소란 피우지 마. 어머니 힘드시니까. 가엾지도 않니?"

큰오빠인 요시키가 계단 위에서 말했다. 학창시절에 자주 입었던 케이블 스티치 무늬가 들어간 베이지색 벌키스웨터에 청바지를 입고 있었다.

"오빠. 도대체 어떻게 된 거야?"

나오코가 놀라서 아래층에 엄마와 외할머니를 둔 채 계단을 뛰어 올라갔다.

큰오빠인 요시키는 올해 스물여섯 살이었다. 공업대학을 나와 오사카에 있는 전자제품 제조회사에 다니고 있었다. 연말 연휴는 아직 열흘 가까이 남아 있으니 연휴 동안 집에 온 거라고 하기에는 일렀다. 평일 낮에 평상복을 입고 집에 있는 것도 이상했다.

"잠깐 와 봐."

요시키의 손짓에 나오코는 계단 중간에서 아래층을 돌아보았다. 나오코의 눈에 걱정스레 올려다보고 있는 엄마와 외할머니의 모습이 들어왔다. 위에서 보니 그제야 엄마의 여윈 모습이 보였다. 불길한 예감이 들었다.

큰오빠의 방은 북쪽 구석에 있는 두 평 남짓한 방이었다. 집을 나간 지 8년이나 지나서 지금은 창고가 되어 있었다. 북향의 썰렁한 방에는 연말 선물 포장지와 귤 상자 따위가 어수선하게 쌓여 있었다.

"추워, 이 방."

"참아."

요시키가 언짢은 기색을 보여 나오코는 입을 다물었다.

"오빠, 대체 왜 그래? 무슨 일이 있었던 거야? 다들 아무 말도 안 하니까 모르잖아."

"말하려고 해도 네가 연락이 안 됐잖아."

"가즈키 오빠한테 무슨 일 있었어?"

자신이 후카다와 부둥켜안고 있을 때 가즈키가 죽어버린 걸까. 나오코는 대답을 듣기가 두려웠다.

"한 달 전에 친구네 아파트에서 자고 있는 걸 누가 두들겨 패서 많이 다쳤어. 한 명은 어떻게든 도망쳤는데, 가즈키랑 또 한 명은 미처 못 피했고. 가즈키는 오른팔은 단순골절에 왼쪽 다리는 분쇄골절인데, 뇌 타박상에 오른쪽 눈은 실명이래. 상황이 심각했나 보더라고. 쇠파이프로 머리를 마구 내려치고 오른쪽 눈까지 찔렀다나 봐."

요시키가 아무런 감정도 섞지 않고 말하는 걸 듣고 나오코는 구역질이 났다.

"나머지 한 사람은?"

"그놈도 중상인 것 같은데 자세히는 몰라."

"한 달 전이면 나도 여기 있었는데 몰랐어. 형사가 왔을 때야?"

"그 뒤였나 봐. 같은 형사가 와서 알려줬다네."

"왜 나한테는 안 알려준 걸까."

"아직 살아 있다는 걸 알면 병원에 찾아올지도 모르니까, 경찰이 함구령을 내렸나 보더라고."

그러고 보니 부모님이 나오코더러 가게를 봐달라고 했던 적이 있었다. 부모님은 조용히 어딘가로 외출했고 나오코의 물음에는 대답해주지 않았다. 그게 병원에 간 날이었으리라. 자신은 그런 것도 모르고 신주쿠에 있었던 것이다.

"그래서 가즈키 오빠는 괜찮은 거야?"

대답을 듣기 전부터, 불길한 예감의 정체가 이것이었다는 확신이 들어 나오코는 온몸이 떨리는 걸 막을 수 없었다.

"위험하대."

요시키는 대답하고 머리를 양손으로 감쌌다.

"그래서 나도 불려온 거야. 연락할 길이 없던 네가 돌아온 것도 어떤 예감이 작용했는지도 모르지. 그러니까 어머니나 아버지하고 싸우지 마. 어머니가 말은 저리 하셨지만 속으로는 한시름 놓은 거야. 너도 하고 싶은 게 있을 수도 있겠지만, 이 일주일은 얌전히 있어."

"알았어."

"아버지는 지금 병원에 가셨어. 어머니도 이제 가신다니까 나도 따라가려고. 너도 갈래?"

끄덕이고 나니 갑자기 생각도 동작도 감정도 둔해진 느낌이 들었다. 나오코는 자기 방에 들어가 싸늘해진 침대에 엎드려 누웠다.

침대에서는 자기 냄새만 날 뿐 후카다의 체취는 나지 않았다. 혼자라고 생각하니 눈물이 흘러내려 멈출 수가 없었다. 어째서 우리들은 이런 시대에 태어나버린 걸까. 서로 미워하고 상처주고 죽이는 시대에.

그럼에도 나오코는 후카다가 보고 싶어 참을 수 없었다. 이런 때 자신의 욕망밖에 생각하지 못하는 스스로가 싫었다. 나오코는 후카다의 목도리에 얼굴을 묻었다.

문 두드리는 소리가 났다. 문 밖에서 요시키가 말했다.

"나오코, 아버지 오셨어. 조금 있다가 다시 나가신다네. 다 같이 문 닫고 나가기로 했으니까 준비해."

나오코는 벌떡 일어나 서둘러 아키에게 받은 옷을 벗어던졌다. 서랍장을 열어 자기 속옷을 걸치고 자기 옷을 입었다. 방을 나가 세수를 하고 로션을 발랐다. 입술 보호제를 바르고 머리를 빗자 일상으로 돌아간 느낌이 들었다.

라디오에서 흘러나오는 〈어 홀스 위드 노 네임〉을 듣고 "오늘은 운이 좋다"고 말한 후카다의 목소리를 떠올리자, 왠지 가즈키가 괜찮을 것 같았다.

아래층으로 내려가자 지친 표정의 아빠가 나오코를 보고 다정하게 웃었다.

"나오코구나. 어떻게 지낸 거야."

"아빠, 미안해."

나오코는 자신이 왜 사과하고 있는지 몰랐다. 아니, 실은 알고 있었다. 자신은 마음속에서 몇 번이고 부모님과 형제를 저버렸기 때문이었다.

2

가즈키가 입원해 있는 병원은 나카노 역에서 걸어서 10분 가량 걸리는 곳에 있었다. 2차 대전 전부터 있던 이 오래된 종합병원은 전후에 다시 세워졌다는 얘기를 들은 적은 있었지만, 들어가 보는 것은 처음이었다.

가즈키는 부모님과 경찰 말고는 아무도 모른 채, 쥐 죽은 듯이 한 달 넘게 입원해 있었다. 그런 병원이 집에서 가까운 곳에 있었다는 사실이 나오코에게는 뜻밖이었고 무언가 불쌍하게 느껴졌다.

"아니, 가즈키가 이렇게 가까이 있었단 말이에요? 저는 좀 더 먼 병원인가 했어요."

큰오빠인 요시키도 놀란 모양이었다. 아빠에게 말하는 요시키의 목소리가 두 사람 바로 뒤에서 걸어가고 있는 나오코에게도 들렸다.

오사카에 있는 회사에 다니면서 명절에만 집을 찾았던 요시키는 어느샌가 아빠에게 존댓말을 하고 있었다.

나오코가 아직 초등학교 저학년이었던 시절에는 가즈키까지 셋이서 카드놀이도 하고 다이아몬드 게임도 하고 밖에서도 집에서도 늘 함께 놀곤 했었다.

하지만 존댓말을 쓰는 요시키를 보고 있자니 나오코는 큰오빠가 멀리 떨어진 곳으로 갔다는 게 실감이 났다.

"그래. 습격당한 아파트가 사기노미야에 있었거든. 제일 가까운 병원이라고 구급차가 여기로 데려다준 모양이야."

"사기노미야? 거기가 가즈키네 섹트 아지트였어요?"

"아니, 형사님 얘기로는 그런 것도 아닌 모양이야." 아빠가 찬찬히 설명했다. "집주인은 학생운동이랑은 상관없는 친구인데 우연히 신주쿠인가 어딘가에서 만나서 가즈키 일행한테 같이 술이나 한잔하자고 했나 봐. 다만 그 친구네 집은 와세다대 학생이 많이 사는 싸구려 아파트라 원래부터 주카쿠파가 출입을 감시하고 있었나 보더구나. 그러다 얼굴이 들켜서 당한 게 아닌가 하고 추측하는 상황이야."

"세이부신주쿠 선 주변은 와세다대 학생이 많으니까요."

요시키의 엉뚱한 맞장구에 "그래, 그렇지" 하고 아빠가 건성으로 대답했다.

"그 학생운동이랑 상관없다는 사람은 안 당했어요?"

"그게, 가즈키가 '걔는 다르다, 상관없는 애니까 그만해'라고 외친 덕분에 살았다고 하는구나."

"어차피 또 보복이었겠지. 그 일로 또 가쿠마루가 보복하고. 보복에 보복이라니 최악이야."

요시키가 지긋지긋하다는 표정으로 중얼거렸다.

"가즈키는 의외로 조심성이 있어서 그렇게 주목받는 집에는 가까이 가지도 묵지도 않았던 모양인데."

아빠가 혼잣말처럼 말했다.

"그럼 그 녀석은 보통 어디에 있었던 거예요?"

"보통은 아르바이트하면서 산야 근처의 쪽방촌에서 지냈었나 봐. 그런데 하필 그날 그 아파트에서 자고 가기로 한 건 다른 한 명이 만취해서 돌아갈 수가 없어서였대. 지하철도 끊기고, 어떻게 하나 고민하고 있던 찰나에 쇠파이프를 든 무리가 몰려들었나 봐."

가즈키가 너무 운이 없었다는 생각이 들어 나오코는 가슴이 미어졌다. 가즈키는 늘 조심스럽고 소극적으로 행동했었다.

요시키는 늘 으스대면서 내가 장남이오 하는 얼굴이었던 반면에 가즈키는 여리고 누구에게나 다정했다.

"재수 없는 놈은 뒤로 자빠져도 코가 깨진다더니. 그 녀석, 어릴 때부터 요령도 없고 맨날 뽑기도 꽝 같은 것만 뽑았어."

요시키가 한숨을 쉬면서 말했다.

"그런 말 말아라. 부모 입장에서는 다른 집 자식을 다치게 하는 것보다 백배는 맘이 편하니까."

엄마에게 들리지 않도록 아빠가 작은 소리로 요시키에게 말하는 게 귀에 들어왔다.

'만약 가즈키가 죽어도 아빠는 그렇게 생각할까.'

"너무 위선적인 거 아냐?"

무심결에 튀어나온 말이었다. 나오코는 곧바로 후회가 밀려 들어 주워 담고 싶었지만 이미 늦었다.

아빠는 언짢은 듯 고개를 숙였지만 나오코에게 뭐라고 하지는 않았다. 가족 모두 가즈키의 위기에 충격을 받은 것이다.

잠자코 병원을 올려다보고 있는 요시키를 따라 나오코도 눈을 들었다.

철근 콘크리트로 만들어진 병원 외벽은 비바람에 깎이고 거무스름하게 얼룩져서 보기만 해도 음울했다.

"가즈키가 그런 아파트에서 자지 말고 집에 왔으면 좋았을걸. 사기노미야면 걸어서도 올 수 있는 거린데. 집에 있는 게 더 안전했을 텐데 왜 오지 않았을까. 그렇지 않아?"

나오코의 옆을 걷고 있던 외할머니가 아빠에게 말을 걸었지만 아빠는 아무 말이 없었다.

엄마는 혼자 선두에서 저벅저벅 걸어 병원으로 들어갔다. 그 굳은 표정에는 일종의 결의가 깃들어 있는 듯했다.

나오코는 무기력함과 현실을 직시하고 싶지 않은 마음에 맨뒤에서 느릿느릿하게 걷고 있었다.

오늘 *가즈키가 죽어버리면 일주일 후에 만나기로 한 후카다*

와의 약속을 지키지 못하게 된다.

내일 죽어도 그렇고.

내일모레 죽어도 그렇고.

일주일 후에 죽어도 그렇다.

바로 움직일 수 없다는 상황 자체는 변함이 없다.

나오코는 제일 사이좋은 오빠가 죽는다는 건 너무도 슬프지만 후카다와의 약속을 어기는 것도 못 견디게 슬펐다.

그렇게 생각하자 나오코는 오빠의 죽음과 연인을 만나지 못하는 것을 동등하게 여기고 있는 자신이 지독히도 매몰차고 염치없게 느껴졌다.

병원은 내부도 어둡고 낡았다. 왁스를 바른 나무 복도를 걸으니 바닥이 삐걱삐걱 울렸다.

복도에는 하얀 커튼이 달린 창문이 줄지어 있어 병실은 마치 초등학교 교실 같았다.

"병원이 이렇게 낡았다니까. 가즈키가 불쌍해 죽겠어. 역시 병원을 옮기는 게 낫지 않았을까."

엄마가 아빠에게 불만을 털어놓았다. 하지만 아빠는 아무 말이 없었다.

"여보, 그렇게 생각하죠?"

엄마가 다그치자 겨우 대답했다.

"응, 그러네. 가즈키가 고비를 넘기면 생각해보자고."

"무슨 소리예요. 당연히 넘기겠죠."

엄마가 화난 듯 팩 쏘아붙였다. 외할머니가 엄마를 위로하듯
등을 어루만졌다.

평소에는 감정을 잘 드러내지 않는 엄마가 사람들 앞에서
화내고 우는 모습을 드러내자 모두 고개를 돌렸다.

복도 끄트머리에 간호사로 북적이는 방이 있었다. 병실은 침
침한데 그 방만 밝고 활기가 넘치고 있었다.

가즈키는 중태라 그 옆의 집중치료실에 있다고 했다.

앞장 선 엄마를 따라 아빠, 오빠, 외할머니, 나오코 순으로
병실에 들어갔다. 집중치료실이란 이름이 무색하게 1.5평가량
되는 좁은 방 정중앙에는 침대만 덩그러니 놓여 있었다. 나오
코는 빈약한 시설에 먼저 충격을 받았다.

가즈키는 머리와 오른쪽 눈을 붕대로 감고 있었다. 턱도 부
러졌는지 깁스 같은 것으로 고정되어 있어 얼굴은 거의 가려
져 있었다. 왼쪽 눈 아래는 누르퉁퉁하게 멍이 들어 있고, 오른
뺨에는 찰과상이 있었다. 왼손에도 붕대가 감겨 있었다. 나오
코는 말문이 막혀 오빠의 모습을 똑바로 쳐다볼 수 없었다.

"오른손은 내려치는 쇠파이프를 피하려다 손가락 사이의 막
이 찢어졌다는구나. 그때 오른손 약지가 부러졌고."

아빠가 오른손의 붕대를 가리켰다.

"아이고, 가여운 것. 성한 데가 없구나. 얼마나 아팠을꼬."

외할머니가 눈시울을 적셨지만 엄마는 가즈키의 입가에 귀를 갖다 대고 있었다.

"괜찮아요, 아직 자가호흡하고 있어요."

자신감이 가득한 엄마의 말투에 다들 안심이 되는 것 같았다.

"호흡기능이 떨어져서 기관삽입 한다고 그랬는데."

아빠가 무사한 가즈키의 왼손을 부여잡았다. 엄마의 말에 한시름 놓은 모양이었다.

"의외로 건강해 보여서 안심이네."

요시키가 허세를 부리며 말했다.

"어이, 가즈키. 정신 차려. 다 같이 왔어. 네 형도 있고. 할머니도 오시고. 나오코도 있다고. 어이, 가즈키. 눈 좀 떠 봐."

아빠가 말을 붙였지만 가즈키는 다치지 않은 왼쪽 눈을 꾹 감은 채 미동도 하지 않았다.

"몸이 이 지경이 되다니, 가여워라."

외할머니는 "가여운 것, 가여운 것"을 되뇌면서 가즈키의 왼 다리를 계속해서 가볍게 쓸어내리고 있었다. 나오코도 슬쩍 손을 내밀었지만 부러진 다리였는지 깁스의 딱딱한 감촉만 손에 남았다.

"오빠, 가즈키 오빠, 일어나."

나오코가 가즈키의 귓가로 다가가 큰 소리로 이름을 불렀다. 그러나 가즈키는 반응하지 않았다.

의사가 병실로 불려왔다. 의사는 병실이 사람들로 북적여 놀란 듯, 눈을 크게 떴다가 이내 침통한 표정을 지었다. 아직 30대 초반인 듯 젊어 보였다.

요시키는 의사가 젊어서 신뢰할 수 없다는 표정을 노골적으로 드러냈다. 의사에게도 그게 전해졌는지 불쾌해 보였다.

"안녕하세요, 실은 말이죠……"

의사가 바로 본론으로 들어갈 기미를 보이자 엄마가 만류했다.

"선생님, 환자 앞에서는 좀."

의사가 당황하며 복도에서 보자는 동작을 취했다. 부모님과 요시키가 복도로 나갔다.

소곤거리는 대화소리가 들렸지만 나오코는 귀를 틀어막고 싶은 심정이었다.

"나오코, 가즈키가 일어나겠지? 할미는 믿어."

같이 남은 외할머니가 가즈키의 뺨을 살짝 어루만지면서 말했다.

"응, 꼭 일어날 거야."

나오코도 가즈키의 뺨에 손을 댔다. 다보록하게 자란 수염에 손가락이 따끔했다.

나오코는 불현듯 후카다가 떠올라 눈물이 날 것만 같았다. 보고 싶었다. 지금 당장 보고 싶었다. 만날 수 없다면 목소리만 이라도 듣고 싶었다.

나오코는 병실에 있는 게 답답하고 괴로워서 이곳에서 탈출 하고 싶었다.

"귀는 들리기도 한다니 말을 걸면 좋다더라. 듣고 있다면 좋 겠구나." 외할머니가 누구에게랄 것도 없이 말했다. "많이 아프 지. 이렇게 붕대를 둘둘 감고는. 서로 주장하는 게 다른지 뭔지 는 모르겠지만 이런 험한 꼴을 당하게 할 것까지야. 술 취해서 자고 있는데 와서 쇠파이프로 내려치다니 사내들이 할 짓이 아니야."

"그러게" 하고 나오코가 맞장구를 쳤다. "근데 할머니. 가즈 키 오빠가 있던 섹트도 다른 사람을 이런 식으로 만들 거야. 가 즈키 오빠가 직접 하는지 아닌지는 모르지만."

"가즈키는 그런 짓을 할 애가 아니다" 하고 외할머니는 단호 하게 말했다. "가즈키가 얼마나 착한 아이였는데. 초등학교 때 는 자기가 가업을 이어받겠다는 말까지 해줬어."

"그거 나도 기억 나."

나오코는 그때 일이 떠올라 미소지었다.

가즈키는 초등학생 때 글짓기 시간에 나중에 가업을 이어받겠다고 써서 그 당시 살아계셨던 외할아버지를 기쁘게 해드렸다.

"가즈키는 센스가 있어. 어른들이 뭘 좋아하는지 안다니까."

작은오빠는 어린 시절부터 서비스 정신이 투철했다. 엄마나 외할머니, 외할아버지의 마음을 사로잡는 데 일가견이 있어서 나오코 형제 중에서 제일 사랑받았다. 그랬던 가즈키가 제일 먼저 죽으려고 하고 있었다.

"요즘은 세상이 어떻게 돌아가는지 모르겠구나. 연합적군도 임신한 여자를 린치해서 죽이다니 머리가 어떻게 된 거야. 교육이 잘못돼도 한참 잘못됐어. 가즈키도 와세다대에 들어갔다고 좋아했는데 이런 일이 벌어지다니. 학교를 잘못 고른 게 아닌가 몰라."

외할머니의 혼잣말이 멈출 줄을 몰랐다.

"할머니, 어느 대학에 들어갔든 마찬가지야. 시절이 시절이니까."

나오코는 가즈키의 부러지지 않은 오른손을 부여잡았다. 따뜻해서 피가 통하고 있다는 실감이 났다. 손을 꽉 쥐고, 나오코는 소리를 높여 말을 걸었다.

"오빠, 그 햄 덩어리는 어떻게 했어? 그게 마지막 대화라니 나는 절대로 인정 못 해. 죽지 마. 죽으면 나 오빠 미워할 거야. 꼭 살아야 해."

희미하게 손가락에 힘이 들어간 듯한 느낌이 들었다.

"할머니, 지금 오빠가 내 손을 잡은 것 같아."

외할머니가 안색을 바꿔 가즈키의 오른손을 붙잡았다.

"가즈키, 할미다. 목소리 들리면 손 한 번 잡아보렴."

외할머니가 몇 번이나 귓가에 대고 말을 걸었지만, 반응이 없는 듯했다. 하지만 조금 전 분명 가즈키는 나오코의 손을 되잡았다.

나오코는 다시 한 번 손을 잡았다.

"가즈키 오빠, 나 나오코야. 다시 한 번 잡아봐. 안 그럼 오빠, 기관삽입 한대. 말도 못 하게 된다고. 그러니까 힘내서 해봐."

나오코는 다시 어렴풋한 힘을 느꼈다. 아주 희미하지만 의지가 느껴졌다.

"확실해. 오빠가 듣고 있는 거야."

나오코는 외할머니와 손을 맞잡으며 기뻐했다.

병실 문이 열리고 부모님과 요시키가 돌아왔다.

"저 의사, 가즈키가 들리지 않는다고 생각하고 가즈키 앞에서 그런 소릴 하려고 했던 거야. 용서 못 해."

엄마는 화를 냈지만 아빠는 아무 말 없이 팔짱을 끼고 눈을 감고 있었다.

"뭐래?"

나오코의 물음에 요시키가 가볍게 고개를 저었다. 희망이 없다는 걸까.

"얘들아, 지금 나오코가 손을 잡았더니, 가즈키도 손에 힘이 들어갔대."

외할머니의 말에 엄마가 그대로 침대 옆에서 울기 시작했다. 아빠가 침통한 표정으로 입을 다물고 있자, 나오코는 엄마에게 말했다.

"엄마, 진짜야. 오빠가 내 손을 잡았어. 그것도 두 번이나."

"단순한 반사 신경일 거야." 요시키가 끼어들더니 가즈키의 머리맡에 섰다. "가즈키, 너, 어머니 마음을 이렇게 아프게 하고. 정말 못 말리는 녀석이다. 바보같이."

엄마의 오열이 격해졌다. 아마도 의사에게 믿을 수 없는 소리를 들었으리라.

"얘들아. 진짜 잡았다고 하잖니. 나오코한테는 반응하는 거야."

외할머니의 말이 공허했다.

"이제 됐어, 할머니."

나오코는 손바닥에 남은 가즈키의 힘을 떠올리면서 병실을 나와 복도에 놓여 있는 갈색 비닐의자에 걸터앉았다. 그리고 바삐 오가는 간호사와 의사, 링거대를 스스로 끌고 걸어가는 환자들을 멍하니 바라보았다.

복도에 꼼짝 않고 있자, 나오코는 약품과 왁스 냄새가 몸에 스며들 것 같았다. 병원에서 한시라도 빨리 밖으로 나가 차가운 공기를 마시고 싶었다. 하지만 설사 바깥에 나갔다 해도, 나오코의 마음은 병원에 갇혀 있을 것이다.

후카다와 보낸 농밀한 시간은 환영이었던 걸까. 그 아파트의 한 공간에서 보낸 일은 꿈이었나. 지금 작은오빠가 죽어가고 있는데 자신은 후카다만 생각하고 있었다. 나오코는 그런 자신이 죄스러워 너무나 부끄러웠다.

"나오코, 가자."

병실에서 아빠와 요시키, 외할머니가 나와 손짓했다.

"엄마는?"

"오늘은 남을 건가 봐. 만약 상태가 안 좋으면 밤에는 나도 오려고. 그렇게 되면 나오코는 가게 좀 도와주지 않을래?"

"그럴게."

외할머니는 맥이 탁 풀려 한층 작아진 것처럼 보였다.

집에 돌아온 후 아빠와 외할머니가 가게를 열었다. 폐점까지 몇 시간밖에 남지 않았지만 종일 문을 닫고 있으면 이웃들이 무슨 일이 있나 걱정할 것이다.

거실에서 앞치마를 두르고 있는 아빠에게 나오코가 단도직입적으로 물어보았다.

"아빠, 가즈키 오빠, 죽는대?"

"아니"

아빠는 그 말만 남기고 입을 다물었다. 그러고는 아무 말 없이 가게로 통하는 미닫이문을 열고 가게로 내려가버렸다.

"자가호흡 기능이 떨어지고 있어서 이대로라면 위험한가 봐."

2층에서 내려온 요시키가 대신 대답했다.

"전에는 기관삽입 한다던가 그랬잖아."

"응, 인공호흡기를 다는 선택지가 있어. 그렇게 하면 살아는 있는데, 식물인간 상태가 된다네. 그러니까 산송장이지. 살아는 있지만, 이제 의식은 영원히 돌아오지 못해."

요시키가 테이블 위에 놓여 있던 조간을 펼치면서 말했다.

"어머니는 그래도 좋으니까 생명이 붙어 있는 쪽이 좋다고 하고, 아버지는 운명에 맡기는 게 좋다고 하고. 아버지 의견대로 결정하면 가즈키는 그렇게 오래 못 버틴대."

"그런 건 싫어." 나오코는 저도 모르게 소리를 질렀다. "가즈키 오빠가 죽는 건 싫다고."

"저기, 나오코. 어느 쪽을 택하든, 죽는다는 거에는 변함이 없어. 육신의 죽음이냐, 정신의 죽음이냐지."

"둘 다 싫어."

"뭐야, 어린애같이. 좋아할 사람이 누가 있어. 그러니까 다들 괴로워하고 있잖아."

요시키가 부스럭거리며 마구잡이로 신문을 접었다. 나오코도 일어나서 2층으로 뛰어 올라갔다.

나오코는 후카다의 목소리가 너무나도 듣고 싶었다. 히데시마 고스케 트리오가 연주할 예정인 라이브 하우스에 전화하면 후카다와 연결되지 않을까 하는 생각이 들었다.

나오코는 트리오의 예정이 알고 싶어 아키에게 전화를 걸기로 했다. 번호가 적힌 메모를 들고 1층 복도 구석에 있는 전화 앞에 섰다. 몇 번이나 신호음이 갔지만 아키는 집에 없는 듯했다.

희망이 하나 사라졌다는 생각이 들었지만 나오코는 오히려 무슨 수를 써서라도 이야기하고 싶다는 생각을 참을 수가 없었다. 후카다에게 일정을 제대로 물어봤으면 좋았을 것이라고 나오코는 후회했다. 그때는 일주일 후에 반드시 만날 수 있을 거라 믿고 있었기에 묻지 않았던 것이다.

나오코는 저녁식사 준비를 하는 외할머니를 곁눈으로 보고 가게로 내려갔다. 어두침침한 가게에서 산토리 가쿠빈 한 병을 스웨터 안에 넣었다.

이즈미네 집에 가서 재즈잡지를 보여 달라고 해야겠다고 생각했다. 히데시마 트리오의 정보를 얻는 김에 빌린 돈 만 엔을 갚을 생각이었다. 나오코는 위스키를 가방에 찔러 넣고 뒷문으로 슬쩍 나가 코트 단추를 잠그고 목도리를 둘러맸다. 낮에 병원에 갈 때는 따뜻했는데 해가 지니 급격히 싸늘해졌다.

난데없이 눈앞에 사람 그림자가 나타났다.

"어디 나가니?"

엄마였다. 생각보다 빨리 돌아와 놀랐다.

"응, 이즈미한테 빌린 돈 갚으러 가려고."

"얼마를 빌렸는데?"

걱정하는 목소리였다.

"5천 엔 정도"라고 나오코는 거짓말을 했다.

더군다나 빌려준 사람은 이즈미가 아니라 구와하라였다.

"그럼 빨리 돌려주고 와. 늦지 않을 거지?"

엄마의 눈에 내버려두면 또 가출하는 게 아닌가 하는 의심의 기운이 서려 있었다.

"걱정 마. 꼭 들어올 거야. 가즈키 오빠가 저러고 있는데."

"가즈키 말인데, 오늘내일할 상태는 아닌가 봐. 그래서 조금 안심하고 왔어."

어쩐지 엄마의 표정이 낮보다 누그러진 것 같았다.

"엄마, 오빠한테 인공호흡기 달 거야?"

"때가 되면 그래야지." 엄마는 어찌해야 할 바를 모르겠다는 듯 눈빛이 흔들렸다. "나는 어떤 모습이든 좋으니까 살아 있으면 좋겠어. 내 새끼인 걸."

나오코는 가만히 있었다. 자신의 오빠이자 엄마와 아빠의 자식이고, 요시키의 남동생이자 외할머니의 손자이며, 누군가의 남자 친구이고 누군가의 벗이자 누군가의 적인 가즈키가 곧 세상을 떠나려고 하고 있었다.

그 사실 앞에서 후카다를 만나고 싶어 하던 자신의 욕망이, 아니 자기 자신이 하찮게 느껴졌다. 나오코가 집에 도착한 순간부터 고민하고 있던 건 그 일이었다.

"그럼 호흡기 달겠네?"

"언젠가는" 하고 엄마는 스스로를 북돋우듯 단호히 말했다. "하지만 뇌는 아직 풀리지 않은 부분이 많은 분야니까 어떤 기적이 일어날지도 모른다고 그랬어. 엄마는 그래서 희망을 가졌어. 가즈키에게는 살아날 힘이 있을 거야."

"오늘 오빠한테 말을 걸었더니, 오빠가 이렇게 내 손을 다시 잡았어."

나오코는 엄마의 손을 잡아 똑같이 해보였다.

"요시키 오빠는 그냥 반사 신경일 거라고 그러는데, 가즈키 오빠한테 의식이 있는 건지도 몰라. 단지 움직이지 못하는 것뿐이고."

그렇게 말한 순간 엄마의 눈에서 눈물이 왈칵 쏟아져서 나오코는 얼굴을 돌렸다. 돌리지 않으면 자신도 울음이 터질 것 같았기 때문이었다.

"갔다 올게."

나오코는 가즈키가 이 지경일 때 대학을 관두고 후카다라는 드러머와 같이 살겠다는 말 따위를 엄마에게는 도저히 할 수 없겠다는 생각이 들었다.

마침 미타카다이행 버스가 도착해서 나오코는 바로 올라탔다.

역에서 내려 이즈미의 아파트를 향해 걸었다. 중간에 공중전화에서 전화를 거니 다행히 이즈미가 집에 있다기에 나오코는 안도했다.

현관문을 노크하자 이즈미가 웃으면서 문을 열었다. 청바지에 딱 달라붙는 빨간 스웨터를 입고 있었다. 풍만한 가슴이 강조되어 같은 여자인 나오코가 보기에도 눈부셨다.

"오랜만이다. 들어와."

나오코는 부츠를 벗고 이즈미의 작은 집을 둘러보았다. 침대와 고타쓰테이블 아래에 다는 난방기구, 소꿉장난 같은 싱크대와 냉장고, 식기장.

'여기에 구와하라가 와서 묵는 걸까.'

그런 상상을 하자 나오코의 눈에는 모든 것이 갑자기 요염하게 보였다.

후카다와 농밀한 시간을 보내기 전의 나오코였다면, 구와하라처럼 나이 차이가 나는 유부남과 관계를 가진 이즈미에게 혐오감을 가졌을지도 몰랐다. 후카다를 만나기 전에는 자기 자신이 머리도 마음도 융통성이라고는 찾아볼 수 없는 애송이였다는 생각이 들었다.

"뭐 보고 있어?"

이즈미가 등을 쿡 찔렀다.

"아냐, 아무것도 아냐."

"뭐 상상하고 있는 거지?"

"아니야" 하고 나오코는 싱글거렸다. "이거 전에 빌렸던 거. 고마워. 덕분에 살았어."

나오코가 만 엔을 넣은 봉투를 공손하게 내밀었다. 그러고서 가방에 몰래 담아온 가쿠빈을 꺼냈다.

"이건 이자."

"술 파는 가겟집 따님이랑 친구하니까 좋은데?"

이즈미가 웃으며 가쿠빈을 받아들고 냉장고 위에 소중히 올려놓았다.

"이렇게 하니까 가미다나_{집에 두는 신단} 같다."

"사장님한테 돈 빌려줘서 고마웠다고 전해줘."

"직접 말하지 그래? 이따 같이 'CHET'에 가자."

이즈미가 만 엔이 든 봉투를 다시 돌려주었다.

"그래, 근데 소네는 어떻게 됐어?"

"잘렸어" 하고 이즈미가 웃었다. "걔 기분 나쁘다고, 구와하라 씨한테 고자질했거든. 그랬더니 자기도 그렇게 생각했다면서 해고해줬어."

"좋네. 사장님이랑 친하니까."

나오코의 농담에 이즈미가 얼굴을 찌푸렸다.

"할 얘기 있는 거지?"

이즈미가 문득 생각난 듯 손목시계를 보았다.

"응, 너희 집에 재즈잡지 있지? 있으면 라이브 정보 좀 보고 싶어서."

"없어. 비싸서 안 사. 읽고 싶은 기사가 있으면 사장님네서 읽어."

그렇다면 'CHET'에 갈 수밖에 없겠구나 생각하고 있는데, 이즈미가 무슨 사정인가 궁금해하는 눈빛으로 나오코의 얼굴을 보고 있었다. 그래서 나오코는 솔직하게 대답했다.

"히데시마 트리오의 연주 일정을 알고 싶어. 서점도 문을 닫았고, 'CHET'에 가면 알 수 있겠지?"

"그럴 거 같아. 근데 왜?"

"나 히데시마 트리오 로디 일을 하고 있는 남자랑 사귀고 있거든. 그 사람은 드러머 지망생이고 아직은 로디지만 재능 있다고 아키 씨가 그랬어."

결국 털어놓고 말았다. 이즈미의 얼굴이 반짝였다.

"웬일이니. 나오코가 아키의 라이브에 있어서 놀랐는데, 그런 관계에 빠져 있는 줄은 몰랐네."

나오코는 이즈미의 표현에 웃었다.

"그래, 푹 빠졌어. 난 이제 학교 애들한테는 질렸거든. 여러 남자들하고 사귀었지만 하나같이 지독한 말만 하잖아."

나오코는 공중변소라는 말을 들은 굴욕이 떠올랐지만 금세 사라졌다. 자신은 공중변소 따위가 아니었다. 후카다를 좋아하는 지금은 다른 사람과 자고 싶지 않았다. 키스도 하고 싶지 않았다. 얘기도 하고 싶지 않았다. 나오코는 오직 후카다라는 남자만을 원하고 있었다.

"그럼 나갈 준비할 테니까 잠깐만 기다려. 내가 준비하는 동안 그 얘기해줘. 듣고 싶다."

이즈미는 재빠르게 빨간 법랑 주전자를 불에 올렸다. 머그잔을 하나 꺼내 홍차 티백을 넣었다. 나오코는 그것이 자신을 위한 것임을 알고 있었다.

이즈미는 파우치를 꺼내 상 앞에 앉아 화장을 시작했다.

"나오코. 좀 더 얘기해봐."

"실은 아무한테도 얘기하지 말라고 그랬는데, 이즈미한테만 얘기할게."

"뭘?" 하고 날카로운 표정으로 이즈미가 돌아보았다.

"내 바로 위의 오빠가 와세다대에 다니는데 알다시피 와세

다대의 가쿠마루야. 그래서 우치게바를 당했는데. 지금 중태
야. 아니, 위독하다고 봐야지. 뇌 타박상으로 계속 의식이 없거
든. 자가호흡이 어려워지고 있대."

이즈미가 아이섀도를 바르다 손을 멈췄다. 금방이라도 울 것
같은 얼굴이었다.

"나오코, 힘들지 않아?"

"그러니까." 어째서인지 나오코의 대답은 냉정했다.

물이 끓기에 나오코는 직접 머그잔에 물을 부었다. 은은하게
홍차 향이 났다. 설탕은 넣지 않고 머그잔을 들고 침대에 걸터
앉았다.

"그대로 자연스럽게 눈감는 걸 기다릴지, 인공호흡기를 달
아서 생명만 유지시킬지, 아니면 기적적으로 부활할지, 어떻게
될지는 아무도 몰라."

단숨에 설명했다. 나오코는 설명을 하며 자신의 가족이 기막
힌 비극의 소용돌이 속에 있다는 걸 실감했다.

"너 바로 위의 오빠면 얼굴 착하게 생긴 그분이지? 나 너희
집에서 한 번 본 적 있어."

"맞아. 그리고 나는 남자 친구랑 걔 아파트에서 일주일 후에
만나기로 했었어. 지금은 트리오가 투어 중이거든."

"그래서 연락하고 싶은 거구나."

이즈미는 역시 머리 회전이 빨랐다. 하지만 나오코는 솔직하

게 말했다.

"그것도 그런데, 목소리가 듣고 싶어. 안 그럼 불안할 것 같아."

이즈미가 아무 말 없이 몇 번이고 고개를 주억거렸다.

3

"이즈미, 걸어서 가지 않을래?"

나오코의 제안에 이즈미는 "좋아, 그러자" 하고 선뜻 찬성했다.

일단 역 쪽으로 향하기로 한 두 사람은 발길을 돌려 이노카시라 거리를 향해 걷기 시작했다. 이즈미의 아파트에서 기치조지 외곽에 있는 'CHET'까지는 걸어서 30분 정도 걸렸다.

오래 걷기에는 쌀쌀한 밤이었다. 하지만 재즈카페에 발을 들이면 홍수같이 밀어닥치는 소리에 대화 따위는 될 턱이 없으므로, 지금 바로 이즈미와 이야기를 나누고 싶었다. 말이 목구멍까지 차올라 당장이라도 쏟아져 나올 것 같았다.

"집에 돌아가니까 뭔가 이상해."

나오코는 마음과 다르게 언뜻 상관없어 보이는 말을 태연히 내뱉고 말았다.

"뭐가 이상해? 난 쭉 나와 살았더니 무슨 느낌인지도 벌써 잊어버렸어. 오랜만에 집에 가면 부모님 집이란 생각만 들더라."

이즈미가 주머니에서 손으로 뜬 듯한 빨간 벙어리장갑을 꺼내 손에 끼웠다. 벙어리장갑. 중학생 때 자주 떴던 기억이 나 나오코는 그리운 마음에 쳐다보았다.

"그거 이즈미가 만든 거야?"

"응. 중학교 때 뜬 거를 아직도 쓰고 있어" 하고 이즈미가 웃었다.

"그거 뜨는 게 유행이었잖아. 나도 많이 떴어."

"남자 친구한테 목도리 떠서 주고 그러지 않았어?"

"그랬지."

둘이서 얼굴을 마주보며 웃었다. 기분이 조금 풀린 것 같아, 나오코는 물끄러미 전방의 신호등을 바라보았다. 노랑에서 빨강으로 바뀐 참이었다. 이노카시라 거리는 오가는 차도 적고 인도는 어둑어둑했다.

"나오코, 왠지 부드러워진 것 같아."

나오코는 놀라서 이즈미 쪽을 돌아보았다.

"내가 딱딱했단 소리야?"

"인상이 말이야. 딱딱하다고 하긴 그렇지만, 아무한테도 마음을 열지 않는 느낌이었어."

마음을 열지 않는 느낌이라니 아주 묘한 표현 아닌가.

"몸은 허락해도 마음은 허락하지 않는다는 건가."

나오코의 혼잣말에 이즈미가 웃었다.

"그 반대면 쩨쩨한 여자가 되잖아."

둘이서 얼굴을 마주보며 웃음을 터뜨렸다. 스쳐 지나가던 직장인 같은 젊은 남자가 흥미가 일었는지 두 사람의 얼굴을 번갈아 쳐다보았다.

"쩨쩨한 것보다는 통이 큰 게 멋진데 세상은 그 반대를 권장한다니까. 마음은 허락해도 몸은 허하지 말라. 마음을 여는 게 더 어려운데."

"어이가 없다니까. 못 해 먹겠어, 정말."

이즈미가 툭 내뱉고는 가방에서 담배를 꺼냈다. 이즈미의 취향은 롱피스다. "가끔은 이것도 피워봐" 하고 조르기에 나오코는 베이지색 담뱃갑에서 하나를 꺼내 입에 물었다.

"나는 말이야, 가출했으니까 아빠한테 혼날 걸 각오했어. 까딱하면 맞을 수도 있겠다 싶었고. 때리기라도 하면 그 자리에서 뛰어나가야지 하고 오히려 도발하는 마음에 용감하게 집에 들어갔거든. 근데 가즈키 오빠가 위독해서 다들 그럴 때가 아니었던 거야. 오사카에 있는 큰오빠까지 불러올 정도였으니까. 나도 우왕좌왕하고 있는 사이에 의기소침해지고 시무룩해져서 제정신이 아니었어. 근데 있잖아, 이즈미, 너한테만은 솔직히 말할게. 나는 가즈키 오빠 일보다도 그 사람과 만나지 못한다는 게 두려웠어. 그것 때문에 자괴감이 들어."

"그 사람 이름이 뭐야?"

"후카다 겐이치로."

나오코는 주저하다 후카다의 이름을 말했다. 이즈미에게조
차도 후카다의 이름을 선뜻 알려주기가 아까운 느낌이었다. 입
밖에 내는 순간 두 사람의 소중한 것이 닳아 없어지는 듯해서
인색해지고 말았다.

"후카다 겐이치로라." 이즈미가 웃으며 성냥으로 담배에 불
을 붙였다. "그래서 나오코는 얼마나 안 들어간 거야?"

나오코도 허리를 굽혀 불을 붙였다. 두 사람이 동시에 연기
를 뿜었다. 이즈미가 성냥불을 재빠르게 끄자 유황 타는 냄새
가 코를 찔렀다.

"3주 정도. 고작 그 정도인데 집이 다른 세상처럼 보이더라."

"그 말은 나오코가 다른 사람이 됐다는 거 아닐까?"

이즈미가 나오코의 어깨에 손을 얹으며 웃었다.

"그럴지도 모르지."

나오코는 목도리에 코끝을 묻었다. 후카다에게서 빌린 검정
색 울 목도리는 후카다가 피우는 담배 피스의 냄새와 후카다
의 체취가 났다. 젊은 수컷의 냄새. 그 냄새에 언제까지고 감싸
여 있고 싶었다.

"달라진 채로 있고 싶은데 그것도 마음대로 안 되네."

나오코는 밤하늘을 올려다보았다. 만약 지금 가즈키의 생명이 다하려 한대도 자신이 할 수 있는 일은 단 하나도 없었다.

자신이 절대적으로 무력하다는 걸 깨닫자 나오코는 거꾸로 마음이 차분해져 하늘에 있는 달과 별의 위치를 확인하고 싶어졌다. 하지만 오늘 밤하늘에는 달도 별도 떠 있지 않았다.

"오늘은 아주 새까마네."

"그러게" 하고 이즈미도 밤하늘을 올려다보았다. "구름이 많은가 봐."

"이즈미, 나, 집에서 도저히 가만히 있지를 못하겠어. 가즈키 오빠를 잃는 게 무서워. 근데 그 사람을 잃는 게 더 무서운 거 있지. 정 없는 동생이지?"

"내가 나오코였어도 똑같이 느꼈을지도 몰라. 왠지 알 것 같아."

이즈미가 낮은 목소리로 동의했다. 나오코는 그것이 위로라는 걸 알고 있었다.

"근데 있잖아, 가즈키 오빠가 죽을지도 모른다고 생각하면 정신이 아득해져. 제일 친했고, 어릴 때부터 나한테 잘해줬던 오빠야. 오빠라기보다 친구 같았지. 대학에 들어가고선 집에 오는 날이 별로 없었고 가끔 오더라도 까칠해져서 제대로 말도 안 하고 다른 사람이 된 것 같았지만."

"사람이란 게, 원래 몇 번씩 변하는 건지도 몰라."

이즈미의 말에 나오코는 쓴웃음을 지었다.

"진짜 그런가 봐. 나도 딴사람이 되고 가즈키 오빠도 딴사람이 됐으니까. 어릴 때랑 똑같을 순 없는 건가 봐."

그렇다면 후카다도 자신과 만남으로써 다른 사람이 되어줄 순 없는 걸까. 후카다가 변해주지 않으면 우리의 사랑은 진짜라고 하기 힘든 것 아닐까. 그런 생각을 하면서 나오코는 혼자서 주절거리고 있었다.

"나, 가즈키 오빠가 가쿠마루에 들어갔다는 걸 듣고서 너무 싫었어. 왜, 우리도 여러 가지 얘기를 듣잖아. 가쿠마루가 학교를 순찰하면서 주카쿠파나 해방파를 발견하면 테러를 한다는 둥 그런 얘기. 학교 내에서 그런 짓을 한다니까 너무 무섭잖아. 난 오빠가 그런 짓을 벌이는 사람이 됐다고 생각하니까 믿을 수 없었어. 오빠를 싫어해야겠다고 생각한 적도 있어. 뭐가 혁명이냐, 동료들끼리 살인이나 하는 거 아니냐면서. 근데 10월에 갑자기 집에 왔던 오빠랑 이야기하다 보니까, 아, 역시 오빠는 내 소중한 오빠구나, 그런 생각도 들었어. 그러니까 매번 달라서 일관되지가 않아. 복잡해."

이즈미가 피우던 담배를 손가락으로 튕겨버렸다. 붉은 빛이 어둠 속에서 포물선을 그리며 날아갔다. 스냅을 이용해 성냥을 던져버리던 후카다가 떠올랐다. 나오코는 그가 그리워 미칠 것 같았다.

이즈미가 미니스커트 자락을 아래로 잡아당기면서 말했다.

"나 고등학교 때 친구 중에 교육대학에 간 애가 있어. 주카쿠 파에 들어갔다고 하더라고. 한가롭게 지내던 애였는데, 지금은 가쿠마루파가 야스다 강당 사건 때 도망이 어쩌고, 배신이 어쩌고, 그 얘기밖에 안 해. 오빠도 본성은 착한데, 지금은 맨날 그런 일들로 바쁜 거겠지. 국가 권력을 상대하는 게 아니라 당장 눈앞의 사람들끼리 헐뜯으니까 진저리가 나."

"그러게 말이야."

나오코는 자기 가방에서 세븐스타를 꺼내 성냥으로 불을 붙였다. 후카다를 흉내 내 성냥을 손끝으로 튕겨보았지만 잘 되지 않았다. 성냥이 볼품없이 발밑에 떨어지자 나오코는 부츠 끝으로 성냥을 밟았다.

후카다는 자신과 지냈던 3주 동안 드럼 연습을 거의 하지 못했던 것이 고통스러웠던 건 아닐까. 그 손목 스냅을 떠올리자, 나오코는 후카다가 해방감을 느끼고 있을 것만 같은 기분이 들었다.

나오코는 문득 떠오른 그 작은 의혹이 아주 조금 자신을 괴롭히는 기분이 들었다. 그러나 입은 늘 마음을 배신하고 상관 없는 말을 내뱉았다.

"나는 섹트가 지긋지긋해."

사실은 몸이 아니라 말이 먼저 마음을 배신하는 건지도 몰랐다. 그러자 이즈미가 끄덕였다.

"나도 그래. 그래서 지금도 학생운동 하는 애들이 싫어. 다들 섹트로 갈려서 마지막에는 사소한 일로 으르렁거리잖아. 서로 물고 뜯다가 살인이 되고 복수심 때문에 손도 떼지 못하게 돼. 구와하라 씨가 그러더라."

불현듯 구와하라의 이름을 내뱉은 게 부끄러웠는지 이즈미가 실없이 웃었다.

"괜찮아, 얘기해봐. 사장님이 뭐라고 그랬는데?"

나오코가 재촉하자 이즈미가 어깨를 으쓱하며 빠르게 말했다.

"의외로 공안 애들이 각 섹트 안에 스파이로 들어가 있으면서 서로 죽이게끔 공작을 하고 있는 게 아닌가 하더라고. 그러니까 학생끼리 짓밟게 놔두는 거 아니냐고."

나오코는 쓴웃음을 지었다.

"사장님, 무시무시한데? 근데 공안이면 진짜 그럴지도 모르겠다. 그런 생각을 할 수 있는 남자란 존재가 무섭다는 생각은 안 들어?"

"응, 여자는 생각은 해도 실행으로 옮기지는 않잖아. 근데 남자는 해. 우리는 그런 남자를 상대로 싸워나가야 해."

나오코는 멈춰서서 이즈미의 얼굴을 바라보았다.

"싸운다고?"

"나오코, 연애도 싸움이잖아. 난 그렇게 생각해."

그렇다. 그럴지도 모른다. 나오코는 아까 떠오른 후카다에 대한 작은 의심이라고도 할 수 없는 의심을 떠올렸다.

지금 만약 후카다가 자신과 떨어진 곳에서 해방감을 느끼고 있다면 나오코는 가슴 아플 것이다. 일단 남자를 좋아하게 되면 사소한, 그러나 마음에 상처를 입히는 일들과 싸워나가야만 하는 걸까. 나오코는 남몰래 한숨을 쉬었다.

"사장님이 여성 보컬 같은 건 재즈의 왕도가 아니라고 그러더라. 네가 말한 '차별주의자'라는 건 그런 거지?"

"맞아." 이즈미가 얼굴을 들지 않고 대답했다. "그래서 싸움이라고 하잖아. 지금도 힘들어. 매일이 전쟁이야."

"그래도 좋은 거지?"

놀리는 소리로 들렸는지 이즈미가 쓴웃음을 지었다.

"분하지만 그래."

두 사람은 이노카시라 거리에서 미나미초의 어스레한 골목으로 들어갔다. 100평이 넘는 큰 집이 늘어선 미나미초의 주택가는 매우 고요했다. 새로 지은 집의 넓은 창으로 크리스마스트리의 전구가 빛나고 있는 게 살짝 엿보였다.

"이제 곧 크리스마스인가" 하고 이즈미가 혼잣말하는 소리가 들렸다.

"가즈키 오빠가 크리스마스까지 버틸 수 있을까."

"고비만 넘기면 어떻게 되지 않을까?"

"글쎄" 하고 나오코는 고개를 갸웃했다. "그리 낙관적인 얘기는 못 들었어."

이즈미가 나오코의 팔을 잡고 물었다. 그 힘이 셌다.

"오빠 일로 어머니는 어떠셔? 다들 충격 받으셨지?"

"응. 역시나 엄마는 낯빛이 말이 아니야. 그래도 자가호흡이 안 되면 인공호흡기를 단다고는 분명히 말했어. 결연해 보이기까지 해서 이렇게 강한 사람이었던가 싶더라. 아빠는 이미 단념한 느낌이었어. 아들의 죽음을 담담히 받아들이고 있다, 뭐 그런 느낌? 가즈키가 한 달 넘게 입원해 있는 동안, 부모님은 아무 말 않고 병원을 다녀오셨으니까."

"우치게바 당할까 봐 함구령이 내려진 거지?"

"잘 아네" 하고 웃었지만 나오코는 울고도 싶었다. "가즈키 오빠 때문에 엄마도 할머니도 눈물이 마르질 않아."

"얼마 전에 다카하시 다카오가 죽었는가 싶더니 이번에는 가즈키 오빠의 위기네. 참 싫다, 이런 얘기뿐이고."

"자가호흡 기능이 떨어지고 있다네. 그래서 위험하대. 그런데 내가 손을 잡았더니 희미하게나마 힘이 들어간 느낌이 났어. 나는 왠지 괜찮아지지 않을까 싶어."

이즈미의 얼굴이 밝아졌다.

"좋은 소식이네. 어쩌면 귀는 들리는지도 모르겠다. 희망은

버리지 않는 게 좋아."

어느새 가게 근처까지 와 있었다.

"나오코, 'CHET'에 들어갈 거지?"

이즈미가 나오코의 표정을 살폈다.

"근데 트리오 일정만 보면 금방 갈 거야. 밤중에 무슨 일 생기면 곤란하니까."

"그러네."

순간 걱정스러운 얼굴을 한 이즈미가 보라색 유리문을 열었다. 그 순간 굉음에 휩싸였다. 찰리 파커였다.

부스에 서서 레코드를 고르고 있던 구와하라가 언뜻 얼굴을 들었다. 이즈미를 확인한 눈빛에 희색이 돌았다. 이즈미가 가볍게 손을 들어 응했다.

구와하라가 뒤에 있는 나오코를 보고 놀란 표정을 짓기에 가볍게 고개를 숙였다. 구와하라가 부스 카운터에 팔꿈치를 괴고는 이리 오라는 듯 손짓을 했다.

입구 근처의 부스 카운터가 'CHET'에서 가장 대화하기 좋은 장소였다.

"오랜만이네. 어떻게 지냈어?"

구와하라가 나오코의 얼굴을 가리켰다.

"잘 지냈어요. 요전에는 감사했습니다."

나오코는 만 엔이 든 봉투를 꺼내 구와하라에게 건넸다. 구와하라는 아무 말도 하지 않고 주머니에 대충 찔러 넣었다.

"나오코, 여기 실려 있으니까 빨리 메모해."

이즈미가 나오코의 눈앞에 두꺼운 재즈잡지를 턱 내려놓았다. 뒤쪽에 라이브 정보가 실려 있었다. 히데시마 고스케 트리오의 간토·도호쿠 투어 일정을 찾았다.

우쓰노미야. 이튿날은 고리야마. 그 다음 날은 후쿠시마. 하루걸러 센다이에서는 라이브 2회.

"순회공연이네" 하고 이즈미가 들여다보더니 말했다.

나오코는 노란색 신청곡 용지 뒷면에 히데시마 고스케 트리오의 스케줄을 적었다. 오늘 밤은 우쓰노미야의 라이브 하우스였다.

"뭐야. 나오코, 히데시마 트리오 취향이야?"

구와하라가 깔보는 듯한 표정으로 말했지만 나오코는 아무 대답도 하지 않았다. 손목시계를 보니 마침 연주가 시작됐을 즈음이었다.

라이브가 끝날 때쯤 라이브 하우스에 전화하면 후카다가 받을지도 몰랐다. 운이 좋다면. 그렇게 생각하자 나오코는 심장이 뛰었다. 갑자기 식욕이 당겨 이즈미를 불렀다.

"이즈미, 뭐 먹으러 가지 않을래?"

카운터 너머로 구와하라와 이야기에 열중해 있던 이즈미가 뒤를 돌았다. "미안" 하고 양손을 모아 보였다. 가게 일을 마치고 난 후 구와하라와 식사하러 갈 약속을 잡고 있는 것이리라.

"그럼 나중에 봐."

나오코는 유리문을 열고 밖으로 나왔다. 그러자 이즈미가 쫓아 나왔다.

"오빠한테 무슨 일 있으면 전화해줘. 걱정 돼."

"알았어, 고마워."

손을 흔들고 두 사람은 헤어졌다.

역의 동쪽은 유흥가였다. 나오코는 오랜만에 시끄러운 호객꾼과 취객 사이를 걸었다. 노골적으로 지분거리는 남자가 있는가 하면 가만히 나오코를 품평하는 남자도 있었다.

이전만큼 남자들의 시선이 우울하게 느껴지지 않는 것은 나오코 자신이 남자의 욕망을 조금은 알게 됐기 때문인지도 모른다는 생각이 들었다. 남자의 욕망을 이해한다는 나오코의 마음이 드러나기라도 한 듯, 전보다도 남자들의 시선이 끈적해진 기분도 들었다.

나오코는 역을 통과하지 않고 그대로 쭉 번화가를 가로질러 도로를 건너서, 서쪽에 있는 '스칼라' 방향으로 향했다. '스칼라' 건너편에 있는 작은 라멘집 '상해'에 갈 생각이었다.

'스칼라'에 오는 누군가와 만날 수도 있었지만, 나오코는 만나더라도 상관없다 싶었다. 이제 같이 어울릴 일도 없었고 무슨 말을 들어도 신경 쓰이지 않았다.

후카다와 살기 위해서는 대학을 그만두고 일하는 게 조건이었다. 그러니 나오코에게 대학 친구는 이즈미 한 명이면 충분했다.

'스칼라' 앞 작은 광장에 아는 사람의 모습은 없었다. 낙엽과 휴지조각이 눈에 띄는 돌길을 걸어 라멘집에 들어가자 낯익은 얼굴이 하나 있었다.

"나오코, 오랜만인데. 이쪽으로 와."

ㄷ자로 된 카운터석 한가운데에 조지가 교자를 앞에 두고 맥주를 마시고 있었다. 조지라면 괜찮았다. 나오코는 간만에 만난 조지를 보고 기뻤다. 하지만 금방 전화를 걸러 나가야 했기에 코트는 벗지 않고 옆에 앉았다.

"진짜 오랜만이다."

담배에 불을 붙이려 하자 조지가 성냥을 켜서 노련하게 큼직한 손으로 가리고 불을 붙여주었다.

"혼자야?" 하고 조지가 물었다.

나오코가 고개를 끄덕이자 나오코의 의향은 묻지 않고 바로 주문을 넣었다.

"아저씨, 여기 기린 맥주 하나요."

중졸에 선반공이 된 조지는 학생과 달리 매너가 있었다. 조지는 나오코를 배려해 카운터석 끝에 있는 새 잔들 중에서 직접 깨끗한 잔을 집어왔다. 가장자리에 있던 혼자 온 손님이 계산을 하고 나갔다. 그러자마자 조지가 장난치며 말했다.

"자, 나오코, 아주 코가 삐뚤어지게 마셔보자."

술집이 아니어서 조마조마하고 있는데 조지가 나오코의 잔에 기린 맥주를 따라주었다.

"땡큐."

조지는 아무 말 않고 잔을 부딪쳐 건배했다.

"아저씨, 여기 교자도 하나 더요. 채소볶음이랑."

또 조지의 통 큰 대접이 시작될 모양이었다. 나오코는 벽에 붙어 있는 메뉴를 들여다보고 있는 조지를 말렸다.

"이제 됐어. 다 못 먹겠다."

조지는 갈색 코듀로이 바지에 헤링본 재킷, 안에는 까만 터틀넥 스웨터의 수수한 옷차림을 하고 있었다.

예전보다 살은 빠졌지만 혈색은 좋았다. 또한 옷차림이 깔끔하고 센스가 있는 게 좋아 보였다.

"이따가 '스칼라' 갈 거면 같이 갈까?"

조지가 힘이 넘치는 소리로 물었다.

"아니, 이제 거기는 안 가."

"왜?"

조지가 잔에 맥주를 콜콜 따르며 물었다.

"마작에 질렸어."

"나오코는 질릴 정도로 잘 못하는데."

조지의 농담에 웃으며 손목시계를 보니 'CHET'에서 나온 지 40분이 지나 있었다. 의아한 표정을 짓는 조지를 두고, 황급히 밖으로 나갔다.

"미안. 잠깐만 전화 좀 하고 올게."

나오코는 담배 가게 앞에 있는 전화박스에 들어가 우쓰노미야에 있는 라이브 하우스에 전화를 걸었다. 하지만 관계자는 '바꿔줄 수 없다'며 매몰차게 거절했다.

포기하지 않고 어느 호텔에 묵는지 알 수 있느냐고 물었지만 알려줄 수 없다는 대답이 돌아왔다. 아무래도 팬이 캐내는 것으로 착각한 모양이었다.

내일은 미리 고리야마의 라이브 하우스에 전화해보기로 마음먹었다. 후카다의 목소리를 들을 수 없다고 생각하자 쓸쓸함이 몰려왔다.

'상해'에 돌아가자 조지가 혼자서 무료한 표정으로 맥주를 마시고 있었다. 겨우 5분가량 자리를 비웠을 뿐인데 카운터석에는 두 남자가 앉아 있었다.

"미안. 갑자기 할 일이 생각나서."

"해결됐어?"

끄덕이자 조지가 "여기 모야시소바 두 개요" 하고 멋대로 주문했다. 아직 손도 안 댄 교자 한 접시에 채소볶음이 있고, 맥주도 거의 한 병이나 남아 있었다.

"너무 빨리 주문한 거 아냐? 못 쫓아가겠다."

"괜찮아."

나오코는 조지의 나쁜 습관이 또 시작된 것 같아 불안해졌다. 조지는 늘 다 먹지도 못할 양을 주문하고 대부분을 남겼다. 그러고서 언짢아하는 점원에게, '돈 다 냈는데, 뭐 불만 있느냐'는 식의 태도를 취했다.

공장 선배에게 그런 교육이라도 받았는지 조지는 이따금 학생의 눈으로는 믿기 어려운 행동을 할 때가 많았다. 조지에게는 극단적인 배려와 오만함이 공존했다.

"어, 조지가 있었네. 나오코도 있고."

큰 소리가 들려 나오코는 놀라서 얼굴을 들었다. 유리로 된 미닫이문을 열고 얼굴을 내민 이는 고로였다. 마작 멤버를 찾고 있는 것이리라.

'스칼라'에서 마작을 하고 싶은 애들은 모두 '상해'나 'COOL'에서 기다리고 있기 때문에 쉽게 찾을 수 있었다.

"조지, 마작하자."

조지는 못마땅한 표정으로 대꾸했다.

"아직 나오코랑 밥 먹고 있어."

"그럼 이따가 와."

"나머지는 누군데?" 하고 조지가 눈살을 찌푸렸다.

"다카시랑 신보리."

고로는 나오코가 신경 쓰였는지 작은 목소리로 대답했다.

"신보리가 와 있어?"

나오코의 물음에 고로가 불쌍할 정도로 허둥지둥했다.

"신보리만 있고 일행은 없어."

밴드한다는 여자 친구는 데려오지 않았다는 의미일 것이다. 나오코는 그러고 보니 신보리 때문에 상처를 받은 적도 있었나 하는 생각이 들었다. 지금은 그런 상처 같은 것은 어디에 있었는지 모를 정도로 희미해져버렸다.

나오코는 '고로, 그런 거 누가 신경 쓴다고 그래'라고 말하고 싶었지만 잠자코 있었다.

"나오코 너무 오랜만인데? 어떻게 된 거야."

고로가 옆으로 다가와 거리낌 없이 어깨를 만졌다. '고로와도 잔 적이 있었지.' 나오코는 고로의 눈을 말끄러미 쳐다보았다.

"딱히 큰일은 없었어."

말투에 가시가 돋았는지 고로가 살짝 당황한 표정을 지었다.

"이제 마작은 안 하는 거야?"

"안 해. 바빠서."

"뭐 하는데? 아르바이트? 아니면 공부?"

나오코는 뭐라고 말할까, 머리를 굴리며 좁은 가게 안을 둘러보았다. 하지만 대답은 퍼뜩 떠오르지 않았다.

"이것저것."

그렇게 대답한 순간, 나오코는 갑자기 공허해졌다.

오빠가 죽어가고 있는데 맥주를 마시고 교자를 먹고 있을 때가 아니었다. 후카다가 일하고 있는데 마작 멤버가 어쩌고 하는 얘기를 하고 있을 때가 아니었다. 빨리 집으로 돌아가야 했다. 아니, 실은 후카다가 있는 곳으로 돌아가고 싶은데 돌아갈 수가 없었다.

눈물이 쏟아질 것 같아 나오코는 서둘러 말했다.

"조지, 일이 있어서 먼저 갈게. 잘 먹었어."

조금 많다 싶었지만 천 엔짜리 2장을 카운터에 놓았다.

조지가 됐다며 화내고 돌려줄 줄 알았는데, 의외로 가만히 있었다. 나오코는 가방을 들고 일어섰다.

"고로, 갈게. 내가 시간이 별로 없어서."

고로는 어안이 벙벙한 듯 나오코를 바라보았고 조지는 상처를 받은 듯 양손을 주머니에 넣고 고개를 숙이고 있었다.

나오코는 '상해' 따위는 가지 않는 게 좋았을 것이라고 후회하면서 거리를 달렸다.

4

주카쿠파는 죽이는 것을 '완전섬멸', 중태에 빠뜨리는 것을

'철저섬멸'이라고 부른다던가. 식물인간이 될지도 모를 가즈키는 '철저섬멸'당해 이제는 '완전섬멸'로 향해가는 중인지도 몰랐다.

사전을 찾아보니 '섬멸'이란 '모조리 죽여 멸망시키는 것'이라고 쓰여 있었다. 나오코는 가즈키가 '멸망된' 사실에 충격을 받았다. 하지만 가즈키도 주카쿠파에게 같은 짓을 해왔을 테니 어딘가에 가즈키가 '멸망'시켰을지도 모를 사람이 있지는 않을까 생각하자, 나오코는 그 죄의 깊이에 몸이 떨려왔다.

'부모 입장에서는 다른 집 자식을 다치게 하는 것보다 백배는 맘이 편하니까.'

나오코는 병원으로 향하는 길에 들은 아빠의 말이 떠올랐다. 어째서 그때 "너무 위선적인 거 아냐?" 따위의 말로 반발했는지 우울해졌다.

우치게바는 서로를 죽음으로 몰아넣는 것이다. 국가 권력은 알면서도 학생들을 방치하고, 서로를 '완전섬멸'할 때까지 강 건너 불구경을 할 생각인 것이다. 치를 떨 정도로 나오코는 섹트가 싫었다. 학생들끼리 살인을 저지르게 하는 국가 권력이 싫었다. 이 나라가 싫었다.

집에 돌아온 후 알게 된 가즈키 사건은 서서히 퍼져가는 독처럼 서서히 나오코를 갉아먹었다. 기치조지에서 돌아온 나오코는 바로 침대로 들어갔지만 잠이 잘 오지 않았다.

그러다 어느샌가 깜빡 잠이 들었나 보다. 계단을 내려가는 무거운 발소리에 나오코의 눈이 떠졌다. 낡은 집이 삐걱삐걱 흔들릴 정도의 진동은 대체 누구의 것인가.

　가즈키에게 무슨 일이 생긴 건지도 몰랐다. 나오코는 묘하게 또렷해진 정신으로 일어났다. 침대 옆 테이블에 놓인 알람시계를 보니 오전 6시가 채 안 된 시간이었다. 아직 해도 뜨지 않아 밖은 캄캄했다.

　나오코는 추위에 떨면서 침대에서 나왔다. 카디건을 걸치고 방문을 열었다. 아래층을 내려다보니, 어스레한 복도 끝에 있는 거실에 조명이 켜져 있는 게 보였다.

　뭔가 불길한 일이 벌어진 게 틀림없었다. 나오코는 마음을 다잡고 방을 나왔다. 마침 그때 큰오빠 요시키가 계단을 올라왔다.

　"이렇게 일찍 무슨 일이야?"

　요시키가 놀라면서도 태평한 말투로 나오코에게 말했다.

　"가즈키 오빠, 무슨 일 있어?"

　"아니, 무슨 일은. 아무 연락도 없었어."

　요시키가 놀란 듯 고개를 저었다.

　"소란스러워서 무슨 일이 있나 했어."

　"깨워서 미안. 나 이제 신칸센 타고 오사카로 갈 거거든."

　"그렇구나." 나오코는 두 오빠와 같이 산 지 오래되어 젊은 남자가 내는 발소리의 세기와 무게감을 잊고 있었던 것이다.

"오늘 춥다."

요시키가 바삐 자기 방으로 들어갔다. 그 뒷모습을 쫓아 나오코는 지금은 창고가 된 큰오빠의 방을 들여다보았다. 불기운이 없는 썰렁한 방에 젊은 남자의 체취가 어렴풋이 감돌았다.

"오빠, 가도 괜찮겠어? 가즈키 오빠는 괜찮을까?"

"그 녀석은 아직 괜찮아. 어제 본 느낌으로는 오늘내일할 문제는 아닌 거 같아. 그러니까 일단 갔다가 주말에 다시 올게."

나오코는 요시키의 냉정한 말투에 안심이 됐다.

"알았어. 그럼 조심히 가."

발길을 돌리는 나오코에게 요시키가 말을 걸었다.

"나오코도 너무 신경 쓰지 말고, 평소처럼 해. 안 그럼 들킬 거야."

"누구한테 어떻게 들켜?" 하고 나오코가 돌아보았다.

"가즈키가 아직 살아 있다는 걸 알면 또 죽이러 올지도 모르고, 만약 가즈키가 건강을 회복하면 회복하는 대로 아버지가 발을 빼게 만들 작정인데, 그럼 이번에는 배신자로 낙인찍혀서 쫓길지도 모르잖아."

"그럼 양쪽에서 쫓기는 거야?"

"잘은 모르겠지만 그리 쉽게 해결되지는 않을 거야. 활동을 그만둘 때까지도 사건을 정치적으로 이용할지도 모르고."

"정치적인 이용은 뭐야?"

나오코가 묻자 요시키가 어깨를 으쓱했다.

"글쎄, 나도 상상이 안 되네. 복수를 위한 도구로 삼든가, 뭐 여러 가지가 있지 않겠어? 애를 그 지경으로 만들 정도니까 서로 무슨 짓이든 하겠지."

"무섭다." 나오코의 입에서 그 한마디가 무심결에 튀어나왔다.

"응, 나도 무서워. 그러니까 너 말이야, 가즈키 얘기 다른 사람한테 막 하고 다니고 그러지 마."

"아무한테도 안 했어."

이미 이즈미에게 털어놓은 뒤였고 앞으로 후카다에게도 이야기할 생각이었지만, 나오코는 괜히 찔려서 부정했다.

"그럼 됐고. 난 이제 간다. 7시에 신칸센 타야 하거든."

요시키는 정장 위에 코트를 걸치고 집 전체를 삐걱삐걱 울리면서 계단을 뛰어 내려갔다.

"조심히 가."

나오코는 2층에서 오빠를 배웅했다. 이미 일어나 있었던 듯 엄마가 아래층에서 오빠에게 말을 붙였다.

"요시키, 또 가즈키 보러 와야 된다."

현관 미닫이문을 여는 소리가 났다.

"알았어. 주말에 올 거야. 그럼 간다."

엄마도 분명 불안한 것이다. 나오코는 방으로 돌아가 다시 침대로 파고들어 눈을 꾹 감았다. 그 후 무서운 꿈을 꾸었다.

산속에 땅이 네모지게 파여 있었다. 직사각형의 큰 구멍 밑바닥에는 하얀 페인트로 사람 형체 몇 개가 그려져 있었다. 시체가 묻혀 있던 구멍이 파헤쳐진 것이다.

시체는 이미 꺼내져서 그곳에는 없었다. 그런데 한 구가 새롭게 발견됐다며 누군가가 소란을 피우고 있었다.

"봐, 저기 있어. 들여다보라고."

옆에 서서 나오코에게 속삭이는 이는 고로였다. 그 곁에는 조지도 있고, 멀리 다카시의 모습도 보였다. 모두 시끌벅적하게 구멍을 에워싸고 있었다. 조지는 어젯밤 만났을 때와 마찬가지로 우울한 듯한 쓸쓸한 표정을 짓고 있었다.

나오코는 무서워서 들여다볼 수가 없었다. 새롭게 발견된 한 구가 가즈키라는 확신이 들었기 때문이었다. 병원에서 본 붕대에 감싸여 자고 있는 모습은 다른 사람이고 가즈키는 벌써 죽어서 이 구멍에 묻혀 있었던 것이다.

"애초에 삿포로 올림픽이 끝나자마자 연합적군의 린치 사건을 발표했잖아. 경찰도 이미 오래전에 알고 있었으면서 올림픽이 끝날 때까지 발표를 늦춘 거야. 비겁한 놈들."

다 안다는 듯이 주석을 달고 있는 건 구와하라였다. 어느샌가 다가와 나오코 옆에 있었다.

구멍 주위에는 아직 눈이 남아 있었다. 하얀 눈과 파헤쳐진 검은 흙, 그리고 하얀 페인트와 밑바닥의 검은 흙. 그 대비가 꺼림칙했다. 게다가 사람 형상을 그린 페인트는 묻혀 있는 시체의 머리 각도를 또렷하게 나타내고 있었다. 그 사람이 마지막까지 괴로움에 몸부림쳤을 형상을.

나오코는 두려움에 몸이 떨려왔다.

"저건 나오코의 오빠인가?"

후카다의 목소리가 들렸다. 기뻐서 돌아보자 후카다가 조금 뒤쪽에서 부드러운 미소로 나오코를 바라보고 있었다.

"그런 것 같아."

후카다가 와주었다. 나오코는 마음속 깊이 안도했다.

그러나 후카다는 인간 울타리 뒤편에서 담배를 피우고 있는 듯 이쪽으로는 올 생각을 하지 않았다. 나오코가 후카다 쪽으로 가려고 하지만 사람이 많아 좀처럼 다가갈 수 없었다. 억지로 사람들을 밀어젖히려는 순간, 인간 울타리가 무너져 순식간에 구멍의 밑바닥이 눈앞에 다가왔다. 보고 싶지 않았다. 얼굴을 홱 돌리며 비명을 지르려는 찰나에 정신이 들었다.

악몽 때문에 심장이 미친 듯이 뛰었다. 나오코는 무참히 살해당한 시체가 주는 공포와 후카다에 대한 사랑으로 가슴이 찢어질 것 같았다. 공포와 연정이 그대로 표출된 듯한 꿈에 나오코는 전율이 일었다.

꿈속의 네모난 구멍은 연합적군 사건을 생생하게 표현한 사진 그 자체였다. 가즈키의 부상도 연합적군 사건과 뿌리는 같은 것이었다. 나오코는 모두 아무것도 아닌 걸로 타인을 비판하고 절대 용서하지 않으며 서로 죽이려고 발악하는 시대를 살고 있다는 생각이 들었다.

나오코는 커튼을 열었다. 하늘은 찌뿌드드한 가운데 뼛속까지 추위가 스며들 것 같은 기운을 내뿜고 있었다. 날이 밝았지만 어느 것 하나 문제가 해결되지 않았다는 사실에 우울해졌다.

"나오코, 나오코. 이제 나갈 거니까 빨리 내려와."

아래층에서 엄마가 불렀다. 나오코는 서둘러 청바지를 입고 검정 터틀넥 스웨터를 머리부터 뒤집어썼다. 방을 나와, 오르내리는 한가운데만 닳아서 검게 윤이 나는 계단을 내려갔다.

나오코가 거실에 얼굴을 내밀자 엄마가 갈색 울 코트를 입으면서 벽시계를 올려다보고 있었다.

"엄마는 병원 갈 거니까, 여기 정리한 다음에 아빠 도와드려."

"알았어."

식탁 위에는 신문과 찻잔 따위가 널브러져 있었다. 엄마도 여유가 없어 보였다. 나오코는 식탁 위를 정리한 뒤 밥솥에 들어 있는 밥과 시금치된장국, 계란말이로 아침을 먹었다.

"어머, 나오코, 일찍 나왔구나."

외할머니가 옷매무새를 가다듬고 나타났다. 10시가 오픈 시간이니 외할머니가 가게를 볼 생각인 모양이었다. 외할머니도 수척하니 얼굴이 까칠해져 있었다.

"할머니, 가게 내가 볼까?"

"괜찮다. 뭐라도 안 하면 초조해서 견딜 수가 있어야지."

"엄마는 벌써 나갔어."

"안다. 가즈키가 힘을 좀 내면 좋겠구나."

외할머니가 그렇게 말하고 먼 곳을 바라보았다. 나오코는 울음이 나올 것 같아 고개를 돌려버렸다.

후카다에게 연락해야 한다는 생각에 나오코는 복도 구석에 있는 집 전화로 오늘 밤 연주 일정이 잡혀 있는 라이브 하우스에 전화를 걸어보았다. 아직 문을 열기 전인 듯 아무도 받지 않았다. 나오코는 낙담해서 잠시 신호음을 듣고 있었다.

아빠가 가게에서 복도로 얼굴을 내밀어 나오코를 불렀다.

"나오코, 나오코 있니?"

나오코는 수화기를 놓고 아빠가 있는 곳으로 갔다.

"있어, 왜?"

아빠는 남색 점퍼에 가게 앞치마를 두르고 있었다.

"배달 갈 건데, 같이 가자."

가출한 딸과 이야기를 하고 싶은 눈치였다.

"알았어."

나오코는 거절하지 못하고 끄덕였다.

가게 앞에 아빠가 탄 경트럭이 세워져 있었다. 나오코는 조수석에 올라탔다. 아빠가 천천히 출발시킨 트럭이 이쓰카이치 가도를 따라 서쪽으로 향했다. 잠시 침묵이 이어졌지만, 나오코의 대학을 지나칠 때 나오코가 먼저 말을 걸었다.

"오늘은 웬일로 멀리 배달 가네. 배달 몇 건이야?"

"배달이랄 것도 없어" 하고 아빠가 대답했다. "이런 시간에 뭣하지만 나오코가 어딘가로 훌쩍 가버릴 것 같아서 걱정되니까 그러지."

아빠의 눈에는 딸이 그렇게 보이는 걸까.

"미안."

나오코가 사과하자 아빠는 경트럭을 갓길에 세웠다.

"담배 피우니?" 하고 아빠가 주머니를 뒤졌다.

"응, 피울래."

나오코가 기죽지 않고 대답하자 아빠는 하이라이트 담뱃갑을 내밀었다. 나오코는 한 개비를 뽑아 입에 물었다. 아빠도 입에 물고는 성냥을 그었다. 아빠가 나오코의 담배에 불을 붙여주자, 두 사람은 동시에 연기를 내뿜었다.

"할 얘기가 있는 거지?"

아빠가 먼저 말을 꺼냈다.

"응, 나 대학 그만두고 일할까 하고."

"일은 뭘 할 생각인데."

놀라지도 않고 아빠가 경트럭에 비치해둔 작은 재떨이를 꺼냈다. 담배꽁초는 깨끗하게 치워져 있었다.

"몰라. 뭘 할 수 있을지도 모르겠지만, 이제 학교에는 정이 떨어졌어."

"그게 아니잖니. 3주나 어디에 있었는지 연락도 되지 않다가 갑자기 집에 와서 대학도 그만둔다고 하는데 무슨 일이 있었던 거잖아."

아빠가 불쾌함을 감추지 않고 말했다.

"무슨 일이 있었는지 진짜로 듣고 싶은 거야?"

나오코도 저절로 반항기 어린 말투로 바뀌었다.

"얘기하고 싶지 않으면 됐다. 어차피 대단한 것도 아니겠지. 가즈키도 그렇고 너도 그렇고, 자기 하고 싶은 대로만 하고 사니까. 대학 보내는 것도 우리 집 입장에서는 큰 지출이었어."

"알아."

"알기는 뭘 알아. 안다고 착각하는 거지."

아빠가 고함을 쳐서 나오코도 욱했다.

"그럼 뭘 이해하라는 거야. 엄마 아빠는 만날 그래. 순진하다든가, 안다고 착각하는 거라든가."

아빠는 아무 말이 없었다. 천천히 담배를 끄고서 고개를 들었다.

"너는 고등학교 때 당연한 것처럼 대학에 가고 싶다고 했지."

"그랬지. 오빠들도 다 갔잖아."

"그게 이유였니?"

"아니, 그것만은 아니야. 대학에 가는 시간을 아빠가 대신 사 줬다고 생각해."

아빠가 쓴웃음을 지었다.

"그럼 뭐야, 우리가 가게에서 버는 돈으로 너한테 한가한 시간만 대령해줬다는 말이냐. 그 말도 맞겠구나. 너는 섹트에는 들어가진 않았지만 딱히 공부도 하지 않고, 마작을 하거나 재즈카페에 가거나 하루 종일 잠만 자니까. 대학이란 게 그런 곳이니? 그렇다면 그만두는 게 낫겠다. 아빠는 말리지 않으마."

"공부는 하고 싶었지만……"

정곡을 찌르는 아빠의 말을 듣고 나니 나오코는 아무 말도 할 수 없었다.

"하고 싶었지만, 뭐?"

"아무것도 아니야."

좋아하는 남자가 생겼는데 그 남자가 대학을 그만두고 일하지 않으면 같이 살 수 없다는 식으로 어린애 취급을 했다는 말

따위를 어떻게 말할 수 있겠는가.

"아무튼 일이 하고 싶어졌어."

나오코는 입술을 깨물었다.

"알겠다. 우리는 가즈키 일로 앞으로도 돈이 태산으로 들어 갈 텐데 나오코 네 학비만 없어도 숨통이 트이겠구나. 그렇게 하고 싶다면 아무도 말리지 않을 거다."

나오코가 끄덕이자, 아빠가 시동을 걸었다.

"아빠" 하고 나오코가 얼굴을 들었다. "가즈키 오빠, 어떻게 할 거야?"

"어떻게 하다니?"

아빠와 눈이 마주쳤다. 눈 아래가 거무칙칙하게 그늘져 있었 다.

"앞으로 어떤 결단을 내릴 건가 해서."

"이러거나 저러거나 살아주기만을 바랄 수밖에 없지. 나는 네 엄마 말을 따를 거야."

"미안." 나오코의 입에서 갑자기 이 말이 튀어나왔다. "미안, 아빠. 불효를 저질렀네."

"네가 무슨 불효야. 독립한다면 그걸로 됐어. 가즈키가 어리 광이나 부리는 불효자식이지."

아빠가 골목으로 들어가 유턴했다. 지금껏 달려온 길을 되돌 아갔다.

"그건 그렇고, 너는 언제 집을 나갈 생각이니? 나갈 거지?"

단도직입적인 질문에 나오코는 말문이 막혔다. 후카다와의 약속은 닷새 뒤였지만 가즈키의 상태에 따라 변동될 수도 있는 일이라 그 일을 후카다와 상의하지 않은 상태였다.

"아직 좀 더 있을 거야. 오빠 상태도 걱정되고."

"가즈키가 안정되면 나간다는 말이지? 학교 자퇴하고?"

아빠의 말을 들은 순간 나오코는 쓸쓸해졌다. 나오코는 후카다와 함께 살기로 결심했었다. 가난하든 고생하든 후카다만 있으면 된다는 생각이었다.

"그럴 생각이긴 한데."

"누구 좋아하는 사람 생겼니?"

큰맘 먹은 듯이 아빠가 물었다.

"응" 하고 나오코는 솔직히 대답했다. "그 사람이랑 살고 싶어."

"나오코 너는 믿는다만, 사기당하지는 말아라."

사기? 멜로드라마도 아닌데, 어찌나 세속적인지 말문이 막혔다. 나오코는 내심 아빠를, 아니 아빠가 대표하는 '세상'을 경멸했다.

아빠와 겨우 30분 정도 되는 드라이브를 하고 나오코는 집에 돌아왔다. 정면에서 가게를 들여다보니 가게를 보고 있던 외할머니가 근처에 사는 주부에게 간장과 조미료를 팔고 있었다. 그렇게 잠시 세상 돌아가는 이야기를 하고 있는 듯해 나오코는 곧장 가게로 들어가지 않고 뒤쪽 부엌문으로 돌아갔다.

"저기요."

여자 목소리에 놀라서 나오코가 돌아보았다. 가운데 가르마를 탄 긴 머리에 회색 코트를 입은 젊은 여자와 검은 스웨터에 하얀 셔츠 옷깃을 낸 남자가 서 있었다. 둘 다 학생 느낌에 얼굴이 파리했다.

"저기, 미우라 씨네 가족 분이신가요?"

"네, 그런데요."

나오코의 대답을 들은 여자는 남자와 눈짓을 주고받았다. 불길한 예감이 들어 집으로 뛰어 들어가고 싶었다.

"저는 야마모토라고 합니다" 하고 여자가 말하자 남자도 차분하게 이름을 댔다.

"저는 스즈키입니다."

나오코는 두 사람의 이름이 지나치게 평범해 오히려 이상하게 느껴졌다.

"무슨 일이신가요?"

두 사람은 나오코보다 나이가 많아 보였다. 스물대여섯 살 정도인 듯했다.

"저희는 구대 사람인데요."

"구대?"

"네, 구원대책센터예요."

즉, 섹트에서 나온 사람들이라는 얘기였다. 나오코는 요시키가 한 말이 떠올랐다.

'가즈키가 아직 살아 있다는 걸 알면 또 죽이러 올지도 모르고, 만약 가즈키가 건강을 회복하면 회복하는 대로 아버지가 발을 빼게 만들 작정인데, 그럼 이번에는 배신자로 낙인찍혀서 쫓길지도 모르잖아.'

나오코가 굳은 표정으로 서 있자 여자가 걱정스러운 듯 미간을 찌푸리며 물었다.

"미우라 군을 몹시 걱정하고 있어요. 저희가 할 수 있는 일이 있다면 뭐든 할 테니 상태를 알려주세요."

"뭐라 드릴 말이 없네요."

나오코의 말에 '스즈키'가 반응했다.

"어제 가족 분이 다 같이 외출하셨죠? 저희는 미우라 군의 상태에 뭔가 변화가 생긴 건 아닌가 걱정이 됩니다."

"감시하고 있었나요?"

나오코의 물음에는 답이 없었다. 이미 입원한 곳도 알아냈을 것이다.

"할 얘기가 없으니 실례하겠습니다."

두 사람을 밀어젖히고 집으로 들어가려고 하자, '야마모토'

가 매달리듯 나오코 앞으로 돌아섰다.

"저기, 잠깐만요."

'야마모토'는 마르고 나오코보다 5센티미터가량 키가 컸다. 가느다란 눈 사이가 살짝 떨어져 있어 졸려 보이지만 느긋해 보이는 매력적인 얼굴이었다.

"당신은 S대에 다니는 동생이죠?"

"그런데요."

나오코는 어쩐지 섬뜩한 기분이 들었지만, '야마모토'의 표정이 절박해 무슨 말을 하려는지 궁금하기도 했다.

"죄송합니다, 저는 가즈키 씨와 동지이지만, 개인적으로는 사귀는 사이이기도 해요. 그래서 걱정하고 있어요. 부탁이니 알려주세요."

가즈키의 여자 친구라는 말이었다. 나오코는 순간 마음이 움직였다. 하지만 기적이 일어나 가즈키가 건강해지고 그들의 '배신자'가 된 순간에 어떻게 나올지 상상하니 결심이 서지 않았다.

"죄송해요, 말할 수 없습니다."

나오코는 억지로 '야마모토'를 밀치고 집으로 들어갔다. 미닫이문을 탁 닫아 잠갔다. 여자 친구라면 필시 궁금할 것이다. '야마모토'에게 알려주고 싶은 마음이 커지는 것을 나오코는 필사적으로 억눌렀다.

나오코는 오후까지 마음을 졸이며 기다리다가 라이브 하우스에 전화를 걸었다. 대기실 출입은 오후 4시 이후니 그즈음에 다시 전화를 달라는 대답을 들었다. 나오코는 "저도 왔다 갔다 하니, 확실하게 약속은 못 드리지만요"라는 말에 실망했다. 역시 열성팬이라고 생각하는 모양이었다. 나오코는 머무르는 호텔명도 물어보았지만 모른다는 쌀쌀맞은 답변이 돌아왔다.

　쓰라린 마음에 아키에게 전화를 걸어보았다. 몇 번 신호가 가더니 쉰 목소리가 들렸다.

　"여보세요, 아키인데 누구신가?"

　"아키 씨, 저 나오코예요. 잘 지내셨어요?"

　"어머, 나오코구나. 오랜만이다. 잘 지냈어?"

　"네, 잘 있었어요. 아키 씨, 그동안 연락 못 드려서 죄송해요."

　사과하자 아키가 웃으면서 말했다.

　"알고 있어. 너, 겐이치랑 사귄다며? 놀라긴 했지만, 잘 어울릴지도 모르겠다. 그 애도 지금 너한테 완전 빠진 모양이던데. 둘이서 같이 살기로 했다며? 근데 지금 순회공연 중이지? 안 따라갔어?"

　"안 된다고 하더라고요."

　"왜?" 하고 아키가 부루퉁하게 말했다. "왜 안 되는데?"

　"여자는 금지라던데요?"

　"무슨 소리야. 말은 잘 하네."

아키의 말에 나오코는 불안해졌다.

"겐이치가 거짓말한 거예요?"

"다른 데는 그래도 히데시마는 달라."

나오코가 한시름 놓자 기회를 놓치지 않고 아키가 놀렸다.

"어, 겐이치가 거짓말한 줄 알고 초조했지? 귀여워라. 아직 순진하네. 스무 살이라니 어리긴 어리다."

끝도 없이 놀릴 것만 같아서 나오코는 서둘러 화제를 돌렸다.

"그래서 아키 씨한테 전화한 건 물어보고 싶은 게 있어서요."

"뭔데? 내가 아는 거면 말해줄게."

담배 연기를 내뱉는 듯한 소리가 났다.

"겐이치한테 연락하고 싶은데 라이브 하우스에서는 바꿔주지를 않아요. 어떻게 하면 좋을까요?"

"로디니까 안 바꿔주는 거야. 히데시마 통해서 부탁하면 돼. 근데 나오코가 직접 말하기는 그렇지? 그럼 내가 히데시마한테 겐이치 보고 너한테 전화하라고 해달라고 부탁해놓을게."

"고마워요. 그럼 집 전화번호 알려드릴게요."

아키가 번호를 받아 적은 후 다시 확인했다. 이걸로 간신히 후카다와 이야기할 수 있게 된 것이다. 나오코는 기운이 빠져 수화기를 든 채 복도에 주저앉았다.

5

깊은 밤, 드디어 걸려온 후카다의 전화를 받은 건 나오코의 엄마였다. 일단 병원에서 돌아오긴 했지만, 전화가 울리면 가즈키의 병세가 급변한 게 아닌가 하고 제일 먼저 수화기를 드는 것이다. 2층의 자기 방에 있는 나오코는 엄마의 속도를 도저히 따라잡을 수 없었다.

"네, 미우라입니다."

조심스럽게 전화를 받은 엄마는 나오코가 계단을 뛰어 내려오는 것을 보고 의아한 표정을 지었다.

"아, 나오코요. 잠깐만 기다리세요."

엄마는 병원에서 온 전화가 아니라는 사실에 안도하는 듯했지만, 송화구를 막고서 나오코에게 잔소리를 했다.

"후카다 씨라는데, 남의 집에 전화하기에는 늦은 시간 아니니?"

나오코는 아무 말 없이 잡아채듯이 전화기를 빼앗았다.

"여보세요, 나오코야" 하고 힘 있게 전화를 받았다.

"나야, 후카다. 어떻게 된 거야? 갑자기 히데시마 씨가 이 번호로 전화하라고 그러잖아. 무슨 일인가 하고 놀랐어."

후카다는 당황스러운 듯했다. 아키를 통해 히데시마에게 전달받았으니 사정을 모르는 것도 무리가 아니었다.

"미안. 연락하고 싶은데 잘 바꿔주지 않아서, 아키 씨한테 부탁해본 거야."

"그래서 그런 거구나. 근데, 왜? 무슨 일 있어?"

바로 옆 거실에서 엄마가 귀를 쫑긋 세우고 있는 게 느껴졌다. 전화를 한 남자가 3주나 연락이 없던 딸의 상대라는 걸 바로 알아챈 것이리라.

"집에 일이 좀 있었어. 약속한 시간에는 못 갈지도 몰라."

나오코가 어두운 목소리로 이야기했다.

"그럼 언제쯤 되는데?"

금세 후카다의 목소리가 걱정스러운 듯 가라앉았다.

"아직 몰라."

"뭐야, 집에서 반대해?" 후카다의 목소리에 가시가 돋았다.

"아니, 그런 거 아냐."

"로디 일 하는 남자 따위와는 사귀지 말라고 그러셔?"

후카다가 자조적으로 말했지만 나오코는 거꾸로 애 취급을 받은 것 같아 울컥했다.

"아니라고 그랬잖아. 사정이 있어서 그래."

엄마가 바로 옆에서 듣고 있으니 작은오빠가 우치게바로 위독한 상태라 나갈 수 없다는 얘기는 꺼낼 수가 없었다. 나오코는 어떻게 설명해야 후카다가 이해해줄까, 고민되었다.

나오코는 어스레한 천장을 올려다보며 생각했다.

"사정이 뭔지, 이야기해봐. 어렵게 전화했잖아."

후카다가 재촉하는 통에 나오코는 송화구를 손으로 가리고 속삭이듯 말했다.

"미안해. 전화로는 말할 수가 없어."

"대충 그림이 그려지네. 애지중지하는 외동딸이라 이거지."

"아니라니까."

후카다는 오해하고 있었다. 나오코는 애가 탔지만 요시키가 "다른 사람에게 말하지 말라"고 신신당부했기에 솔직하게 터놓기는 꺼려졌다. 망설이고 있자 후카다가 물었다.

"아까는 어머니?"

"응."

"나오코랑 목소리가 비슷하시네." 목소리에 그리움이 묻어났다. "너무 보고 싶어."

"나도."

"아직 헤어진 지 이틀밖에 안 지났는데 금방 보고 싶어지니 큰일이다. 내가 돌아갈 쯤에는 아무래도 나오기 힘들다는 거지?"

"응. 집에 문제가 생겨서 일주일 뒤에는 어려울 거 같아."

"우리 일이야?"

"그런 거 아냐. 가족 중에 상태가 안 좋은 사람이 있어."

후카다는 간신히 받아들인 듯했다.

"알았어. 열흘 뒤쯤은?"

그것도 어려울지 모른다고 대답하자, 후카다가 연달아 질문을 쏟아냈다.

"2주 뒤는 어때?"

"2주 후에는 갈 수 있을지도 모르는데, 확실하게 약속할 수는 없어. 도무지 움직일 수 없는 상황이야."

"그럼 올 수 있을 때 집에 와서 기다려줄래? 그때쯤에 또 투어가 시작될 것 같긴 한데, 유동적이야."

"그럴게. 언제라고는 약속할 수 없지만, 꼭 갈게."

후카다의 목소리에 걱정이 배어났다.

"언제쯤이면 너랑 만날 수 있을까?"

"겐이치, 그럼 투어하는 내내, 우리 집에 전화해."

"언제 전화하는 게 좋아?"

"내일도, 내일모레도. 그 다음 날도 쭉."

"노력은 할 텐데, 공중전화 찾기 어려운 밤도 있으니까, 매일 밤 할 수 있을지는 모르겠어."

"왜?" 하고 나오코는 놀라서 소리가 높아졌다.

"실은 히데시마 씨 밑에서 로디 일 하는 거, 그만둘지도 몰라. 그래서 유동적이라고 한 거야."

후카다가 그늘진 목소리로 털어놓았다.

"무슨 일이 있었던 거야?"

"트리오 사이에 여러 가지 일들이 있었어. 히데시마 씨는 술 퍼먹고 행패를 부리지 않나, 이제는 정말이지 질려버렸어."

후카다가 웬일로 푸념을 늘어놓았다.

"히데시마 씨, 주사가 심해?"

"심한 정도가 아니야. 술만 들어가면 아주 가관이야. 뒤처리 하느라 이리 뛰고 저리 뛰고 장난 아니야. 어제는 술집에서 소변을 눴다니까. 그렇게 출입금지 장소가 늘어나니까 못 견디겠어."

"소변을 눴다고?"

"그래. 삿포로에서는 오도리 공원에서 대변을 봤고. 눈 위에다 하긴 했지만. 그래도 한심하잖아, 다 큰 성인이 밖에서 대변이 뭐야."

나오코는 저도 모르게 웃었다. 즐거워서 후카다와 계속 통화하고 싶었다. 그런데 갑자기, 누가 세게 팔을 잡아당겼다. 놀라서 돌아보니 엄마가 무서운 얼굴로 서 있었다.

"통화는 적당히 하지 그러니. 병원에서 전화가 올지도 모르잖아. 게다가 깍깍대면서 웃으면 신경에 거슬려서 못 살겠어."

지금 이 꾸지람이 후카다에게 들렸는지도 몰랐다. 나오코는 화가 나 어깨가 들썩거렸다. 수화기를 손으로 막고 짜증을 냈다.

"그만해. 들리잖아."

"여보세요, 무슨 일이야?"

이야기가 중간에 끊기자 후카다의 낮은 목소리가 어둑어둑한 복도에 울렸다.

"아무것도 아니야. 얘기 더 하고 싶은데 안 되겠다. 엄마가 화나셨어. 그러니까 내일 다시 전화해줘."

나오코가 일부러 밝은 목소리로 말하자, 후카다가 곧바로 단념한 듯했다.

"그럼 또 전화할게. 잘 자."

전화를 끊은 후, 나오코는 엄마와 말하기가 싫어 잠시 전화기 앞에서 움직이지 않았다. 그러자 엄마가 먼저 말을 꺼냈다.

"나오코, '2주 후에는 갈 수 있을지도 몰라'라니 무슨 얘기니? 그때쯤에는 가즈키가 죽어서 전부 해결된다는 말이니?"

"그런 얘기한 적 없어. 맘대로 각색하지 마."

나오코가 버럭 화를 냈다.

"너 지금, 남자 친구랑 만날 약속했잖아. 지금은 가즈키가 위독하니까 움직일 수 없지만, 이제 곧 죽을 거니까 움직일 수 있다고, 그렇게 말하고 싶었던 거지?"

그것은 진실에 가깝다. 그러나 가까울 뿐 정확한 것은 아니다. 왜냐하면 나오코는 가즈키의 죽음을 원하고 있지 않으니까. 그래서 꼼짝도 못하고 있는데 어째서 엄마는 자신을 비난하는 걸까.

감정적으로 격앙된 엄마를 차마 바로 보지 못하고, 나오코는 고개를 돌렸다.

"인정머리라고는 눈곱만큼도 없는 것 같으니라구. 걱정만 실컷 끼치다가 겨우 돌아왔나 했더니, 이제는 가즈키가 죽는 걸 기다리고, 또 나가려고 해!"

엄마가 눈물을 주르르 흘리면서 말했다. 안쓰러운 생각이 들다가도 나오코는 이내 자신이 잔혹해지는 것을 느꼈다.

"그런 생각은 한 적도 없는데, 왜 단정 지어. 엄마, 간병하느라 지쳐서 그런 거면 이해하겠는데, 진심으로 하는 말이면 절대 용서 못해."

"그래도 지금 이 상황이 싫은 거잖아? 죽는 건지 아닌지, 연명장치를 달 건지, 말 건지. 어중간한 상황이 싫은 거지? 그렇지?"

엄마는 본인이 말하면서 얼굴이 창백해져 갔다.

"어중간한 상황이라니 그런 생각은 해본 적도 없어. 나도 오빠가 일어나면 좋겠다고."

"그렇지만 넌 겐이치로인가 뭔가 하는 사람이랑 약속까지 한 상태라 곤란한 거잖아. 그렇지?"

엄마가 앞뒤 안 가리고 생트집을 잡는 통에 나오코도 화가 가라앉지 않았다.

"가즈키 오빠 일로 다들 머리 싸매고 힘들어하는 건 사실이잖아. 안 그래?"

나오코는 팔짱을 끼면서 자기 입을 손으로 막았다. 이대로
두면 엉겁결에 하면 안 될 말까지 내뱉을까 두려웠다.

"누가 머리 싸매고 힘들어한다고 그래. 나는 그저 걱정이 돼
서 죽겠어. 자식이 죽으면 어떡하나 싶어서. 너도 그렇잖아. 그
렇지?"

"그래. 걱정 돼. 하지만 오빠가 섹트에 들어가서 서로 물어뜯
고 다닌 건 사실이잖아. 그렇다고 자업자득이라고는 하지 않을
게. 진심으로 불쌍하고, 오빠가 죽지 않으면 좋겠어. 하지만 전
부터 각오는 했어. 언젠가 그런 일이 일어날지도 모른다고. 본
인도 그렇게 생각하고 있었을 거야. 그리고 나도 내 나름의 인
간관계가 있으니까, 몰래 전화 엿들은 다음에 '2주'가 어쩌고
저쩌고 하면서 꼬투리 잡고 늘어지지 마!"

나오코는 자괴감에 빠지면서 소리를 질렀다.

이제는 도저히 이 집에 머무를 수 없는 지경에 이르렀다고
생각했다. 그걸 어째서 엄마는 이해하지 못하는 걸까. 가족이
니까 다 같이 똑같은 행동을 해야 한다고 생각하는 걸까. 가족
이니까 똑같은 양의 슬픔을 가져야 한다는 걸까. 나오코는 줄
줄이 대열을 지어 병원으로 향했을 때를 떠올렸다.

"몰래 엿듣고 꼬투리를 잡는다고? 그런 식으로 사람을 깎아
내리면 너는 마음이 편하니?"

엄마도 격앙되어 고함을 쳤다.

"엄마가 지금 꼬투리를 잡고 있잖아. 나라고 오빠가 죽기를 바라겠어? 단지 그런 상황을 모르고 해버린 약속이니까, 앞으로 어떻게 될지는 얘기할 수도 있는 거잖아. 나한테는 중요한 일이야. 다 자기 나름의 사정이 있는 거라고."

"자기 나름의 사정이라는 게 뭔데?"

엄마가 지친 듯이 웅얼거렸다.

"한마디로 설명할 순 없어. 아빠랑 엄마한테는 가게가 있고, 자식 세 명이 있어. 요시키 오빠한테는 회사가 있고. 나는 학생이지만 중요한 약속이 있어. 그리고 가즈키 오빠는 위독해. 이게 자기 나름의 사정 아니겠어? 아니야? 왜 요시키 오빠의 사정은 허용이 되고 내 사정은 허용이 안 돼?"

엄마의 어깨가 갑자기 축 처졌다.

"나오코, 가즈키가 혼자 먼 곳으로 떠날지도 모르는데, 이럴 때 정도는 계속 옆에 있어 주면 안 되겠니?"

아, 엄마는 이미 포기하고 있었다. 나오코는 눈물이 쏟아질 것 같았지만, 필사적으로 참았다.

"그래. 그러니까 이렇게 조금이라도 오래 버티기를 바라면서 기다리고 있잖아."

"뭘 기다려?"

엄마가 얼굴을 돌렸다.

"기분 상했다면 미안해. 그렇지만 일종의 끝이 있는 거잖아."

엄마가 힘없이 고개를 가로저었다. 모두 다, 가즈키가 조금이라도 편안하게 눈감기를 기다리고 있었다. 마음으로는 그때가 오기를 바라지 않지만 기다릴 수밖에 없으니 괴로워서 견딜 수가 없는 것이다.

"미안, 나는 이제 기다리지 않을래. 내가 제일 나약한가 봐. 엄마, 용서해줘."

나오코는 그렇게 내뱉고 2층으로 가는 계단을 올라갔다.

"뭘 용서하라는 거야? 기다리지 않는다는 건 무슨 뜻이고?"

엄마가 말을 걸었지만 나오코는 대답하지 않고 삐걱삐걱 소리를 내는 계단을 계속 올라갔다.

아래층에 있을 아빠도 외할머니도, 두 사람이 입씨름하는 소리를 들었을 텐데 누구 하나 나올 기미가 없었다.

"나오코, 무슨 뜻이냐니까?"

엄마가 되묻자 계단을 다 올라간 나오코가 뒤를 돌았다.

"엄마, 나 내일 이 집을 나갈 거야. 그래도 가즈키 오빠한테는 인사하고 갈게."

"그래……."

엄마는 이상할 정도로 담담한 표정으로 끄덕였다.

그날 밤, 나오코는 뜬눈으로 밤을 지새웠다. 간신히 날이 밝아왔지만 섣달의 이른 아침은 캄캄하고 싸늘했다. "기다리니까 무서운 거야. 그렇다면 내가 먼저 움직일 수밖에 없어" 하고 혼잣말을 해봤지만, 그게 허세에 불과하다는 건 알고도 남는 바였다.

재빠르게 나갈 채비를 하고 7시 전에 집을 나왔다. 아직 으스름한 길을 따라 역을 향해 발길을 재촉했다. 가즈키에게 작별을 고하러 가는 길이었다. 이른 아침에 집을 나온 것은 엄마가 병원에 도착하는 오전 9시까지 가즈키와 둘이서만 이야기하고 싶었기 때문이었다.

가즈키의 병실 앞에 도착한 것은 병원 내에 아직 아침식사로 나온 된장국 냄새가 가득 차 있는 시간이었다. 간호사실에서 회의를 하고 있던 간호사가 놀란 듯 나오코를 쳐다보았다.

"어머, 일찍 오셨네요. 미우라 씨 동생 분이시죠? 오늘은 어머니가 안 오세요?"

나오코는 코트를 벗으면서 고개를 숙였다.

"안녕하세요, 지금 들어가 봐도 괜찮을까요? 조금 이따 나가 봐야 해서."

간호사가 들어가라는 듯 미소를 지어 나오코는 병실 문을 작게 노크한 후, 슬며시 문을 열었다.

가즈키는 같은 자세로 누워 있었다. 링거 바늘이 꽂혀 있는 팔은 가늘어져 있었고, 형광등의 창백한 빛 아래에 안색이 몹시 초췌해 보였다. 가즈키는 입을 반쯤 벌린 채 미동도 하지 않았다.

그러나 젖혀진 커튼 사이로 겨울 햇빛이 비스듬히 들이치고 있었다. 한 줄기 희망처럼 느껴지는 겨울 볕을 나오코는 잠시 바라보았다.

"오빠, 잘 있었어? 나, 나오코야."

나오코는 말을 걸면서 골절되지 않은 가즈키의 왼손 손가락을 쥐었다. 피가 잘 안 통하는지 손끝이 차가웠다.

"요전처럼 내 손 한번 잡아봐. 응? 오빠."

몇 번이나 힘을 줘봤지만 되잡는 힘은 전무하다고 할 정도로 느껴지지 않았다. 실망해서 수염이 다보록하게 자란 오빠의 뺨을 살며시 어루만져 보았다. 핼쑥해진 뺨이 차가웠다.

고작 이틀 사이 이렇게 생기를 잃었다는 사실에 나오코는 가슴이 아렸다. 그러나 나오코가 몇 번인가 뺨을 어루만지자 가즈키의 표정이 조금 누그러진 것 같은 느낌이 들었다.

"오빠 얼굴은 처음 만져보네. 우리 오빠 너무 불쌍하다, 미라처럼 온몸에 붕대를 감고. 아팠지? 맞다, 어제 구대에서 야마모토 씨라는 사람이 왔어. 오빠 애인이라고 그랬는데, 오빠 상태는 가르쳐주지 않았어. 혹시 보고 싶었다면 미안해. 근데 누구한테는 알려줘도 되고, 누구한테는 안 되는지 잘 모르겠어. 요시키 오빠가 아무한테도 말하지 말라고 그러니까. 근데 나는 야마모토 씨한테는 알려주고 싶었거든, 후회가 되네. 그리고 나, 어젯밤에 엄마랑 한바탕했다? 서로 말이 점점 심해지고 있다는 건 느껴졌는데, 제어가 안 되더라. 엄마랑 나, 닮아서 그런 건지도 몰라. 아무튼 다들 가즈키 오빠 일로 엄청 혼란스러워하고 있어. 뭐가 바른 길인지, 다들 미궁에 빠져들고 있거든."

얼핏 가즈키의 감겨 있던 왼쪽 눈꺼풀이 살짝 올라가 눈이 반쯤 떠진 것처럼 보였다.

"지금, 눈 뜬 거야?"

나오코는 두근거리는 가슴으로 눈꺼풀 사이를 가만히 들여다보았다. 그러나 눈동자는 보이지 않았다. 과감하게 눈을 손으로 벌려보고 싶었지만 차마 그렇게는 할 수 없어 손가락으로 입술을 살짝 건드려 보았다.

입이 반쯤 벌어져 있어 하얀 이가 보였다. 젊고 건강한 이였다. 커다란 두 앞니를 보고 있자, 나오코는 오빠의 다양한 표정이 떠올라 눈물이 흘러내렸다. 어릴 때부터 사이가 좋았던 오빠의 생명은 끝을 향해 가고 있는 걸까.

"오빠, 나, 좋아하는 사람이 생겼어. 지금까지는 내가 연애를 하고 있는 건지 아닌 건지 무척 헷갈렸는데, 이제 알 것 같아. 행복한데, 제일 소중하고 좋아하는 사람이 있다는 건 무서운 거구나 하는 생각이 들었어. 그 사람이 사라지면 나, 죽어버릴지도 몰라. 사람을 좋아하게 된다는 건, 무서운 일인가 봐. 그래서 엄마랑 아빠의 슬픔이 실은 너무 와 닿는 거 있지. 엄마는 가즈키 오빠가 죽는 게 아닌가 싶어서 공포에 떨고 있어. 그런데 나는 부모를 버리고 집을 나가려고 해. 단 한 사람을 위해서 모두를 버리고 가는 거야. 그래도 되는 걸까? 오빠는 어떻게 생각해?"

다시 한 번 가즈키의 왼손 손가락을 쥐어 보았다. 힘이 없는 손가락은 나오코의 손에서 스르륵 빠져나갔다.

나오코는 불현듯 가즈키의 목의 각도가 막 왔을 때와는 달라진 것 같았다. 살짝 숙이고 있는 듯 보였다. 나오코에게는 그것이 마치 꿈에서 보았던, 구멍 속에 있던 사람 형태의 하얀 테두리선 같았다. 나오코는 마치 죽음의 그림자를 본 것 같아 숨을 삼켰다.

가즈키는 이제 곧 죽을 것이다. 아니, 어쩌면 지금 이 순간 죽어가고 있는지도 몰랐다. 그렇다면 가즈키의 영혼은 어디에 있을까. 아직 가즈키의 몸속일까. 아니면 병실 안을 떠돌고 있을까. 나오코는 천장을 올려다보았다.

죽음을 확신하기가 두려워 나오코는 허둥지둥 일어섰다. 간호사를 부르러 갈까 망설이면서 병실을 맴돌았다. 그러다 숨소리가 희미하게 들린 것 같아 자신의 손바닥을 가즈키의 입가에 대보았다.

"오빠, 힘들어? 괜찮아?"

대답은 없었다. 그러나 눈가가 부드러워진 듯했다. 아침 햇살 속에 누워 있는 가즈키는 행복해 보였다.

"죽는다는 건 어떤 기분일까. 나는 아직 잘 모르겠지만, 결국 이르냐 늦느냐의 차이일 뿐 사람은 누구나 죽는 거겠지. 운명이 모든 사람에게 똑같이 찾아온다고 생각하니까, 이별이 오는 것도 어쩔 수 없는 일 같기도 해. 오빠, 나 작별 인사하러 온 거야. 오늘 집을 나갈 거거든. 좋아하는 사람이 있는 곳으로 갈 거야. 학교도 그만두고 일하기로 했어. 근데 있지, 그 사람이랑도 계속해서 잘 지낼 수 있을지는 전혀 자신이 없어. 너무 불안해. 제멋대로인 사람이란 거, 알고 있으니까. 나도 그렇고. 그렇지만 이미 결정했으니까, 여기서 인사하자. 오빠랑 산 시간은 20년 정도였네. 남매가 같이 살 수 있는 시간도 참 짧다. 미리 알았으면 더 사이좋게 지낼걸. 이제 늦었는지도 모르지만. 그래도 다들 가즈키 오빠를 잊지 않을 거야."

역시 가즈키는 숨을 쉬고 있지 않은 듯했다. 세상을 떠난 것이다. 나오코는 천천히 병실을 나와 간호사실로 향했다.

소식을 듣고 부모님과 외할머니가 택시를 타고 달려왔다. 나오코는 병원 복도에서 엄마와 마주쳤다.

"가즈키 오빠, 죽었어."

신기하게도 눈물은 나오지 않았다. 오빠의 임종을 자신이 지

켰다는 사실이 위안이 된 건지도 모르지만 그런 건 자기만족
에 지나지 않는다는 걸 알고 있었다. 엄마도 낯빛은 백지장이
었지만 울지는 않았다.

"나오코가 곁에 있어줘서 다행이구나."

엄마는 그 말만 하고, 병실로 들어갔다. 나오코는 혼자 병원
을 나왔다.

집으로 돌아온 나오코는 가즈키의 방을 들여다보았다. 책을
한 권 가져갈까 했던 마음 대신 나일론 스포츠가방에 시선이
꽂혔다. 나오코는 적당한 가방이 없어서 이걸 유품 대용으로
가져가야겠다 싶었다.

가방만 가지고 가려다 나오코는 책장에서《긴즈버그 시집》
을 꺼내 가방에 찔러 넣었다. 시집 같은 건 한 번도 읽어본 적
이 없으니 읽어봐야겠다고 생각했다.

옷과 속옷을 가즈키의 스포츠가방에 가득 담고, 코트를 걸치
고 후카다의 검정 목도리를 목에 둘렀다. 아직 아무도 돌아오
지 않았기에 가게로 내려가 금전등록기를 열어보았다. 양심의
가책을 느끼면서 만 엔짜리 지폐를 3장 꺼내 지갑에 넣었다.

나오코가 뒷문으로 나가려는 순간 집 전화가 울렸다. 혹시나
후카다가 아닐까 싶어 나오코는 신고 있던 신발을 벗고 헐레
벌떡 전화를 받았다.

"여보세요, 저 이즈미라고 하는데요, 나오코 있나요?"

이즈미였다.

"이즈미, 나야. 어쩐 일이야?"

손목시계를 보니 11시가 조금 넘은 시각이었다. 나오코는 부모님의 귀가가 늦는다는 걸 깨달았다. 경찰이 검시를 한다고 했으니 시신이 돌아올 때까지 시간이 걸리는 건지도 몰랐다.

"아니, 너희 오빠 어떻게 되었나 하고."

이즈미는 감이 좋았다. 나오코는 크게 숨을 들이쉬었다.

"오늘 아침에 떠났어."

"오늘 아침이라고?" 이즈미는 역시나 놀란 기색으로 숨을 삼키는 듯했다. "그렇구나. 역시 힘들었나 보다. 어머니랑 다들 어쩌니."

"그러니까. 마침 내가 오늘 아침에 갔었는데, 상태가 심상치 않은 것 같더라고. 그래서 가즈키 오빠 마지막을 지킨 게 나야."

"그게 너한테 좋은 일인지 나쁜 일인지, 나는 잘 모르겠다."

이즈미의 솔직한 말에 나오코는 쓴웃음을 지었다.

"좋은 일이었어."

나오코가 단호하게 말하자 이즈미가 한숨을 쉬었다.

"강하네, 나오코. 나 같으면 잔뜩 주눅 들어 있을 텐데."

"그런 뜻이 아니야. 내가 잘 안다는 말이지. 내가 마지막에 가즈키 오빠 귀에 대고 여러 가지 얘기를 했거든. 근데 그런 건 결국 자기만족인 것 같아서, 거꾸로 마음이 안 좋아."

"그런가. 너희 오빠 마지막에 네 목소리를 들을 수 있어서 기쁘지 않았을까. 너무 낙관적인가?"

"고마워. 마음이 좀 편해졌어."

나오코의 어깨에서 힘이 빠져나갔다. 그러자 갑자기 슬픔이 몰려와 눈물이 쏟아졌다.

"아, 결국 눈물이 나네."

울먹이는 소리로 말하자, 이즈미가 조심스럽게 물었다.

"장례식은 언제야?"

"글쎄" 하고 나오코는 적막한 집을 휘둘러보았다.

거무스름해진 천장에 살짝 기울어진 오래된 집. 술과 간장과 된장 냄새가 찌든, 어느 마을에나 한 집은 있을 법한 가게를 하는 집이다.

"아무 얘기도 못 들었어. 우치게바로 죽었으니까, 앞으로 경찰이 오는 건 아닌가 하고 시끄러웠는데, 크게는 못하지 않나 싶어. 어디 자그마한 장례식장에서 조용히 치르지 않을까."

"갈 수 있으면 가고 싶은데."

"괜찮아, 안 와도. 나도 없는 걸, 뭐. 게다가 우치게바 사건이니까 공안이 오거나 섹트 관계자가 지켜볼 수도 있고, 정신없을 거야."

"없다는 건 무슨 소리야?"

작은 소리로 묻는 이즈미에게 솔직히 고했다.

"나, 오늘 후쿠시마로 가보려고. 겐이치 만나러 갈 거야. 기다려봤자 별수 없으니까, 내가 가려고. 그래서 장례식에도 못 가고 우리 집에도 이제 오지 않을 생각이야."

"학교도 그만두겠네?"

"응, 미안해. 당분간은 만나지 못할지도 몰라."

"괜찮아, 다시 못 만나는 것도 아닌데."

"그러게" 하고 두 사람은 웃음을 주고받았다.

"그건 그렇고, 내가 전화 건 이유는……" 하고 이즈미가 화제를 바꿨다. "하나가 더 있어."

"그래. 아침부터 웬일인가 했어."

"어제 조지가 크게 다쳤다네. 오늘 영어 수업에 들어갔다가 고로를 만났거든. 고로가 너한테 전해달라고 그랬어."

"조지가 어쩌다가?"

"엊저녁에 고로랑 다카시랑 셋이서 파친코를 했나봐. 그러다 옆자리의 양아치 같은 사람이랑 팔꿈치가 부딪쳤느니 어쨌느니 하는 사소한 말다툼을 하다 싸움으로 번졌대. 조지는 그냥 파친코를 계속 했나 본데, 그 양아치가 다시 와서 나오라고 했나 봐. 고로랑 다카시는 말렸는데 조지는 아무렇지 않은 표정으로 나갔다네. 오라고 한 맨션에 가보니까 야쿠자 같은 남자가 기다리고 있었고, 목검으로 앞니를 전부 부러뜨렸나 봐."

"진짜? 어떡해."

"진짜야. 지금 조지는 어디 아파트에서 자고 있대."

나오코는 조지의 오만해 보이는 행동을 떠올렸다. 다 먹지도 못할 음식을 주문해놓고는 대부분을 남기고, 언짢아하는 점원에게 고압적인 태도를 취했던, 자기를 야쿠자 같은 존재로 보이고 싶어 한다고밖에는 생각할 수 없는 조지의 위태로운 행동들.

"앞니가 부러졌다니 얼마나 무서웠을까."

나오코는 자기도 모르게 가즈키가 추를 넣은 쇠파이프로 머리를 마구 얻어맞고 오른쪽 눈을 찔린 모습을 상상하고 몸을 떨었다. 마치 그 모습이 눈에 보인 것처럼 이즈미가 사과했다.

"미안, 오빠 일도 있는데."

"괜찮아. 조지도 못 만날 거 같은데, 만나면 몸조리 잘하라고 전해줄래?"

"아쉽지만, 나도 조지와 만날 일은 없을 것 같아."

이즈미는 확고했다.

"그러네. 그럼 사장님한테 안부 전해줘."

이즈미가 웃었다.

"그래, 그거라면 할 수 있으니까, 전해줄게."

"안 그래도 너한테 연락해야지 생각하고 있었는데, 전화 와서 반가웠어. 또 보자. 나는 잠시 다녀올 테니까."

"잠시 다녀온다면서 안 오는 거 아냐?" 하더니 이즈미가 덧붙였다. "섭섭하다."

"응, 하지만 살아 있으니까 괜찮아. 또 언젠가 만날 수 있지 않겠어?"

"그러게" 하는 소리를 들으면서 나오코는 전화를 끊었다.

가즈키의 스포츠가방을 들고 뒷문을 통해 밖으로 나갔다. 이쓰카이치 가도의 저쪽 신호등에 흰색 구급차 같은 차가 서 있는 게 보였다. 조수석에 앉아 있는 건 아빠였다. 운전수에게 집을 알려주고 있는 듯 오른손을 들고 있었다.

가즈키가 집에 돌아온 것이다. 나오코는 전신주 뒤에서 잠시 그 차를 바라보았다. 신호가 바뀐 것을 확인한 후, 이쓰카이치 가도의 반대 방향을 향해 걸음을 내딛었다.

나오코는 언젠가 자신도 가즈키처럼 이 집으로 돌아올지도 모른다고 생각했다. 죽지는 않더라도 상처받고 실의의 구렁텅이에 빠져서. 혹은 어쩌면 두 번 다시 돌아오지 않을지도 모를 일이었다. 그러나 오늘의 나오코는 어찌 되든 상관없었다.

옮긴이 _ **김혜영**

성균관대학교에서 경제학과 일본학을 전공했다. 졸업 후 번역 에이전시에서 근무하다 꿈에 그리던 번역가의 길로 들어섰다. 독자들이 오롯이 책에 빠져들 수 있도록 아름다운 우리말로 길을 놓는 번역가가 되고 싶다. 옮긴 책으로는《침묵의 절규》《나를 기억하니》《삼분의 일》《모성》《계속 도망쳐라 대박을 잡을 때까지》등이 있다.

품는 여자

1판 1쇄 | 2017년 5월 26일
1판 2쇄 | 2017년 6월 9일

지은이 | 기리노 나쓰오
옮긴이 | 김혜영

펴낸이 | 임지현
펴낸곳 | (주)문학사상
주소 | 서울특별시 송파구 중대로 38길 17(05720)
등록 | 1973년 3월 21일 제1-137호
전화 | 02)3401-8540
팩스 | 02)3401-8741
홈페이지 | www.munsa.co.kr
이메일 | munsa@munsa.co.kr

ISBN 978-89-7012-965-5 (03830)

이 도서의 국립중앙도서관 출판예정도서목록(CIP)은 서지정보유통지원시스템 홈페이지(http://seoji.nl.go.kr)와 국가자료공동목록시스템(http://www.nl.go.kr/kolisnet)에서 이용하실 수 있습니다. (CIP제어번호 : CIP2017010651)